二十四诗品

校注译评

祖保泉◎著

安徽师范大学出版社

图书在版编目(CIP)数据

二十四诗品校注译评 / 祖保泉著 . — 芜湖：安徽师范大学出版社，2018.5
（2022.8重印）

ISBN 978-7-5676-2346-0

Ⅰ.①二… Ⅱ.①祖… Ⅲ.①古典诗歌—诗歌研究—中国 Ⅳ.①I207.22

中国版本图书馆 CIP 数据核字(2015)第 290730 号

本书由安徽高校省级学科建设重大项目资助出版

二十四诗品校注译评
ERSHISISHIPIN JIAOZHU YIPING

祖保泉　著

责任编辑：侯宏堂　刘　佳
装帧设计：丁奕奕
出版发行：安徽师范大学出版社
　　　　　芜湖市九华南路189号安徽师范大学花津校区
网　　址：http://www.ahnupress.com/
发 行 部：0553-3883578　5910327　5910310(传真)
印　　刷：江苏凤凰数码印务有限公司
版　　次：2018年5月第1版
印　　次：2022年8月第3次印刷
开　　本：700 mm×1000 mm　1/16
印　　张：19.25
字　　数：271千字
书　　号：ISBN 978-7-5676-2346-0
定　　价：98.00元

目 录

Contents

绪　论

一、司空图的生平和思想

(一)司空图的籍贯

司空图在唐末是个诗人、诗论家,也是忠臣节士,《旧唐书》《新唐书》均为他立传;可是对他的籍贯,记载却不一致。《旧唐书·司空图传》曰:"司空图字表圣,本临淮人。"①《新唐书·司空图传》曰:"司空图字表圣,河中虞乡人。"②那么,我们怎么理解这个问题呢?

这里的"临淮"是指唐长安四年以后的"临淮县"。《旧唐书·地理志(一)》曰:"临淮,长安四年,割徐城南界两乡于沙熟淮口置临淮县。开元二十三年,移治郭下。"③地在今安徽泗县。所谓"本临淮人",表明他原籍临淮,实际已迁徙他乡了。迁到何处?《新唐书》指明:"河中虞乡",即今山西虞乡。

上述两种说法实际无矛盾,并且在司空图的诗文中都找得到根据。在《月下留丹灶·序》末,署曰:"泗水司空氏记"④;在《书屏记》末,署曰:"泗水司空图衔涕撰录谨记之"⑤;在《荥阳族系记·序》末,署曰:

---

① [后晋]刘昫等撰:《旧唐书》(第十五册),中华书局1975年版,第5082页。
② [宋]欧阳修、宋祁撰:《新唐书》(第十八册),中华书局1975年版,第5573页。
③ [后晋]刘昫等撰:《旧唐书》(第五册),中华书局1975年版,第1445页。
④ 祖保泉、陶礼天笺校:《司空表圣诗文集笺校》,安徽大学出版社2002年版,第216页。
⑤ 祖保泉、陶礼天笺校:《司空表圣诗文集笺校》,安徽大学出版社2002年版,第220页。

"乾宁三年春闰正月二十八日,泗水司空图序"①。这里的"泗水"曾是"临淮"的治所所在地。他一再这么说,表明他到老年也不忘祖籍。又,《书屏记》曰:"庚子岁(880年)遇乱,自虞邑居负之置于王城别业。"②这里的"虞邑居"即是他在虞乡县的家,"王城别业",即是他家在王官谷购置的别墅。又,诗有《虞乡北原》,就是写乡里景色的。

司空图祖籍临淮,家居山西虞乡,这本来是简明而有实证的问题,毋庸置疑。可是因为《旧唐书》版本有异,一种版本说:"司空图,字表圣,本临淄人。"于是近世修成的《山东通志》、《临淄县志》便说司空图祖籍为临淄,而国外的司空图研究者也有人认为司空图的祖籍为临淄,并进一步推演说"司空图大概出生于泗水,也许就是因为自己诞生泗水,既不用祖籍临淄也不说虞乡,而自署'泗水司空图'。"③我以为这种说法有失允当。

这里,应该略略提到《旧唐书》的版本问题。

百衲本《旧唐书》(由残存宋本与明闻人诠本配补成书)、清道光间扬州岑建功校刻的《旧唐书》和1975年中华书局版校点的《旧唐书》,皆说司空图"本临淮人"。这一说法的过硬证据就是司空图自署"泗水司空图"及司马光《资治通鉴》说的"图,临淮人也。"我们还应该知道司空图自署祖籍是不会错的;而司马光修《资治通鉴》中的《唐纪》部分"悉据旧史(按:指《旧唐书》),而于新书(按:指《新唐书》)无取焉"(见文征明《重刊(旧)唐书叙》)。足见司马光说:"图,临淮人也"一语,来自宋时的《旧唐书》。

只有明嘉靖己亥(1539年)绍兴闻人诠校刻的《旧唐书》说:"司空图字表圣,本临淄人。"现在人们常见的据闻氏本抄印的《四库全书》

---

①祖保泉、陶礼天笺校:《司空表圣诗文集笺校》,安徽大学出版社2002年版,第330页。

②祖保泉、陶礼天笺校:《司空表圣诗文集笺校》,安徽大学出版社2002年版,第220页。

③[新加坡]王润华著:《司空图新论》,台北:东大图书公司1989年版,第12页。

本、排印的《四部备要》本才说司空图"本临淄人"。我们以为这说法拿不出明代以前的证据,因而只能视为《旧唐书·司空图传》原作"本临淮人",闻本误作"本临淄人"。一字之差,相隔千里。应该知道,闻人诠翻刻《旧唐书》时大叹"苦无善本",文征明为闻本《旧唐书》作《叙》时,指出这书"多所阙漏",颇有"是非失实"①处。清阮元为《惧盈斋本旧唐书》(即岑建功校刻本)作《序》,则明确指出:"特当时闻本所据之书,止就残篇断简,荟萃而成,初非全部,故鲁鱼亥豕之文,夏五郭公之句,正复不少,论者惜其未尽善焉。"②我以为闻本把"本临淮人"误作"本临淄人",而岑建功本复校改为"本临淮人",便是勘正"鲁鱼亥豕之文"的一例。

至于"民国四年"(1915年)商务印书馆《影印清光绪山东通志》以及《临淄县志》所说"司空表圣,临淄人,徙河中虞乡"云云,那都是沿闻本《旧唐书》误刻一字而出现的错误,今人不该以此为据来论证司空图的祖籍。至于说司空图"诞生泗水"因而"自署泗水司空图",这纯系揣测之言,全无实据,也不符合古代文人自署祖籍的传统习惯,更不符合古代史家传记人物称其祖籍的通例。

(二)司空图的家庭

古代史家为所选定的人物作传,往往追叙传主的有可称道的祖宗。《旧唐书·司空图传》说:

> 曾祖遂,密令。祖象,水部郎中。父舆,精吏术。大中初,户部侍郎卢弘正领盐铁,奏舆为安邑两池榷盐使、检校司封

①[明]文征明撰:《重刊旧唐书叙》,见周道振辑校《文征明集》,上海古籍出版社1987年版,第470页。

②[清]阮元撰:《清惧盈斋本旧唐书阮序》,见[后晋]刘昫等撰《旧唐书·附录》(第十六册),中华书局1975年版,第5405页。

郎中。①

司空图的曾祖父司空遂曾任密县（今属河南省）县令，其政绩如何，无可考。祖父司空象，曾任水部郎中，官位五品，然其业绩亦失载。父亲司空舆"精吏术"，却有明确记载："先是，盐法条例疏阔，吏多犯禁；舆乃特定新法十条奏之，至今以为便。"②司空舆因此升官，入朝为司门员外郎，迁户部郎中。（《旧唐书·卢弘正传》亦提及"奏舆为两池使"事，不再录。）

司空图的上两代人都入朝为官，官至五品。这对司空图的成长必然产生重大影响。家庭经济为他提供了生活条件；家庭的文化水平对他青少年时期的学习，自有一定的要求；前辈的仕途、交游对他自有开拓社会视野的作用。封建社会中所谓"书香门第"，司空图家就是一个不大不小的例子。

司空图的祖父对司空图的具体影响，我们在《司空表圣诗文集》中找不出具体记载。司空图的父亲司空舆对司空图的各方面影响却有点记载。例如，司空图家在山西虞乡县定居，便与司空舆在大中初任安邑两池榷盐使有关。盐池在山西安邑县西南，由两池之一的"解池"（属山西解州）西去约四十里便是虞乡县城。司空舆对"两池"周围环境熟悉，选中虞乡为定居点③，为少年司空图找到了幽美而安静的学习环境。

《旧唐书·司空图传》曰："图有先人别墅在中条山之王官谷，泉石林亭，颇称幽栖之趣。"④图所作《山居记》说："会昌中，诏毁佛宫，因为

①［后晋］刘昫等撰：《旧唐书》（第十五册），中华书局1975年版，第5082页。
②［后晋］刘昫等撰：《旧唐书》（第十五册），中华书局1975年版，第5082页。
③《虞乡县志》曰："舆始卜居虞乡。"
④［后晋］刘昫等撰：《旧唐书》（第十五册），中华书局1975年版，第5083页。

我有。谷之名,本以王官废垒在其侧……"①这里应解释清楚:"因为我有"中的"我",不是司空图自己,因为"会昌中"他才十七八岁,无权购置;只有他父亲("先人")此时已是个颇有社会阅历的"精吏术"的一般官吏,才有力购置别墅。这个别墅后来成了司空图身处动乱时期的隐居之所。

司空图在《书屏记》中说他父亲曾"以诗师友兵部卢公载","以书受知于裴公休",并说他父亲为鉴赏书法作品往往"清旦披玩,殆废寝食",足见司空图的父亲是个能诗能书的儒雅之士,司空图青少年时所受到的家庭教育也可想而知。父亲的交游,增长了青少年时期司空图的社会知识,也是很自然的。《书屏记》中又提到了家中所藏图书简况:"前后所藏及佛、道图记,共七千四百卷。"并记他父亲的评书艺语:"正长(王赞)诗英,吏部(徐浩)笔力,逸气相资,奇功无迹,儒家之宝,莫逾此屏也。"②足证司空图的"赏览"修养、宗教信仰都与家庭环境有关。

咸通十年(869年),司空图三十三岁考进士,以"列第四人登科",受到恩师王凝的赏识,从此他便渐入仕途。

(三)司空图的生平

司空图(837年—908年)生活在晚唐的七十二年间,是唐代幼主相继当朝、宦官专权、藩镇逞兵割据和农民被迫起义的大动荡时代,也是唐朝逐渐走向灭亡的时代。血与火的交进,迫使司空图改变了当时知识分子惯走的入仕道路,忍痛辞官归隐。这里,我们根据《旧唐书》、《新唐书》、《唐诗纪事》、《司空表圣文集》及《司空表圣诗集》等材料,把他的生平事迹粗略地列示出来:

①祖保泉、陶礼天笺校:《司空表圣诗文集笺校》,安徽大学出版社2002年版,第200页。
②祖保泉、陶礼天笺校:《司空表圣诗文集笺校》,安徽大学出版社2002年版,第219—220页。

开成二年(837年)司空图出生于仕宦之家。(《旧唐书》称"本临淮人")曾祖遂,密县令。祖象,水部郎中。父舆,位终户部郎中。任"安邑两池榷盐使"时,移家山西虞乡县。《新唐书》称"司空图,虞乡人"。在虞乡中条山王官谷有先人购置的司空氏别业。

咸通七年(866年),三十岁。秋,为王凝撰《太原王公同州修堰记》。王凝曾任同州(今陕西大荔、合阳、韩城、白水等县地)刺史,图曾以文谒见。可见图受知于王凝在三十岁之前。

咸通十年(869年),三十三岁,考进士,名列第四登科,深受主司王凝赏识。归虞乡。

咸通十二年(871年),三十五岁。王凝为商州刺史,图往从之。(商州,地在今陕西省商县南、河南省淅川县一带。)

乾符元年(874年),三十八岁。随王凝在商州。

王仙芝率众数千起义于长垣(今河南长垣县)。次年(875年)二月,黄巢率众数千,响应王仙芝,起义于冤句(今山东菏泽),此后有众六十万。

乾符四年(877年),四十一岁。春,王凝为宣歙观察使,图往从之,在幕府。(宣歙,地在今安徽省青阳、宣城、宁国、歙县、祁门、休宁、江西省婺源一带。)

朝廷召图为殿中侍御史,不赴。

乾符五年(878年),四十二岁。图随王凝在宣歙。秋,黄巢起义军攻宣州,凝抗拒黄巢军,因劳得疾,死。图撰《纪恩门王公宣城遗事》,备史官采录。离宣城,之洛阳。

乾符六年(879年),四十三岁。在洛阳,为光禄寺主簿。受前相卢携赏识。携尝过图舍,手题于壁曰:"姓氏司空贵,官班御史卑。老夫如且在,不用念屯奇。"次年卢携复入朝为相。

广明元年(880年),四十四岁。因卢携推荐,至陕州(治在今河南省陕县),在观察使卢渥幕中。是年十月,卢渥为礼部侍郎。图入朝为礼部员外郎。十二月,黄巢起义军至京,僖宗出逃至蜀,图从之不及。在京遇义军战士段章,段为图昔日驭者,劝图投义军,图不从,得段导引,逃归中条山。当时故相王徽在蒲(今山西省永济、运城一带,亦称河中府),待图颇厚。

中和元年(881年),四十五岁。退归中条山王官谷。此时,有《杂言》明志:"乌飞飞,兔蹴蹴,朝来暮去驱时节。女娲只解补青天,不解煎胶粘日月。"

光启元年(885年),四十九岁,在王官谷。正月,僖宗自蜀还京,途次凤翔,拜图为中书舍人,知制诰。

光启二年(886年),五十岁。正月,僖宗至宝鸡,图不及从,退归王官谷,旋离王官谷,又归来。

文德元年(888年),五十二岁。僖宗在凤翔。三月,僖宗暴疾,崩,时年二十七。皇太弟寿王柩前即位,时年二十二,史称昭宗。此时司空图在王官谷。

龙纪元年(889年),五十三岁。朝廷召图之长安,拜中书舍人。不久,因病辞官,乞归。黄河以北大乱。图移居华阴县(今属陕西省)。次年(大顺元年),仍在华阴。

景福元年(892年),五十六岁。在华阴。朝廷征为谏议大夫,称疾不赴。

景福二年(893年),五十七岁。在华阴。朝廷征拜户部侍郎,赴阙,数日即辞归。

乾宁二年(895年),五十九岁。在华阴。八月,自华州至郧阳(今湖北郧县)避乱。曾南至涔阳、松滋。

乾宁三年(896年),六十岁。在郧阳。正月,陕军(邠州王行瑜、凤翔李茂贞、华州韩建)入王官谷,焚司空图濯缨亭,家藏图书七千四百卷化为灰烬。七月,韩建奉表迎昭宗驻跸华州(今陕西省华县、华阴、潼关及下邽镇一带),图自郧阳回华阴。朝廷征拜司空图为兵部侍郎,称疾不赴。

乾宁四年(897年),六十一岁。在华阴。昭宗驻跸华州。八月,韩建为剪除朝廷辅翼,杀通王以下十一王于石堤谷。

光化元年(898年),六十二岁。在华阴。八月,昭宗还京。九月,册韩建为太傅,进封许国公。司空图奉敕撰《华帅许国公德政碑》,在颂扬中有规戒语。

光化三年(900年),六十四岁。在华阴。八月,撰《书屏记》，论人的性格与书法艺术及其"先大夫"对书艺鉴赏情况。文末提及"进士姚颉"，是司空图的女婿。此后两年，图仍在华阴。

天复元年（901年），六十五岁。在华阴。二月，朱全忠进封梁王。十月，朱全忠引师至河中，京师大恐。昭宗出幸凤翔。韩建降归朱全忠。

天复二年（902年），六十六岁。是年春，自擅山至郧乡（今湖北郧县），编《绝麟集》，作《绝麟集述》。擅山，待考。

天复三年（903年），六十七岁，归王官谷，复茸亭台于坏垣中。作《休休亭记》，述隐居之志。昭宗由凤翔还京，从朱全忠、崔胤所奏，内官七百人并赐死，帝悲之，自为祭文。

天复四年，即天祐元年（904年），六十八岁。在王官谷。八月，右相奸贼柳璨陷害旧族，召图之洛阳。图入朝佯为堕笏失仪，遂放归王官谷。预筑冢圹，引故人入圹饮酒赋诗。八月十二日，昭宗遇弑，年三十八。皇太子辉王柩前即位，时年十三。

天祐四年，即梁开平元年（907年），七十一岁。在王官谷。四月，梁王朱全忠称帝于大梁（今开封市西北），封唐帝为济阴王，迁居曹州（今山东曹县）。梁帝召图为礼部尚书，不赴。

梁开平二年（908年），七十二岁。在王官谷。二月二十一日，朱全忠酖杀济阴王（李柷）于曹州，时年十七，谥为哀皇帝。图闻哀帝被弑，不食而卒。

司空图无子，以甥为嗣，名司空荷。有一女，适华阴姚颉。

(四)司空图的思想

纵观司空图的生平行迹，很明显，他有出仕与退隐的思想矛盾。

封建社会里知识分子的人生道路，用孟子的话说，便是"穷则独善其身，达则兼善天下"。司空图的出处，也深受这种思想的影响。结合当时的具体社会环境看，黄巢起义是司空图出仕与隐退的分界线。黄巢起义前，他生活安乐，锐意进取；黄巢起义后，战乱频仍，他惧祸隐退。据史料我们知道，少年司空图受到父亲的熏陶，对诗歌、书艺皆有颖悟,博得长辈的怜爱——《注〈愍征赋〉述》中有这么两句:"况愚通家著分,总角忘年。"①两句告诉我们,当司空图七八岁时,便与"会昌中进士"《愍征赋》的作者范阳卢献卿(字著明)结为"忘年"交。当然,卢与司空图的父亲有"通家"之好,才构成这种忘年交的。长辈如此厚爱司空图,正因为他孺子可教嘛。

青年时期的司空图,已能与有德望的王凝交往,受到垂爱——《北梦琐言》记载:"王文公凝,清修重德,冠绝当时。……曾典绛州(今山西新绛县),于时司空图侍郎方应进士举,自别墅到郡谒见后,更不访亲知,阍史遽申司空秀才出郭矣。或入郭访亲知,即不造郡斋。琅琊(指王凝)知之,谓其专敬,愈重之。"②(按:引文中的"绛州"当系"同州"之误。)我们应该知道,王凝是个有才干的官员,他看中司空图,必然既重其才,又重其德。咸通七年秋,图撰《太原王公同州修堰记》,在《记》中纵论地方水利得失,颇见经邦济世之才。这也证明王凝赏识司空图不是感情用事,凭空抬举。

司空图三十三岁及进士第。是年,有《与惠生书》,曰:

> 某赘于天地之间三十三年矣。及览古之贤豪事迹,惭企不暇……虽然,丈夫志业,弘之犹恐自踬,诚不敢以此为惮,故便文之外,往往探治乱之本,俟知我者纵其狂愚,已成万一之效……伊周不能为当今之治。苟在位者有问于愚,必先存质以究实,镇浮而劝用,使天下知有所竟,而不自窘以罪时焉。③

这段话明白地告诉人们:①司空图在学习期间,除学习"文之外,往往探治乱之本",注意锻炼自己的济世经邦才能,以图将来投入实际

---

①祖保泉、陶礼天笺校:《司空表圣诗文集笺校》,安徽大学出版社2002年版,第319页。

②[宋]孙光宪著:《北梦琐言》,上海古籍出版社1981年版,第13页。

③祖保泉、陶礼天笺校:《司空表圣诗文集笺校》,安徽大学出版社2002年版,第208—209页。

工作,报效国家。②他对"当今之治"自有方略大计在胸,只等着"知我者"引荐,他就可以走马上任,大展治国宏猷了。由此可见,他的用世之心何等强烈!

可是司空图万万没有料到,在他进士及第、大发治国宏论的五年之后,以王仙芝、黄巢为领袖的农民起义军便有力地冲击了唐王朝的帝座,也吓破了司空图出仕唐王朝的肝胆。乾符五年(878年),当司空图在王凝的宣歙观察使幕中时,他已看到黄巢起义军锐不可当。广明元年(880年)冬,当他在礼部员外郎任上不久,便被黄巢起义军俘获,他已看到百姓举着白旗拥戴起义军攻入京城,僖宗皇帝仓皇逃命的景况。他有幸得人帮助,偷偷地溜出京城,逃回中条山王官谷,那宵遁咸阳桥的紧张心情,他是此生难忘的。

天下大乱,司空图怎么安排自己的劫后余生呢?他选择了"穷则独善其身"的道路——归隐。他由长安逃归王官谷后有诗曰:"宦游萧索为无能,移住中条最上层。……自此致身绳检外,肯教世路日兢兢。"(《退栖》)显然,他不愿在恐惧危难中走他的"世路",那就只好隐居在深山里。可是他"身在绳检外"而"丹心向本朝"。他一面高吟"乐退安贫知是分,成家报国亦何惭。到还僧院心期在,瑟瑟澄鲜百丈潭。"(《漫书》)"浮世荣枯总不知,且忧花阵被风欺。侬家自有麒麟阁,第一功名只赏诗。"(《力疾山下吴村看杏花十九首》之六)好像他真已心如澄潭,清澈见底,成日看花吟诗,悠闲自得;一面又时时思念着朝廷。他叹道,"丧乱家难保,艰虞病懒医。空将忧国泪,犹拟洒丹墀。"(《乱后三首》之一)"身病时亦危,逢秋多恸哭。风波一摇荡,天地几反覆。"(《秋思》)显然,他的心灵深处,烙印着"报国"二字。

退隐与报国的思想矛盾始终纠缠着劫后余生的司空图。他庆幸自己"遭乱离而脱祸,归乡里而获安。"(《迎修十会斋》)可是当僖宗由蜀还京,途次凤翔,任命司空图为中书舍人、知制诰,他奉圣旨出山了,不久又辞归——他的行动表明了他思想深处的矛盾是实实在在的。

天复三年（903年），他六十七岁，写了篇《休休亭记》，比较集中地表达了退隐与忧国的矛盾。他说：

> 休休也，美也，既休而其美在焉。司空氏祯贻溪休休亭，本濯缨也。濯缨为陕军所焚，愚窜避逾纪，天复癸亥岁（903年），蒲稔人安，既归，葺于坏垣之中，构不盈丈，然遽更其名者，非以为奇，盖量其材，一宜休也；揣其分，二宜休也；且耄且瞆，三宜休也。而又少而堕，长而率，老而迂，是三者皆非救时之用，又宜休也。尚虑多难，不能自信，既而昼寝，遇二僧，其名皆上方刻石者也。其一曰闿，顾谓吾曰："吾常为汝之师也，昔矫于道，锐而不固，为利欲之所拘，幸悟而悔，将复从我于是溪耳。且汝虽退，亦尝为匪人之所嫉，宜以耐辱自警，庶保其终始，与靖节（陶渊明）、醉吟（白居易）第其品级于千载之下，复何求哉！"因为耐辱居士歌，题于亭之东北楹……咄，诺，休休休，莫莫莫，伎俩虽多性灵恶，赖是长教闲处著。休休休，莫莫莫，一局棋，一炉药，天意时情可料度。白日偏催快活人，黄金难买堪骑鹤。若曰：尔何能？答言：耐辱摸。①

这里，我们应该注意：①司空图说了一堆"休、休、休"的理由，未必完全出于自愿，因为他把"宜休"与佛教倡导的"忍辱"视为一事的两面。②"耐辱"，在他说来，当天下大乱之际，本想为唐王朝的至尊洗刷屈辱，可却心有余而力不足，只能躲在深山里忍辱求生，自恨"偷生做老人"。③自称"耐辱居士"，便标示了他思想深处的矛盾。自称"居士"，表明他皈依当时的佛教禅宗；他身处逆境，却要以"静虑"为思想准则，把逆境视为顺境来对待，从而检验自己的人生道路，要求在认识上达到"一切皆空"的境地。可是"居士"而又冠以"耐辱"，表明这个"居士"还心有杂念，念着给他"一举高科，两朝美宦"的唐王朝的安危。

---

① 祖保泉、陶礼天笺校：《司空表圣诗文集笺校》，安徽大学出版社2002年版，第198—199页。

这个矛盾多么鲜明！④休休亭本名濯缨亭，表明他早有"沧浪之水清兮，可以濯我缨；沧浪之水浊兮，可以濯我足"的看现实行事、进退两可的思想。此时天下大乱，他归隐而又"丹心向本朝"，乃是很自然的人生道路。⑤"耐辱"总是有限度的。当昭宗在天复四年（904年）八月"遇弑"时，司空图悲吟"身病时亦危，逢秋多恸哭"，还尽量"耐辱"，以全残生；当唐哀帝被梁主朱全忠酖杀后，唐王朝彻底灭亡了，他闻讯绝食而死，结束了"退隐"与"报国"的矛盾。但他的死，向世人宣示，这矛盾的主导一面，不是"隐士"，而是"忠臣"、"节士"。《新唐书》把司空图列入《卓行传》，算是有见地的。

唐末僧齐己《寄华山司空图》，僧尚颜《寄华阴司空侍郎》，僧虚中《寄华山司空图二首》等诗，都赞许司空图飘然隐退，把他描绘成对人世毫无牵挂的活神仙，那只是司空图的一方面，只有相对的真实性。

二、《二十四诗品》的理论体系问题

（一）不该在"二十四"数字上做文章

《二十四诗品》，从理论角度看，它有没有体系？对这个问题，我在60年代写的《司空图诗品解说·引言》第二节里曾简略谈过，我认为它没有理论体系。三十多年后，我虽阅览过许多关于《诗品》的材料，其中有的说《诗品》在排列顺序上体现了"脉络"、"伦次"，甚至连"二十四"这个数字都带有玄秘。但我仍然认为《二十四诗品》没有它自己的理论体系。多年来，我把《二十四诗品》读来读去，觉得它只是二十四首诗的集合体，正如苏东坡所说，那是司空图"盖自列其诗之有得于文字之表者二十四韵"①。这意思是：司空图读诗有得，就诗的意境、风格

---

① [宋]苏轼撰：《书黄子思诗集后》，见《苏东坡全集》（上），中国书店1986年版，第559页。

问题陈述二十四则。我认为这是最平实的说明。

《二十四诗品》名称中的"二十四"这个数字,其中有什么奥秘吗?我说,没有什么奥秘,它只表示司空图对诗的意境、风格有所体会,体会出"二十四种"。中国古代文学风格发展史的轨迹暗示人们,应该这么看待问题。

曹丕在《典论·论文》中就风格问题提出:

> 盖奏议宜雅,书论宜理,铭诔尚实,诗赋欲丽。[1]

人们对这所谓"四科"的"四",没有什么牵强附会的论说。

陆机在《文赋》中就风格问题提出:

> 故夫夸目者尚奢,惬心者贵当,言穷者无隘,论达者唯旷。诗缘情而绮靡,赋体物而浏亮,碑披文以相质,诔缠绵而凄怆,铭博约而温润,箴顿挫而清壮,颂优游以彬蔚,论精微而朗畅,奏平彻以闲雅,说炜晔而谲诳。虽区分之在兹,亦禁邪而制放。要辞达而理举,故无取乎冗长。[2]

人们对上列十体风格的"十",没有任何附会之说。评论家只指出:"此言文体之殊途,由于物象之有别;风格之屡迁,由于情志之无方。"[3]

刘勰在《文心雕龙·体性》中就风格品种指出:

> 若总其归途,则数穷八体:一曰典雅,二曰远奥,三曰精约,

①[梁]萧统编,[唐]李善注:《文选》(第六册),上海古籍出版社1986年版,第2271页。

②[晋]陆机著,张少康集释:《文赋集释》,人民文学出版社2002年版,第99页。

③程千帆著:《文论十笺》,黑龙江人民出版社1983年版,第166页。

四曰显附，五曰繁缛，六曰壮丽，七曰新奇，八曰轻靡。①

人们对这八种风格的"八"，也不曾有任何攀附之词。评论家只说："彦和之意，八体并陈，文状不同，而皆能成体，了无轻重之见存于其间。"②范文澜就此加按语："彦和于新奇、轻靡二体，稍有贬意，大抵指当时文风而言。"③

皎然《诗式·辨体有一十九字》：

高：风韵朗畅曰高。逸：体格闲放曰逸。贞：放词正直曰贞。忠：临危不变曰忠。节：持操不改曰节。志：立性不改曰志。气：风情耿介曰气。情：缘境不尽曰情。思：气多含蓄曰思。德：词温而正曰德。诫：检束防闲曰诫。闲：情性疏野曰闲。达：心迹旷诞曰达。悲：伤甚曰悲。怨：词调凄切曰怨。意：立言盘泊曰意。力：体裁劲健曰力。静：非如松风不动、林狄未鸣，仍谓意中之静。远：非如渺渺望水、杳杳看山，乃谓意中之远。④

人们对这"一十九字"的"十九"没有发任何议论，而只是说："十九体所括示的是诗之外彰的风律及内蕴的体德。"⑤贬之者斥为"这种分体，不伦不类"⑥。

可是到了司空图提出"二十四诗品"，人们对"二十四"这个数字，就觉得其中别有奥秘了。有人说：

①[梁]刘勰著，范文澜注：《文心雕龙注》（下），人民文学出版社1958年版，第505页。

②黄侃著：《文心雕龙札记》，中华书局1962年版，第95页。

③[梁]刘勰著，范文澜注：《文心雕龙注》（下），人民文学出版社1958年版，第507页。

④[唐]皎然著，李壮鹰校注：《诗式校注》，人民文学出版社2003年版，第69—71页。

⑤罗根泽著：《中国文学批评史》（二），上海古籍出版社1984年版，第42页。

⑥郭绍虞著：《中国文学批评史》，上海古籍出版社1979年版，第152页。

二十四在中国历代都具有最伟大、天下第一的含义,历代凡最伟大的选择往往以二十四为限,如二十四孝、二十四友、二十四贤。这个数目字在唐代也很流行。唐太宗选天下贤臣绘画在凌烟阁的墙壁上,也只选了二十四人。殷璠的《河岳英灵集》所选唐代诗人中英灵者,也只限二十四人,表示个个皆为精英……所以司空图用具有神圣性的数目字来表示,他这二十四种风格是天下第一者。①

这里,我不得不说,这是有意夸饰之辞。"二十四"这一数字哪里有什么"最伟大,天下第一的含义"!试就引文所举的例证略加分析:

1.《二十四孝》一书是元代郭居业辑成的,孝子中有黄山谷(庭坚),这证明与司空图撰《二十四诗品》的"二十四"完全不相干。

2."二十四友",语见《晋书·刘琨传》,曰:"秘书监贾谧参管朝政,京师人士无不倾心。石崇、欧阳建、陆机、陆云之徒,并以文才降节事谧,琨兄弟亦在其间,号曰'二十四友'。"②显然"降节事谧"有轻视"二十四友"意味,表明后人不曾把石崇、陆机等看成"最伟大,天下第一"的人物。

3.《旧唐书·太宗纪下》曰:贞观十七年正月,"诏图画司徒、赵国公无忌(长孙无忌)等勋臣二十四人于凌烟阁"③。这只能说,唐太宗选定的二十四人图画凌烟阁,而这"二十四人",也未必个个是"伟大人物"。数字"二十四"中无奥秘或者伟大可言。

4.《旧唐书·太宗纪下》:贞观二十一年二月,"诏以左丘明、卜子夏、公羊高、穀梁赤、伏胜、高堂生、戴圣、毛苌、孔安国、刘向、郑众、杜

①[新加坡]王润华著:《司空图新论》,台北:东大图书公司1989年版,第212页。
②[唐]房玄龄等撰:《晋书》(第六册),中华书局1974年版,第1679页。
③[后晋]刘昫等撰:《旧唐书》(第一册),中华书局1975年版,第55页。

子春、马融、卢植、郑康成、服子慎、何休、王肃、王辅嗣、杜元凯、范甯等二十一人,代用其书,垂于国胄,自今有事于太学,并命配享宣尼庙堂"①。这二十一贤就让他们是"二十一"人,决不去凑足"具有神圣性的数目字二十四"。"二十四"有什么"神圣性"? 夸张而已。

5.殷璠《河岳英灵集》是专选盛唐诗歌的选集,录玄宗开元二年(714年)至天宝十二载(753年)四十年间的二十四家诗,计二百三十四首。这二十四人是:(卷上)常建、李白、王维、刘眘虚、张渭、王季友、陶翰、李颀、高适,(卷中)岑参、崔颢、薛据、綦毋潜、孟浩然、崔国辅、储光羲、王昌龄、贺兰进明,(卷下)崔署、王湾、祖咏、卢象、李嶷、阎防。根据这份名单,读者应该明白,这只是殷璠所选"盛唐"诗人中"二十四人"的作品,而不是从全部唐诗中所选"二十四人"的作品。杜甫、白居易、李商隐、杜牧等等,在唐代诗苑里都是光辉的名字。读者应实事求是地理解引文中所谓"唐代诗人"的说法。

根据以上五条说明,似乎可以断言:二十四这个数目字没有什么"神圣性"。因此我认为,《二十四诗品》标题中的"二十四",没有任何奥秘或神圣性。

也有人说,《二十四诗品》与"二十四节气"大有关系,这叫"诗道沿时"。

"二十四节气"指一年四季,每季六个节气,如立春、清明、夏至、白露、冬至等等,一共二十四节气。我们总不能因为《诗品》描绘诗的意境、风格而写了些景色,便把"二十四品"与"二十四节气"扯上关系吧? 如果硬要如此攀扯,那我要问:哪一品写"立春"? 哪一品写"清明"? 哪一品写"夏至"? 哪一品写"冬至"? 等等。我以为,善于务虚者也无法回复。如果有人就此谴责我头脑简单,我则说,这叫实事求是。本来嘛,对诗人风格,古代评论家们各有体会,各自说出四种、八种、十

①[后晋]刘昫等撰:《旧唐书》(第一册),中华书局1975年版,第59页。

种、十九种、二十四种风格特征,这只能说,各人说了多少算多少,不该对他们有所强求,便不必在"四"、"八"、"十"、"十九"、"二十四"里找什么奥秘。以《诗品》而论,司空图体会出二十四种意境、风格,这"二十四"就是二十四,其中没有任何奥秘!

(二)评《诗品续解》所谓"脉络"

清道光四年(1824年),山东杨振纲撰《诗品续解》,在《自序》后,缀以《琐言》,有曰:

> 诗品者,品诗也。本属错举,原无次第。然细按之,却有脉络可寻,故缀数言,系之篇首。虽无当于作者之意,庶有裨于学者之心。①

《续解》作者很坦率,他说明所谓"脉络"是他加进《诗品》的,而不是《诗品》本身固有的。

对《诗品》,《续解》作者加进什么样的脉络呢?请看,他在每一品之前写道:

> 诗文之道,或代圣贤立言,或自抒其怀抱,总要见得到,说得出,务使健不可挠,牢不可破,才可当不朽之一,故先之以《雄浑》。
> 雄浑矣,又恐雄过于猛,浑流为浊。惟猛惟浊,诗之弃也,故进之以《冲淡》。
> 冲淡矣,又恐绝无彩色,流入枯槁一路,则冲而漠,淡而厌矣,何以夺人心目,故进之以《纤秾》。
> 纤则易至于冗,秾则或伤于肥,此轻浮之弊所由滋也,故进之以《沉著》。

①[清]杨振纲著:《诗品续解·琐言二则》,见郭绍虞集解《诗品集解》,人民文学出版社1963年版,第68页。

……

然苦心形容,易至浸滞,何能独立物表,与化为徒哉！故进之以《超诣》。

玄神既超,风致或乏,如释迦如来,坐宝莲台,讲大乘法,非不超超玄著,而听者迷而思卧,佐以天女散花,缨络宝盖,随风摇荡,则心怳神怡,翩翩有凌云之意矣。故进之以《飘逸》。

既已飘逸,然或局于一隅,贪看鸳鸯戏水,忘却波浪接天,是第见羚羊挂角,却未知香象渡河也。故必贝宫珠阙,出没变幻,花雨香林,顷刻有无,齐天地于一瞬,等嵩华于秋毫,乃为诗家之极致也。故进之以《旷达》。

其在《易》曰:变动不拘,周流六虚,天地之化,逝者如斯。盖必具此境界,乃为神乎其技,而诗之能事毕矣。故终之以《流动》。①

人们看得很清楚:他在"先之以《雄浑》、终之以《流动》"之间,用了二十二次"进之以"某品,便把二十四品如同串红辣椒似的缀成一串。这算什么"脉络"?

这里,我们应该指明,《续解》作者的这种说法,从表面看,是模拟《易传·序卦》而来的。请看,《序卦》说:

有天地,然后万物生焉。盈天地之间者唯万物,故受之以《屯》。《屯》者,盈也。《屯》者,物之始生也。物生必蒙,故受之以《蒙》。《蒙》者,蒙也,物之稚也。物稚不可不养也,故受之以《需》。《需》者,饮食之道也。饮食必有讼,故受之以《讼》。讼必有众起,故受之以《师》。《师》者,众也。众必有所比,故受之以《比》。《比》者,比也。比必有所畜,故受之以《小畜》。物畜然后有礼,故受之以《履》。《履》者,礼也。履而泰然后安,故受之以《泰》。《泰》者,通也。物不可以终通,故受之以《否》……②

①[清]杨振纲著:《诗品续解》,见郭绍虞集解《诗品集解》,人民文学出版社1963年版,第3—42页。
②高亨著:《周易大传今注》,齐鲁书社1979年版,第643—645页。

按《周易》上经三十卦，叙其顺序，用了二十八次"受之以"某卦，把它们贯串起来；下经三十四卦，也用了三十二次"受之以"某卦，把它们贯串起来。问题是：《易传·序卦》的"受之以"某卦，是有规律的，而《续解》用二十二次"进之以"某品，把《二十四诗品》串起来，却不显示任何规律。

先说《序卦》所显示的规律。

大化流衍，生生不息，阴阳相动，万物滋生，这是《周易》为人们所描绘的一幅关于世界万物的起源、构成、生化与变迁的图式。《易传·系辞》曰"一阴一阳之谓道"，说明了《周易》的思想本质，也成为《周易》的哲学总纲。《周易》卦象就是建立在阳爻（—）和阴爻（－－）两个符号基础上的，这两个符号按照阴阳消长的规律，经过排列组合而衍生八卦：

☰　　☷　　☳　　☴　　☵　　☲　　☶　　☱
乾　　坤　　震　　巽　　坎　　离　　艮　　兑

八卦分阴、阳两类，乾，由三个阳爻组成，为纯阳之卦；坤，由三个阴爻组成，为纯阴之卦；震、坎、艮三卦皆由一个阳爻、二个阴爻组成，其爻画皆为五，为奇数，属阳卦；巽、离、兑三卦皆由一个阴爻、二个阳爻组成，其爻画皆为四，为偶数，属阴卦。由此可见，八卦的构成与排列，正体现了阴阳对立统一的思想。

单卦共八个，称为"经卦"，八经卦通过重迭，排列组合为六十四"别卦"。六十四卦的爻画，如乾，画作䷀（乾下乾上）；坤，画作䷁（坤下坤上）；屯，画作䷂（震下坎上）；余类推。《周易》全书六十四卦就是这么得来的。

因为《周易》是按照阴阳对立统一思想构成的，所以《序卦》叙述卦的顺序，便如孔颖达《周易正义》所说：

今验六十四卦，二二相耦，非覆即变。覆者，表里视之遂成两卦。《屯》、《蒙》、《需》、《讼》、《师》、《比》之类是也。变者,反覆唯成一卦,则变以对之。《乾》、《坤》、《坎》、《离》、《大过》、《颐》、《中孚》、《小过》之类是也。[1]

两卦相邻,不反则对,这就是《序卦》说明六十四卦之间关系的规律。乾坤相对,泰否相对,是显例;屯蒙相承,蒙需相承,是显例。因而我说:阴阳对立统一规律乃是《序卦》说明词的哲学思想。

再说《二十四诗品》是平列的二十四首诗,没有一以贯之的脉络。

《二十四诗品》是对二十四种诗歌意境、风格的描绘。诗人的创作个性总是以清新、深刻的情思贯注于感人的形象中而形成意境,形成各自的独特风格。《文心雕龙》有《体性》篇,专论文学风格和个性统一的问题。《体性》篇中的"体",即是今人所说的风格;"性",即指个性。《体性》指明作者创作个性形成的基因,乃是"情性所铄,陶染所凝",这与人的气质、才智、学力、习染都有关系。长期养成的创作个性,便成了独特的个性;由这种独特个性决定着作品的独特风格。因此,我认为,诗的风格,就每位诗人说,有独特性,才是卓然一家或大家。每位诗人的独特风格,各有其美。读者凭个人爱好,可能各有所偏;评论家对各种风格则当一视同仁,鉴赏百家。司空图正是从鉴赏百家的角度,写出《二十四诗品》,每品平列,各自独立,各不相属。这是不持偏见的人们所认同的。

《续解》作者怎么找出"脉络"的?请看,他摹拟《序卦》的说明方式,把"受之以"某卦换成"进之以"某品,于是《二十四诗品》就有了所谓的"脉络"。但我不得不说,这"脉络"的脉管里没有周流全身的血液,这"脉络"只如同一根"麻线",用来串红辣椒则可,用来串《二十四诗品》,则只能说些废话。他明知"原无次第",却硬要强作解人,便甘

[1] [唐]孔颖达撰:《周易正义·序卦》,见[清]阮元校刻《十三经注疏》(上册),中华书局1980年版,第95页。

心说废话。

说空话总要找点根据,根据是什么? 他说"又恐雄过于猛","故进之以《冲淡》";"又恐绝无颜色","故进之以《纤秾》";"纤则易至于冗长,秾则或伤于肥,……故进之以《沉著》",等等。人们应该看透,他的理论根据是建立在"假设"的基石上的。这根据实际不存在(或未必有)。因此,这根据成了无根无据。

无根无据,而竟然能说一通空洞无物的话,这就不能不"归功"于《续解》作者长期经受的八股文训练了。

(三)评《二十四诗品浅解》所谓"伦次"

清道光乙未(1835年),山东蓬莱杨廷芝撰《二十四诗品浅解》,除《二十四诗品大序》外,特作《二十四诗品小序》,申述他对《二十四诗品》"伦次"的看法,录之如下:

> 诗不可以无品,无品不可以为诗,此《诗品》之所以作也。予总观统论,默会深思,窃以为兼体用、该内外,故以《雄浑》先之。有不可以迹象求者,则曰《冲淡》。亦有可以色相见者,则曰《纤秾》。不《沉著》、不《高古》,则虽《冲淡》、纤秾,犹非妙品。出之《典雅》,加之《洗炼》;《劲健》不过乎质,《绮丽》不过乎文;无往不归于《自然》。《含蓄》不尽,则茹古而涵今;《豪放》无边,则空天而廓宇,品亦妙矣。品妙而斯为极品。夫品,固出于性情,而妙尤发于《精神》;《缜密》则宜重、宜严,《疏野》则亦松、亦活;《清奇》而不至于凝滞,《委曲》而不容以径直:要之无非《实境》也。境值天下之变,不妨极于《悲慨》;境处天下之赜,亦有以拟诸《形容》。超则轶乎其前,诣则绝乎其后(《超诣》);飘则高下何定,逸则闲散自如(《飘逸》);旷观天地之宽,达识古今之变(《旷达》),无美不臻,而复以《流动》终焉。品斯妙极,品斯神化矣。廿四品备,而后可与天地无终极。品之伦次,定品之节序,全则有品而可以定其格,亦于言而可以知其志。诗之不

可以无品也如是夫！①

《浅解》所谓"伦次"，即条理顺序。他要说明《二十四诗品》排列顺序的道理。道理何在？他没有明确交待，只大施作八股文截搭题的手段，装腔作势，发一通空洞无物的高论。下面，让我先简单介绍所谓八股文截搭题，然后再分析《浅解·小序》这篇妙文。

八股文又称《四书》文。《四书》，指《论语》、《大学》、《中庸》、《孟子》。明、清时，规定童生学习《四书》，用朱熹《四书章句集注》为合法的课本。童生考秀才（称为"小试"），作文章要代圣人立言，其题材即以《四书》为限。主试者出题，当然出自《四书》。如题《其为仁之本与·子曰巧言令色》，取自《论语·学而》第二章之末句与第三章之首句，截两章尾首搭缀成题②。主试者出如此之类的怪题，主要是为了防止应试者猜题或抄袭事先熟读背熟的前人文章（当时书商刻售早已中试的卷子）。应试者作"截搭题"文章，又要代圣人立言，那就只好就"毫无意义的题目"作出一篇毫无意义的文章来。

八股文，本来就是只讲形式不讲内容的。八股就是个形式，文章开始第一句叫"破题"，在这一句里，扼要说明对题目的理解；紧接两句，继续说明，叫"承题"；下边是"起讲"，起讲分起股、中股、后股和末股四个段落发议论。这四段，每段写成两股对偶的文字，就像一副长对联。四段合共八股，故称八股文③。

《浅解》作者经受八股训练，久之而成为思维定势，遇到要论述的问题，便显示一套八股手段，发一通空洞议论。对《诗品》，他明知《雄

①[清]杨廷芝著：《二十四诗品浅解·二十四诗品小序》，见孙昌熙、刘淦校点《司空图〈诗品〉解说二种》，齐鲁书社1980年版，第85—86页。

②参见褚斌杰著《中国古代文体概论》（增订本），北京大学出版社1990年版，第468—472页。

③参见冯友兰著《三松堂自序》，生活·读书·新知三联书店1984年版，第71页。

浑》列在第一，便抓住"大用外腓，真体内充"两句，说"兼体用，该内外，故《雄浑》先之。"他明知《流动》列在末尾，便说"复以《流动》终焉"。显然，他说了等于没说。这是手段之一。

对列第二、第三的《冲淡》与《纤秾》，他把两品对立起来，以"不可以迹象求"与"可以色相见"相区别。难道《冲淡》《纤秾》所描绘的意境、风格是"无迹"、"有相"问题？两者本无对立关系，他只好似是而非，说两句了事。这是手段之二。

对列在第四、第五的《沉著》《高古》，他说"不《沉著》，不《高古》，则虽《冲淡》《纤秾》，犹非妙品。"这真是莫名其妙。难道《沉著》《高古》必与《冲淡》《纤秾》相调和，才成"妙品"？这是手段之三。

对列在第六、第七、第八、第九、第十的《典雅》、《洗炼》、《劲健》、《绮丽》和《自然》，他说"出之《典雅》，加以《洗炼》"——典雅之作，还要"加以洗炼"，出语荒唐可知；"《劲健》不过乎质，《绮丽》不过乎文"——"不过乎"乃是虚拟之辞，完全不着实际，其空洞可知；以上四品"无往而不归于《自然》"——这是片面之见。《诗品》说诗，崇尚"自然之道"，贯穿始终。这是手段之四。

对列在第十一、第十二的《含蓄》、《豪放》两品，他说"茹古涵今"、"空天廓宇"——这是似是而非的解释，其手段与"之二"同。

对列在第十三、第十四、第十五、第十六、第十七、第十八的《精神》、《缜密》、《疏野》、《清奇》、《委曲》、《实境》，他说"妙尤发于《精神》"、"《缜密》宜重宜严"、"《疏野》亦松亦活"、"《清奇》不至于凝滞"、"《委曲》不容径直"、"要之无非《实境》"——"精神"如何"妙"呢？说不清；"缜密"宜严好理解，可是"宜重"何也，说不清；"疏野"亦松亦活是什么意思，说不清；"清奇"不凝滞，"委曲"不径直，皆说了等于没说；"要之无非《实境》"，令人不知所云。这是八股搭缀手段的总和运用，是其六。

对列在第十九、第二十的《悲慨》与《形容》，他说"境值天下之变，无妨极于《悲慨》,境处天下之赜,亦有以拟诸《形容》"。以"天下之变"与"天下之赜"对举,当然可以。但以《悲慨》与《形容》对举,实际只是为了套用《周易·系辞上》"拟诸其形容"一语,以表学问,却使人莫名其妙了。这手段与"之三"同。

对列在第二十一、第二十二、第二十三的《超诣》、《飘逸》、《旷达》,他不就每品整体概念作解释,而采用拆开概念解释个别字的方式以求语势变化,遮掩自己的不解;解释个别字,如"旷则观天地之宽"、"达则识古通今",说了等于不说。

有人说八股文"空话连篇,言之无物"。这算是打中了要害。我的以上分析,不是要菲薄古人,只是为了说清《诗品》在排列顺序上实在没有什么理论体系。

(四)评《诗品臆说》的《附注》

清道光十九年(1839年),山东淄川孙联奎撰《诗品臆说》,书末有《附注》云:

> 总通编言:《雄浑》为《流动》之端,《流动》为《雄浑》之符,中间诸品则皆《雄浑》之所生,《流动》之所行也。不求其端,而但期"流动",其文与诗,有不落空滑者几希?一篇文字,亦似小天地,人亦载要其端可矣。①

从这条《附注》看来,孙氏似乎看出《诗品》有什么体系。其实呢,他只说了几句玄妙莫测的话,而没有说明任何道理。如果说,他认为"中间诸品则皆《雄浑》之所生"是他的见解,那就是说:《雄浑》与"中间诸品"之间,有母子关系或源与流的关系。这就风格来说,岂非笑话!"中间诸品"为什么按照那样的顺序排列呢?难道"中间诸品"有个出

---

① [清]孙联奎著:《诗品臆说·附注》,见孙昌熙、刘淦校点《司空图〈诗品〉解说二种》,齐鲁书社1980年版,第47页。

生次序？显然,作者不知道"风格"是什么,读《诗品》后又觉得它有点玄秘,于是强作解人,信口乱说而已。

(五)小结

《二十四诗品》就排列顺序看,实在没有什么理论体系,这是由于"风格即人"的独特性决定的。《二十四诗品》每品之间有可比性,经比较而显示各自的特色;无对立性,因而各各不相排斥以求对立统一。这,用今天的话说,它们犹如百花齐放,各有其美。

三、《二十四诗品》的基本思想、表现方法及艺术贡献

(一)《二十四诗品》的基本思想

《二十四诗品》品评诗的风格,比较细致。在司空图之前,还找不出这样精于品评的风格论。司空图在《与李生论诗书》中说:"愚以为辨于味而后可以言诗也。"[①]可见他是很强调辨别诗味的。《诗品》正是他在辨别诗味的基础上写出来的风格论,也是他在诗的风格学上的贡献。

《二十四诗品》谈诗的风格,谈得如此细致、多样,不是凭空就能做到的。中晚唐文士、诗僧们的"诗句图"之类撰述,对司空图写《诗品》多少有些影响。如《诗品》中的"含蓄"、"疏野"、"劲健"、"高古"、"清奇"等词头,在《诗式》(皎然撰)、《诗人主客图》(张为撰)、《风骚旨格》(齐己撰)中已先零星地出现。又如,用比物取象的方法来谈意境、风格,也不自司空图始,不过,前人偶一为之而已。这里,必须着重说明的是:唐代诗歌的繁荣、唐诗的风格多样化,为司空图写《诗品》提供了

①祖保泉、陶礼天笺校:《司空表圣诗文集笺校》,安徽大学出版社2002年版,第193页。

历史条件,这对形成司空图的风格论有着直接的影响。而司空图自己如果没有对唐诗的辨味功夫,是写不出《诗品》的。司空图说,他对"国朝至行清节文学英特之士"①是很崇敬的。而且,他把"赏诗"、"论诗"当作隐居生活的一部分。其诗《力疾山下吴村看杏花十九首》中有句曰:"侬家自有麒麟阁,第一功名只赏诗";《杂题九首》中有句曰:"宴罢论诗久,亭高拜表频"。因此,他对"国朝"诗人的诗,颇有评论。他在《与王驾评诗书》中说:"国初,上好文章,雅风特盛。沈、宋始兴之后,杰出于江宁,宏肆于李杜,极矣。右丞、苏州趣味澄复,若清沇之贯达。大历十数公,抑又其次。元、白力勍而气孱,乃都市豪估耳。刘公梦得、杨公巨源,亦各有胜会。浪仙、无可、刘得仁辈,时得佳致,亦足涤烦。厥后所闻,徒褊浅矣。"②这里,他对这些诗人的作品所辨出来的味,恰当与否,我们且不去管他,但这一席话,说明他曾对唐代许多诗人的作品,作过一番辨味的功夫,却是无可怀疑的。我们认为,正由于唐代诗人各有其独特的风格,而司空图对这多样化的风格特色又有所领会,这才写出了《诗品》,发展了诗的风格论。

我们来谈谈《二十四诗品》的基本思想。

在司空图的著作里,就所表现的思想而论,儒、释、道兼而有之。但就《二十四诗品》而论,如果我们把它当作诗来读的话,便会感觉到作者一刻也没有忘记向人们吐露他的玄远的、超然世外的思想。应该说,道家思想是《二十四诗品》在论诗的风格时所显示出来的基本思想。

心与道契,这是他口口声声所叨念着的东西。我们看,论"雄浑",他说:"超以象外,得其环中";论"冲淡",他说:"素处以默,妙机其微,

①祖保泉、陶礼天笺校:《司空表圣诗文集笺校》,安徽大学出版社2002年版,第201页。

②祖保泉、陶礼天笺校:《司空表圣诗文集笺校》,安徽大学出版社2002年版,第189—190页。

饮之太和,独鹤与飞";论"高古",他说:"虚伫神素,脱然畦封,黄唐在独,落落玄宗";论"洗炼",他说:"体素储洁,乘月还真";论"自然",他说:"俱到适往,著手成春";论"豪放",他说:"由道返气,处得以狂";论"疏野",他说:"若其天放,如是得之";论"超诣",他说:"少有道契,终与俗违";论"旷达",他说:"何如尊酒,日往烟萝";论"流动",他说:"超超神明,返返冥无"。很明显,在他看来,诗的风格,是道的外化;诗人只有超然物外,养静守默,游心于太古之域、虚无之境,那才可能创造出具有"雄浑"、"冲淡"、"高古"之类格调的作品来。

司空图不但把"雄浑"、"冲淡"、"高古"、"旷达"之类的风格,与"道"联系在一起,就是论"纤秾"、"绮丽"、"形容"之类的风格,这在一般人看来,是富丽的气象,与"道"没有什么相干的了,可是,他也把这些风格说得玄气满纸。如论"纤秾",他就幻想着"窈窕深谷,时见美人";论"绮丽",他便说:"神存富贵,始轻黄金,浓尽必枯,淡者屡深";论"形容",则说:"俱似大道,妙契同尘"。既纤秾,而又要超然世外,便有深谷美人的玄想;"绮丽"而又要脱尽尘俗,那就只能"神存富贵",以修道为志。因为人间有浩劫,好景不常在;即使是所描绘的山容水态吧,他认为,那也是"道"的外化:"道不自器,与之圆方"。一句话,诗的风格的源泉在于"道",这就是他所要告诉我们的最主要的思想。"道"是什么? 他说:"超超神明,返返冥无"。这就陷人渺不可知的虚无论的泥坑中去了。

玄远的超然思想,是司空图《二十四诗品》的基本思想。然而《诗品》的作者毕竟不能太上无情,还要"逢秋多恸哭",哀伤着"天地几反复"。因此,在他所形容、比喻的各种意境里,也似乎可以看出作者本人寂然凄然的身影。

在《二十四诗品》中,那些畸人、幽人、高人、碧山人、淡泊如菊之人,都是作者幻觉中的超人,而这种超人总是行动在冷漠漠的境地里,对一切默默无言,以倦怠而又幽怨的眼睛望着自然或人们出神。论

"清奇",他描绘道：

> 可人如玉,步𡏖寻幽。载瞻载止,空碧悠悠。神出古异,淡
> 不可收。如月之曙,如气之秋。

在这里,我们看到了"可人"对着悠悠的碧空出神,那冷冷如秋月般的眼神,是内心孤寂的说明。论"高古",他描绘道：

> 畸人乘真,手把芙蓉。泛彼浩劫,窅然空踪。月出东斗,好
> 风相从。太华夜碧,人闻清钟。

一个身历人间浩劫的人,在清风明月之夜,呆在太华之巅,默然地听着远处传来的山寺钟声,其清冷孤寂之情,可以料知。论"典雅",他说：

> 落花无言,人淡如菊。

如此良辰美景,而淡泊如菊之人竟典雅到面对落花默默无言。其心灰意冷的神态,也可以想见。此外：

> 生者百岁,相去几何。欢乐苦短,忧愁实多。(《旷达》)
> 语不涉难,已不堪忧。(《含蓄》)
> 百岁如流,富贵冷灰。(《悲慨》)

人生苦多乐少,富贵化为冷灰,这是逃避现实的超人的伤心处。司空图逃避到王官谷中,他的生活境界正是这样的。

总之,逃避现实,游心于道,这是司空图在《二十四诗品》中所表现出来的基本思想。从这一基本思想出发,他认为构成一切风格本源的就是"道"。这就不仅使他把各种风格说得那么玄虚、神秘,诱惑诗人走向逃避现实的泥坑,而且也割断了文学与现实生活的血缘关系,使文学成为与人民群众绝缘的东西。这种理论,就其根本之点说,对当

时与现在,都是有害的。

(二)《二十四诗品》的表现方法

诗的风格不是什么抽象的、虚无缥缈的东西。作为社会意识形态的诗,是一定的社会生活在诗人头脑中的反映。诗人所创造的形象,乃是现实生活所孳育的果实。所谓诗的风格,必然关系着一定社会生活的内容、诗人的思想感情、艺术修养、性格倾向等等方面。如果我们割断了诗与现实生活的关系,不从产生诗的本源上来探索诗学上的一切问题,那么,一切诗的现象都将是不可理解的。如果把一切诗的现象问题只归之于作家的主观思想问题,那就必然要凭着神的意旨去说话了。

司空图论风格,由于他以玄学思想为指导,是抽掉诗的社会现实生活内容来谈问题的。这一来,便使人对他所谈的问题难于把握了。它要求诗写得有"道气",玄远超然,而他所处的时代呢,是农民起义摧毁唐王朝统治的时代。以这样有火、有血、有饥寒、有斗争的时代生活内容入诗,在他看来,是很不超然的。于是,不得已,他只好从心造的幻影出发,一面描绘幻觉中的自然,一面描绘幻觉中的畸人、幽人、高人之类的行径,来表达他论诗的玄学思想。他既要"超以象外",而又不能太上无情,还要写《二十四诗品》,那就只好谈什么"落花无言,人淡如菊","幽人空山,过水采蘋","晴涧之曲,碧松之阴。一客荷樵,一客听琴","太华夜碧,人闻清钟",等等。超脱确是超脱了,只是他的诗的风格论也就变成了诗的玄学论。不管是雄浑、冲淡的风格也好,还是绮丽、纤秾的风格也好,在他看来,这都是道的"离形得似",与现实无关。而道又是"超超神明,返返冥无"的东西。显然,照他的说法,诗人要描绘什么样的意境,要具有什么样的风格,就只能听凭上帝的恩赐了。

　　《二十四诗品》用诗的形式,形象化的诗句来表达诗的不同意境、不同风格,这也是使人对他所谈的问题难于把握的原因之一。

　　用形象化的诗语来描绘、比喻所要论述的问题,这固然可以有较为生动的表现力,易于使人通过一些生动的形象,进行联想,想到更多的景象。但是,作为对理论问题的探讨来说,这毕竟不是直接的、明确的说明,因而他给人的印象只能是模糊的、拟似的。例如:

> 绿杉野屋,落日气清。脱巾独步,时闻鸟声。鸿雁不来,之子远行。所思不远,若为平生。海风碧云,夜渚月明。如有佳语,大河前横。(《沉著》)

　　尽管他百般形容、比喻,可是,如果我们要问,诗的"沉著"风格到底是什么样子的? 他回答我们的,只是对"沉著"的风貌所作的一些比喻、形容。这就使我们不能很清楚地理解他所要说明的问题。

　　《二十四诗品》中的某些诗句,含意不够明确,这是它使人难于把握的又一原因。《昭昧詹言》的著者方东树就认为:二十四诗品"多不可解"。的确,《二十四诗品》在某些地方,语意是不明确的。例如"豪放"的开头说:"观花匪禁,吞吐大荒",语意就很含糊。我们说,以"吞吐大荒"来形容豪放,是可以使人意会的。可是"观花匪禁"怎么就"豪放"呢? 这便令人费解了。有人解释曰:"禁,止也,持也。匪禁,非所禁也。观花之事,拘谨者不为,而此乃匪禁,何其放也。"①又有人解释曰:"禁,天子所居。禁花,非人之所得观。观花而既匪禁,无往而非兴到之所,亦无往而非可观之花,豪孰甚焉。"②我们看,前一种解释认为拘谨的人就不赏花,而赏花就是豪放之举,这是迂腐而牵强的说法。后一种解说把"禁"作"禁宫"解,似乎还能说得过去。"禁"即禁宫,大而言

---

　　①无名氏:《诗品注解》,李宝文堂刊印。

　　②[清]杨廷芝著:《二十四诗品浅解》,见孙昌熙、刘淦校点《司空图〈诗品〉解说二种》,齐鲁书社1980年版,第104页。

之,即指京城。在京城里放眼观花而不受拘束,这才略有豪放的意味。如以表达新进士得意神气的诗句"春风得意马蹄疾,一日看尽长安花"来说明"观花匪禁"的豪放,将是比较恰切的。又如在"委曲"中,有"力之于时,声之于羌"两句,也是令人费解的话。一种解释是:"(力之于时)此句就耕耘收获说,自春而夏,自夏而秋,费多少力,经多少委曲,然后得以粒食也。""(声之于羌)羌,羌笛也。……笛声婉转,最足感人。"①又一种解释是:"言力之于其用时,轻重低昂,无不因乎时之宜然。羌,楚人语词。此作实字用,言其随意用之,而无不婉转如意也。……一说'羌'即羌笛之'羌',言羌笛之声曲折尽致也,亦通。"②我却以为,对这两句,可以把"羌声"和"时力"对比起来作解释,即"时力"是"强弓劲弩"③之名,"羌声"即羌笛之声。因为强弓可随力而曲,羌笛有委婉之声。以强弓的委曲、羌笛声的婉转来形容"委曲",似乎比较贴切些。然而,对这些诗句,为什么索解者人各为说,纷纭难定呢? 这不能不说与诗句本身语意不明有关。

(三)《二十四诗品》的艺术贡献

司空图《二十四诗品》所表现的基本思想是玄远超然的虚无论。他宣扬诗人应该逃避现实,成为畸人、真人,希望诗人把诗写成逃避现实的麻醉剂,希望人们来欣赏那种麻醉剂。这当然是有害的。那么,司空图《诗品》在论诗的意境、风格问题上,对我们来说,有没有可取之

①[清]孙联奎著:《诗品臆说》,见孙昌熙、刘淦校点《司空图〈诗品〉解说二种》,齐鲁书社1980年版,第36页。

②[清]杨廷芝著:《二十四诗品浅解》,见孙昌熙、刘淦校点《司空图〈诗品〉解说二种》,齐鲁书社1980年版,第112—113页。

③《史记·苏秦列传》记载,苏秦说韩宣王曰:"……天下之强弓劲弩皆从韩出。谿子、少府时力、距来者,皆射六百步之外。"裴骃《集解》云:"案:时力者,谓作之得时,力倍于常,故名时力也。"见[汉]司马迁撰《史记》(第七册),中华书局1959年版,第2250—2251页。

处呢？我的答复是：我们可以有批判地从那里汲取一点营养，或把它当作可贵的借鉴。

《四库全书总目提要》论《二十四诗品》说："各以韵语十二句体貌之。所列诸体皆备，不主一格。王士禎但取其'采采流水，蓬蓬远春'二语，又取其'不著一字，尽得风流'二语，以为诗家之极则，其实非图意也。"①是的，论诗不主一格，就是非常可取的见解。

《二十四诗品》把二十四品并列，作者把他所能体会到的诗的风格，形象化地描绘给读者，而没有彼此抑扬之分，这种见解是比较通达的。承认风格多样化，这对诗的创作和欣赏两方面来说，都是有益的。就创作方面来说，诗人们各有其生活时代、生活道路、性格倾向、艺术修养、艺术趣味，因而也各有其独特的风格。在艺术上，我们必须承认这种风格的多样化，才能鼓励各种风格的诗人进行创造，这才有益于诗的发展；假使把某种风格定于一尊，那么，对诗的创作就要起扼制作用。赵执信在《谈龙录》中指出司空图的"二十四品，设格甚宽，后人得以各从其所近"②，算是简要地道出了《二十四诗品》在发展诗创作方面的益处。再就欣赏方面来说，广大读者对诗的欣赏，也是各有所好的。只有风格多样化，才能满足广大读者的欣赏要求。如果有人囿于偏见，强使广大读者只去欣赏某一种风格，显然，这种见解是错误的，有害的，也是行不通的。王渔洋对《诗品》只取一端，不及其余的看法，遭到四库馆臣的批评，是理所当然的。

王渔洋在《香祖笔记》中说："表圣论诗，有二十四品，予最喜'不著一字，尽得风流'八字。"又云："'采采流水，蓬蓬远春'二语形容诗境亦绝妙，正与戴容州'蓝田日暖，良玉生烟'八字同旨。"③这里，王渔洋如

①［清］永瑢等撰：《四库全书总目》（下册），中华书局1965年版，第1781页。
②［清］赵执信著，陈迩冬校点：《谈龙录》，人民文学出版社1981年版，第11页。
③［清］王士禎著，［清］张宗柟纂集，戴鸿森校点：《带经堂诗话》（上），人民文学出版社1998年版，第72页。

果单单表白自己对诗的风格的个人爱好，说自己特别欣赏"不著一字，尽得风流"的含蓄之美和"采采流水，蓬蓬远春"似的纤秾之态，我们对渔洋还不能有所责怪；可是他以一代诗宗的声望，在诗的风格上加以倡导，说只有含蓄与纤秾之美才是"绝妙"的，这给人们的影响是不好的，所以也就应该遭到人们的批评。

我们赞成司空图论诗的风格"不主一格"，不赞成王渔洋把诗的风格定于一尊。论诗"不主一格"，我以为这是司空图在诗的风格论上的一点贡献。

司空图论诗的风格，其可取之处不仅在于"不主一格"，还在于他强调诗人的主观思想在形成风格中的重要作用。我们在前面说过，司空图在《二十四诗品》中，几乎处处强调创造艺术风格，必须"俱到适往"才能"著手成春"。当然，这是必须剔除的糟粕。但是，如果我们去掉他所说的玄虚之"道"，从而强调艺术风格的形成必须以诗人的思想感情为骨髓，这还是有意义的。因为风格，如刘勰所说的，它是"因内而符外"，它是诗人的"性情所铄、陶染所凝"的表征，它必然涂上诗人的思想感情色彩，打上诗人的性格倾向、艺术修养、艺术趣味的烙印。一句话，诗人的思想感情是形成他的艺术风格的一个非常重要的内在因素。

风格是"因内而符外"的，也就是说，他是一种内发的东西，它既表现在艺术的内容上，同时也表现在艺术的形式上。司空图对这一点也是很理解的。他在强调形成风格的内在因素的同时，在某些品中，也强调了艺术创作中的取材、表现手法、语言运用等对形成艺术风格的作用。如他论"洗炼"时说："犹矿出金，如铅出银。超心炼冶，绝爱缁磷。"论"含蓄"时说："不著一字，尽得风流。"论"缜密"时说："是有真迹，如不可知。"论"委曲"时说："似往已回，如幽匪藏。"论"实境"时说："取语甚直，计思匪深。"这些话，共同地说明，他要诗人在锻炼自己的风格时，必须严于取材，要有恰当的取材，要有恰当的艺术技巧来表达作品的内容，要运用恰当的语言来传达自己的思想感情。

《二十四诗品》在对诗的风格的描状与品说中，告诉了我们，风格既体现在作品的内容上，也体现在作品的形式上；风格的形成，既有其内在因素，也有其外在因素，在形成风格的内外因素相结合中，诗人的思想感情起着非常重要的作用。这一点，我以为也是司空图在风格论上的贡献。

诗的风格是通过诗的形象来体现的。诗人创作，必有诗的意境，才有诗的形象。司空图论诗的形象创造，主张形神兼备，这也是值得我们注意的一点。例如，在论"绮丽"时，开头就说"神存富贵，始轻黄金"，指明诗要绮丽，不在于堆金积玉的描绘，而在于有富贵的"神气"；论"形容"，强调写出"风云变态，花草精神，海之波澜，山之嶙峋"，既要求描绘出事物的"态"，同时也要求传出事物的"神"；论"缜密"说"意象欲生，造化已奇"，指明诗的意象要栩栩如生，就得有造化般的本领，传出事物的神情。可以说，在诗的意境创造上，他已注意到形神兼备的问题，这是充分估计到艺术的特征而提出来的有益的看法。不过，我们也不可忽视，他对诗的意境的形与神的产生根源问题，作了唯心主义的解释。他说事物的形，只是"道"的"离形得似"、"假体遗愚"，而对于一切事物的描绘，只有"俱到适往"，才能"著手成春"。意境的形与神的源泉，照他说，就是那个玄之又玄的"道"。显然，这种看法是错误的，有害的。

司空图论诗，还是所谓"象外象、景外景、味外味"的说法。他在《与极浦书》中说："戴容州云：'诗家之景，如蓝田日暖，良玉生烟，可望而不可置于眉睫之前也。'象外之象，景外之景，岂容易可谭哉？"[①]在《与李生论诗书》中说："近而不浮，远而不尽，然后可以言韵外之致"、

①祖保泉、陶礼天笺校：《司空表圣诗文集笺校》，安徽大学出版社2002年版，第215页。

"味外之旨"①。在《与王驾评诗书》中又说:"河、汾蟠郁之气,宜继有人。今王生者,寓居其间,沉渍益久,五言所得,长于思与境偕,乃诗家之所尚者。"②我以为这都与诗的形神兼备的说法是一致的。

高尔基说:"作家底作品要能够相当强烈地打动读者底心胸,只有作家所描写的一切——情景、形象、状貌、性格等等,能历历地浮现在读者眼前,使读者也能够各式各样地去'想象'它们,而以读者自己底经验、印象及知识底积蓄去补充和增补。由作家经验和读者经验底结合和一致,能够产生艺术的真实——言语艺术底特殊的说服力。"③是的,美好的诗章总是以形神兼备的有限的形象来表现复杂的生活内容。诗人总是把他所要描写的一切,栩栩如生地呈现在读者面前,这是所谓"近而不浮";这样的诗,可以触发读者的想象,把读者诱导到诗的境界中去,让读者以自己的生活经验和欣赏经验来丰富诗人所描绘的意境,从而领会诗的意境所包含的思想内容,这是所谓"远而不尽"。只有这种形神兼备的、能触发读者想象的诗,才是"象外之象,景外之景",也才有"味外之味"。

诗,要让人有想象的余地,这是人们对诗的一个审美要求。

在创造意境时,怎样才能有"象外之象,景外之景"、"味外之味"呢? 司空图提出了"思与境偕"的说法。

"思与境偕"是什么意思呢? 这里的"思",照我想,指的是诗人的主观思想感情;"境",指诗人所描绘的客观景象。司空图所说的"思与境偕",与后人所说的"情景交融"没有什么根本不同。"思"与"境"要能交融起来,诗人所要表达的思想情感才不是抽象的,而是具体形象的;

①祖保泉、陶礼天笺校:《司空表圣诗文集笺校》,安徽大学出版社2002年版,第193—194页。

②祖保泉、陶礼天笺校:《司空表圣诗文集笺校》,安徽大学出版社2002年版,第190页。

③[苏联]高尔基著,以群等译:《给青年作者》,中国青年出版社1955年版,第71页。

境也是活生生的、有意义的。这就是说,有了"思"与"境"交融的境界,并对这种境界加以描绘,才有形神兼备的艺术形象出现。

在创作上,必须"思与境偕"。诗人所描绘的形象必须形神兼备,使人读来感到有"象外之象,景外之景,味外之味"。这对那些雕琢刻绘而言穷意尽的诗来说,算是一帖可服之药。所以,我认为,这也是司空图在诗的风格论上的贡献。这种理论,还是值得我们批判地加以汲取的。

上面,我们对司空图的籍贯、家庭、生平和思想作了简略的介绍;对《二十四诗品》的理论体系、基本思想、表现方法和艺术贡献,也作了一些分析。由于理论水平的限制,这些说明可能是不妥当的。又,我们为《二十四诗品》所作的校、注、译、评,虽力求言之有据,但也难免有臆测的地方,希望读者多多指正。

《二十四诗品》重校说明

今人校勘的《二十四诗品》，以郭绍虞先生的《诗品集解》最受注目。郭先生说：

> 《诗品》异文，不外两个来源，一是《说郛》本，一是《津逮》本。二本相较，《说郛》本要好一些，但《津逮》本也有可取之处。本书所据，以此二本为多。[①]

据美国哥伦比亚大学出版社 1976 年出版的《明人传记辞典》第 1271 页，房兆楹撰文："一百二十卷《说郛》原版刻于万历三十五年（1607 年）至万历四十八年（1620 年）之间。"可知郭先生在 1962 年时重视《说郛》本，是有眼力的。但从新近出现的几种早于《说郛》本的《二十四诗品》文本看，重新校勘《二十四诗品》颇有必要：通过校勘，可以使读者明了元、明时代《二十四诗品》传抄、转刻中的异文演变概况。举个例说：《豪放》品开头一句"观花匪禁"的"花"字，后世有人以为"观花匪禁"不好解释，便臆改为"观化匪禁"（如《龙威》本），其实，刻于明代成化二年（1466 年）的怀悦《诗家一指》本便刻作"观华匪禁"。这便清楚地表明，明代前期人所见到的《二十四诗品·豪放》第一句乃是"观花匪禁"。"花"、"华"，古今字之异而已，此后明刻诸本皆"观花匪禁"是有来头的。

我重新校勘《二十四诗品》的依据是什么？近三年（1994—1997

---

① [唐]司空图著，郭绍虞集解：《诗品集解·校记》，人民文学出版社 1963 年版，第 45 页。

年)来,我因参与《二十四诗品》作者问题的讨论,得到友好帮助,先后见到了出自元人之手的《二十四诗品》(残)一种,刻于明代的五种。兹按次列示于下:

1.(元)《虞侍书诗法》本。(见《北京大学学报》1995年5期第42—44页。以下简称"《诗法》本"。)

2.(明)怀悦编集《诗家一指》本。(刊于成化二年,扫描件,张健先生寄来。以下简称"怀悦本"。)

3.(明)黄省曾编次《名家诗法·诗家一指》本。(刊于嘉靖二十四年。扫描件,张少康先生寄来。以下简称"黄省曾本"。)

4.(明)吴永编印《续百川学海》初刻本。(安徽省图书馆藏,刻于万历末至天启元年。因文本与《说郛》本完全相同,以下为节省文字,只提《说郛》本。)

此外,又见到两种"异文对照表",使我得见"杨成本"、"万历本"的文本实况:

1.《怀悦本、杨成本异文对照表》。(张健先生寄来。引用时简称"杨成本"。)

2.万历五年本《二十四诗品》与《历代诗话·二十四诗品》异文对校表。(见陈尚君、汪涌豪《司空图二十四诗品辨伪》,《中国古籍研究》第55—56页。引用时,简称"万历本"。)

在我所接触到的七个明刻本中,几经比较,我以为"黄省曾本"好一些,好在错误较少,校勘时方便些,而又可以较多地保存原文,达到文句明畅的目的,故以其为底本。下面,让我对黄省曾及其编刻的《诗家一指》(即《名家诗法》卷五)略加介绍。

黄省曾(1490—1540年),字勉之,吴县人,嘉靖辛卯(1531年)乡试魁首。一试礼闱不第,遂弃举子业。曾学诗于李梦阳(1472—1530年),又问学于王守仁(1472—1528年)。家庭藏书甚富,他能托心艺苑,著述终生。《民国重修吴县志》列黄省曾所著目录二十四目,内有《诗法》八卷,《诗家一指》列卷五。

黄省曾论诗,重古诗而轻近体。他编的《诗言龙凤集》,只选汉魏及唐代初期的诗。他在《序》中说:

> 古人构唱,直写厥衷,以春蕙秋蓉,生色堪把,意态各畅,无事雕模。若末世风颓,横添私刻,矜虫斗鹤,递相述师,如图缋剪锦,饰画虽妍,割强先露,故实虽富,根荄愈衰,千葩万蕊,不如一荣之真也。①

黄氏论诗倡导"真"和"自然",然而他所编的《名家诗法》未必能处处贯彻自己的论诗主张。"真"的根柢在于生活实践,这是古代诗论家很难深刻触及的问题,何止黄氏一人。

黄省曾本《诗家一指》,第1页首行标目"名家诗法卷五",二行下半署曰:"吴郡黄省曾编次,刘佑校正。"三行开头标题"诗家一指",题下无撰者姓名。正文每行20字,每半页10行。全书17页半。

黄本《诗家一指》,和怀悦本《诗家一指》一样,自首句"乾坤之清气"起,至"普说外篇"第一段止,录自《虞侍书诗法》,约录3500字,个别字句有改易;此下所引宋元人诗话,约2500字,则分条列示,比怀悦本明晰些。

黄省曾本《诗家一指》中的"二十四品"部分,在品目标题后,与怀悦本、杨成本一样,也有这几句说明:

---

① [明]黄省曾著:《诗言龙凤集序》(载其《五岳山人集》卷二十五),见《四库全书存目丛书·集部》(第九十四册),齐鲁书社1996年版,第736页。

中篇秘本谓之发思篇。以发思者,动荡性情使之若此类
也。偏者得一偏,能者兼取之,始为全美。古今李、杜二人
而已。①

这几句说明出自何人之手,目前还说不清。不过,我们已知元人
范梈已录《诗品》五首,分别标示李白、杜甫为代表作家。我以为今人
见到的怀悦本、杨成本、黄省曾本以及万历本《诗家一指》在"二十四
品"标题下的这段说明,是受范梈的启示而来的。如果这段说明出自
元人之手,那么所谓"秘本",当是宋代遗物。

"中篇秘本"中的"中篇"何解?我说不清,但知《汉书》卷四十四
《淮南王传》曰:"淮南王安为人好书……招致宾客方术之士数千人,作
为《内书》二十一篇,《外书》甚众,又有《中篇》八卷,言神仙黄白之术,
亦二十余万言。"②据此类推,可能元代有什么《诗法》,分"内篇"、"中
篇"、"外篇",而把《二十四诗品》列在"中篇"吧。怀悦本、黄省曾本《诗
家一指》在《二十四诗品》之后,列《外篇四段》或《普说外篇》,足以证明
所谓"中篇",是与"内篇"、"外篇"对举而说的。见闻有限,我说不出这
"中篇秘本"始见于何书。

黄省曾本《诗家一指》,与刻于成化十六年(1480年)的杨成本《诗
法》中的《诗家一指》、刻于万历五年(1577年)的朱绂本《诗法汇编》中
的《诗家一指》,有明显的承传关系,这从三种刻本《二十四品》的异文
情况可以看得清清楚楚。杨成本与黄省曾本相对照,差异只在于两个
异体字:《绮丽》"金樽酒满",杨本如此,黄本作"金尊酒满";《疏野》"但
知旦暮",黄本如此,杨本写了一个古字"莫"而已。以黄省曾本与万历
本相对照,差异只在于万历本刻错了两个字:《典雅》"玉壶买春",万历
本把"壶"误刻成"壶";《缜密》"水流花间",万历本把"间"误刻成"门"。

① 张健编著:《元代诗法校考》,北京大学出版社2001年版,第283页。
② [汉]班固撰,[唐]颜师古注:《汉书》(第七册),中华书局1962年版,第
2145页。

又，以杨成本与《虞侍书诗法》本、怀悦本相对照，便可知杨成是校勘《诗品》的大功臣。此后毛晋对《诗品》的校"订"，亦有可取。

雄　浑[1]

大用外腓[2]，真体内充[3]。返虚入浑[4]，积健为雄[5]。
具备万物[6]，横绝[7]太空。荒荒油云[8]，寥寥长风[9]。
超以象外，得其环中。[10]持之匪强[11]，来之无穷[12]。

【校勘】

外腓　（出自底本。下同，不再注）怀悦本、杨成本、万历本、《说郭》本、《津逮》本亦皆作"外腓"。《诗法》本作"外驯"，"驯"字误。

具备　《诗法》本、杨成本、万历本、《说郭》本、《津逮》本亦皆作"具备"。怀悦本作"俱备"，"俱"字误。

太空　《诗法》本、杨成本、万历本、《说郭》本、《津逮》本亦作"太空"。怀悦本作"太虚"，"虚"字误，不押韵。

环中　《诗法》本、杨成本、万历本、《说郭》本、《津逮》本亦作"环中"。怀悦本作"寰中"，"寰"字误。按："环中"，语本《庄子·齐物论》："枢始得其环中，以应无穷。"《庄子集释》引《庄子古注》曰："以圆环内空体无际，故曰环中。"而"寰"，取义"寰宇"，与庄周语无涉。前人偶有把"得其环中"写成"得其寰中"的，只能视为笔误。

来之　《诗法》本、杨成本、万历本、《说郭》本、《津逮》本亦作"来之"。怀悦本作"其来"，误，与上句"持之"语势不称。

【注释】

[1]**雄浑** 韩愈《上襄阳于相公书》曰:"阁下负超卓之奇材,蓄雄刚之俊德,浑然天成,无有畔岸……故其文章言语,与事相侔。"显然,这是称颂于顿的德、才、文都具有雄浑之气,不过没创用"雄浑"这个词。韩愈的门人沈亚之《为韩尹祭韩令公文》(为韩静略祭韩愈文)曰:"泽梁宋之戎郊,涵雄浑于云水。"——"雄浑"一词就正式出现了。司空图撰《诗品》,把"雄浑"一词视为艺术概念,可谓渊源有自。

[2]**大用句** 用:作用;大用,指雄浑之气震撼人的力量。腓:读féi,伸张。《周易·咸卦》六二说:"咸其腓。"朱熹《周易本义》:"腓,足肚也。欲行则先自动,躁妄而不能固守者也。"按:足肚即腿肚。腿肚突出向外,有伸张的意思。这里说"外腓",即向外伸张的意思。

[3]**真体句** 《庄子·渔父》:"真者,精诚之至也。不精不诚,不能动人。……真在内而神动于外,是所以贵也。"又,"真者,所以受于天也,自然不可易也。"按:《雄浑》中所谓"真"本此。真体:以真道为主体。这里所说的真体,即下文所说的"返虚入浑,积健为雄"的气。"真体"与"大用"对举,即"体"、"用"相对而构词。

[4]**返虚句** 虚:指道之所在。《庄子·人间世》说:"唯道集虚。"郭象注说:"虚其心则至道集于怀也。"这里说"返虚",即返归于道的意思。浑:扬雄《太玄经》说:"浑浑无端,莫见其根。"这里说"入浑",即入于混沌无端的境地。

[5]**积健句** 《周易·乾卦》:"天行健,君子以自强不息。"积:积累。雄:指雄浑之气。

[6]**具备句** 具备:笼罩的意思。具备万物,指雄浑之气,可笼罩万物。

[7]**横绝** 横贯。

[8]**荒荒句** 杜甫《漫成》之一:"野日荒荒白。"《孟子·梁惠王上》:

"天油然作云。"陆机《赴洛》:"油云翳高岑。"荒荒:广漠的样子。油云:流动的云。

[9]寥寥句 《庄子·齐物论》:"而独不闻之翏翏乎?"郭象注:"翏翏,长风之声。"按:翏翏,即寥寥。阮籍《清思赋》:"声飍飍以洋洋。"陶潜《庚子岁五月中从都还阻风于规林》:"长风无息时。"寥寥:空阔的样子。长风:来自远处的风。

[10]超以两句 象:物象,即具体的事物。环中:圆环之中。《庄子·齐物论》说:"彼是莫得其偶,谓之道枢。枢始得其环中,以应无穷。"这两句是说:如能持雄浑之气而超然物外,则如处在圆环的中心,可以应无穷变化。

[11]匪强 匪:不。强:读qiǎng,勉强。

[12]无穷 无穷尽。

【译文】

诗的震撼人的力量向外伸张,是由于雄浑之气充满着诗人的胸腔。诗人如能返归于至道,便可不断地积蓄着壮健的力量。

雄浑之气可以笼罩万物,横贯九天之上。它像漠漠流动的云,像来自远处的风在空中激荡。

诗人如能超然物外,掌握道的中枢,他便有无穷尽的雄浑之气,洋溢于自己的诗章。

【评说】

《诗品》中的所谓"雄浑",是概指诗思汪洋浩瀚,吐词壮丽,气魄雄伟,有震撼人心的艺术力量的诗篇。这类诗,如举实例,可以项羽《垓下歌》、刘邦《大风歌》、北朝民歌《敕勒歌》、李白《蜀道难》等当之。

司空图所描绘的"雄浑"艺术意境,分三层诠释如下:

1."大用外腓,真体内充。"作者从体用关系角度出发来表述"雄浑"意境。所谓"真体",即以"真"为宇宙本体。这个"真",入世者认为是宇宙万物的客观存在;出世者却认为"无"(即"大道")是终极的"真"。从下文"返虚入浑"透露,此处的"真",应以《老子》"天下万物生于有,有生于无"来解释。王弼注《老子》"天下万物生于有,有生于无"时,便明确地说万物"以无为本(体)","以有为生(用)"①。当然,这是玄学上的所谓体用关系;具体到《诗品·雄浑》的体用关系来说,那就是"大用外腓"决定于"真体内充"——诗人必先有"雄浑"之气充之于内,才可能有"大用"伸张于外。"雄浑"之气从何而来?作者说:"返虚入浑,积健为雄。"——诗人的思想能回归于虚无之境,他才能通过渐修而成为雄才。

2."具备万物"四句,着重描绘"雄浑"气象。"具备万物",语本《庄子·天地》:"以道泛观而万物之应备。"郭象注:"无为也,则天下各以其无为应之。"②这意思是:从大道的观点广泛地看来,万物皆具备自己的性情,各有各的用途。王夫之注庄周此语:"立于无为之宇而下观之"③,便有雄视万物的气魄。《雄浑》说"具备万物",意即修道有得,便有雄视万物、气贯长空的气魄。"荒荒油云,寥寥长风",比喻"雄浑"气象而已。

3."超以象外,得其环中。"语本《庄子·齐物论》,曰:"彼亦一是非,此亦一是非。果且有彼是乎哉?果且无彼是乎哉?彼是莫得其偶,谓

①[魏]王弼著,楼宇烈校释:《王弼集校释》(上),中华书局1980年版,第110页。

②[清]郭庆藩撰,王孝鱼点校:《庄子集释》(第二册),中华书局1961年版,第405页。

③[清]王夫之著:《庄子解》,见《船山全书》(第十三册),岳麓书社1988年版,第218页。

之道枢。枢始得其环中,以应无穷。"郭象注曰:"夫是非反复,相寻无穷,故谓之环。环中,空矣;今以是非为环而得其中者,无是无非也。无是无非,故能应夫是非。是非无穷,故应亦无穷。"①按:以"无是无非"来看待一切事物,便是所谓"超以象外"。

"持之匪强,来之无穷。"作者要求诗人把握"道枢",持之以恒,以求永葆"雄浑"之气。

照我看,作者在这一品里,提出诗人的修养问题。他从老庄思想出发,宣扬诗人要有"以无为体"的"道"的修养,以"道"为创作源泉,才能写出"雄浑"的诗章。显然,这与"人的社会生活是文学艺术的源泉"的提法是对立的。唐人早已提示:"士先器识而后文艺。"从事艺文者要有器度、识见,这器度、识力从何而来? 答曰:从生活实践中来。明末清初的王夫之已指出:诗人"身之所历,目之所见,是铁门限。"②值得弄文者深思。李白、杜甫,后人称之为"诗仙"、"诗圣",仙乎、圣乎,都与他们的社会生活阅历密不可分。明白了这一点,才谈得上理解"风格即人"的理论核心。这里所论及的"雄浑",只是一端而已。

①[清]郭庆藩撰,王孝鱼点校:《庄子集释》(第一册),中华书局1961年版,第68页。
②[清]王夫之撰:《姜斋诗话》,见丁福保辑《清诗话》(上),上海古籍出版社1982年版,第9页。

冲 淡[1]

素处以默[2]，妙机其微[3]。饮之太和[4]，独鹤与飞[5]。

犹之惠风[6]，荏苒[7]在衣。阅音修篁[8]，美曰载归[9]。

遇之匪深[10]，即之愈稀。脱有形似，握手已违。[11]

【校勘】

冲 底本原误作"中"，应作"冲"。《诗法》本作"平淡"，"平"字误。

美曰 杨成本、万历本、《说郛》本、《津逮》本均作"美曰"。《诗法》本作"美目"，"目"字误。怀悦本作"笑曰"，因手写楷体不规范，似"哭"亦似"笑"，实为"美"之讹。

遇之 怀悦本、杨成本、万历本、《说郛》本、《津逮》本均作"遇之"。《诗法》本作"过之"，"过"字误。

愈稀 杨成本、万历本、《说郛》本、《津逮》本作"愈稀"。《诗法》本、怀悦本作"愈希"。按：希、稀，古通用。

【注释】

[1]**冲淡** 《晋书·杜夷传》："夷清虚冲淡，与俗异轨。"皎然《诗式·诗有六迷》："以虚诞而为高古，以缓漫而为冲淡。"按：《杜夷传》中的"冲淡"，表示性格特征，皎然《诗式》中的"冲淡"，乃一艺术概念。

[2]**素处句**　素处:素常自处。默:静默无言。按:素常以静默自处,养生知足,这是道家平日修养的要求。

[3]**妙机句**　机:心灵。微:微妙。《老子》:"搏之不得,名曰微。"按:道,无质曰微。这句是说:心灵感触事物多么微妙。

[4]**太和**　《周易·乾卦·象传》:"保合大和乃利贞。"按:大和即太和,谓冲和之气有利于万物生长,故曰"利贞"。(各正性命)古人说阴阳中和,使万物各得其所的气,叫太和之气。

[5]**独鹤句**　刘禹锡《秋词二首》之一:"晴空一鹤排云上。"韩愈《柳州罗池碑铭》:"春与猿吟兮秋鹤与飞。"古人把鹤当作仙物,以为它可以载人入仙境。这里说与鹤同飞,即与独鹤一同遨游天外的意思。

[6]**惠风**　温和的风。王羲之《兰亭集序》:"惠风和畅。"

[7]**荏苒**　荏苒,读rěnrǎn。微风吹拂的样子。

[8]**阅音句**　韦应物《山行积雨归途始霁》:"始霁升阳景,山水阅清晨。"按:句中"阅",动词,经历、承受之意。李山甫《松》:"谁道修篁胜此君。"方干《题悬淄岩隐者居》:"谷鸟暮蝉声四散,修篁灌木势交加。"按:"阅音修篁",意即正领受着修竹的风韵。修篁,美的竹林。

[9]**美曰句**　曰:语助词。这句说:载美而归。也就是得到了足够的美的享受的意思。

[10]**遇之句**　匪:不。匪深,不深。无心而遇,所以说"遇之匪深"。即:就、接近。稀:少。这两句是说:静默自守的人,无心追求什么;纵或有意追求什么,又觉得没有什么可追求的。两句皆形容恬淡自足的心境。

[11]**脱有两句**　陶潜《与殷晋安别》:"脱有经过便,念来存故人。"谢承《后汉书》:"脱有奄忽,如何?"刘勰《文心雕龙·物色》:"自近代以来,文贵形似。"钟嵘《诗品》上卷评张协诗曰:"文体华净,少病累,又巧构形似之言。"按:脱有,即倘有、假如有。违:违背。这两句是说:若有形迹可求,刚一把握,便觉得这太执着了。两句仍是形容淡泊自足的

心境。

【译文】

冲淡的人，常常默无一言，心灵却多么微妙。他吮吸着太和之气，与独鹤一道在太空中任意逍遥。

温和的春风掀动着衣襟，又轻轻地拂过门前的竹梢，余韵袅袅——多么冲淡的境界啊！如能把这境界载入诗篇，那该多么好！

他淡漠地对待一切，淡得没有什么痕迹可供寻找。倘一动追求之念，顷刻间，又觉得这有违自己的初衷了。

【评说】

风格即人。诗人心胸淡泊，恬静自安，发而为诗，吐词朴素自然，饶有超然尘外的闲适意趣，这类诗，在风格上可目之为"冲淡"。如陶潜的田园诗、王维的山水诗，便是实例。

《诗品·冲淡》所描绘的意境试分三层加以诠释。

1."素处以默，妙机其微。"开头这两句，点明"冲淡"诗境的思想根源。

《老子》说："致虚极，守静笃。万物并作，吾以观复。夫物芸芸，各复归其根，归根曰静。"王弼注曰："以虚静观其反复。凡有起于虚，动起于静，故万物虽并动作，卒复归于虚静，是物之极笃也。"[①]这意思是："无"是万物的本源，"静"是万物的本性。《庄子·在宥》说："至道之极，昏昏默默。""默默"与"守静笃"，字面不同，实质则一。

这是老庄哲学要求入道者的人生态度。我们从"陶钧文思，贵在虚静"（《文心雕龙·神思》）角度看"素处以默，妙机以微"两句，可理解

①［魏］王弼著，楼宇烈校释：《王弼集校释》（上），中华书局1980年版，第36页。

为：要求诗人在静默观察中领悟万物自然变化的微妙天机，从而深刻地描绘出万物的真象。尽管玄学家说"凡有起于虚"，但万物化生后，它们各有其形性，这是玄学者所不得不承认的。

2."饮之太和"以下六句，着意描述"冲淡"的心境、外貌以及美的感受。《周易》曰："保合太和，乃利贞。"这种阴阳调和的"太和"之气，也就是《老子》所谓"万物负阴而抱阳，冲气以为和"的冲和之气。这是得道者才能有的精神境界。得道者可以乘鹤升天，这早是东汉人留下的故事（详见《飘逸》释语）。其余四句，形容"冲淡"之美而已，不赘。

3.末四句进一步指出："冲淡"之美在静默观察中得来，极淡漠，极自然，绝非刻意求之所可得。

"遇之匪深，即之愈稀。""即"，靠近之意。"遇"、"即"对举，两句表达"冲淡"可遇不可强求。

"脱有形似，握手已违。""脱有"，倘有也，无心而得之谓之"脱有"。"脱有"与"握手"并举便表示"无心相遇"与"刻意追求"的差别。

《岁寒堂诗话》卷上曰："……渊明'狗吠深巷中，鸡鸣桑树颠'、'采菊东篱下，悠然见南山'，此景物虽在目前，而非至闲至静之中，则不能到，此味不可及也。"①《苕溪渔隐丛话》引《龟山语录》曰："渊明诗所不可及者，冲淡深粹，出于自然；若曾用力学，然后知渊明诗非著力之所能成也。"②上引两则，可视为司空图所说《冲淡》的具体体会。

诗能"冲淡"，可显示静谧之美，可净化人的心灵。

---

① [宋]张戒著，陈应鸾校笺：《岁寒堂诗话校笺》，巴蜀书社2000年版，第18页。
② [宋]胡仔纂集：《苕溪渔隐丛话》（后集），人民文学出版社1984年版，第17页。

纤　秾[1]

采采流水[2]，蓬蓬[3]远春。窈窕[4]深谷，时见美人。
碧桃满树[5]，风日[6]水滨。柳阴路曲[7]，流莺比邻[8]。
乘之愈往，识之愈真。[9]如将[10]不尽，与古为新。

【校勘】

愈往　杨成本、万历本、《说郛》本、《津逮》本皆作"愈往"。《诗法》本作"欲远"，误。怀悦本作"愈径"，"径"字误。

不尽　怀悦本、杨成本、万历本、《说郛》本、《津逮》本皆作"不尽"。《诗法》本作"不违"，"违"字误。

【注释】

[1]**纤秾**　萧衍（梁武帝）《答陶弘景书》曰："分间下注，浓纤有方，肥瘦相和，骨力相称。"按：句中"浓纤"犹密与疏，亦即唐人所谓"纤秾"。

《墨薮·唐朝书法》第二十一条："大宗尝于晋史右军传后论之曰：钟书布纤秾，分疏密，霞舒云卷，无所间然。但其体古而不今，字长而逾制。"按：句中"纤秾"，指字体或纤细、或秾密，以及字体在整体布局中所显示的势态说的。

元稹《唐故检校工部员外郎杜君墓系铭并序》曰："沈宋之流……莫不好古者遗近,务华者去实;效齐、梁则不逮于魏、晋,工乐府则力屈于五言,律切则骨格不存,闲暇则纤秾莫备。"按:句中的"纤秾",说的是诗的纤秀秾丽之美。

上列三则中的"纤秾",皆作为艺术概念使用的,司空图效之续用。

[2]**采采句** 采采:形容流水鲜明。《诗经·蜉蝣》:"蜉蝣之翼,采采衣服。"朱熹注:"采采,华饰也。"戴震《毛诗补传》曰:"采采,光泽貌。"

[3]**蓬蓬** 茂盛的样子。

[4]**窈窕** 幽静。

[5]**碧桃满树** 高蟾《下第后上永崇高侍郎》:"天上碧桃和露种。"郎士元《听邻家吹笙》:"重门深锁无寻处,疑有碧桃千树花。"

[6]**风日** 风和日暖。李白《宫中行乐词八首》之八:"今朝风日好,宜入未央游。"按:句中"风日"即"风和日丽"的略语。

[7]**路曲** 曲径通幽之处。

[8]**流莺比邻** 流莺:李白《待酒不至》:"晚酌东窗下,流莺复在兹。"司空图《移桃栽》:"流莺直至槛前来。"比邻:近邻,一个跟着一个的意思。

[9]**承之两句** 这两句是说:趁此良辰美景,如寻求纤秾之美,便能够真正认识它。

[10]**将** 行将,即口语"打算"。《论语·八佾》:"天将以夫子为木铎。"《孟子·梁惠王上》:"亦将有以利吾国乎?"这两例中的"将"皆释作"打算"为当。杨树达《词诠》进一步指明:"此种用法,含有意志作用。"[①]

①杨树达著:《词诠》,中华书局1982年版,第295页。

【译文】

波光粼粼的清泉流入山涧。新绿丛丛，春意满天。在一个深山幽谷里，有个美人时而出现在眼前。

这真是个暖风拂面的艳阳天！你瞧，这山涧旁，碧桃挂满树，柳荫覆盖着曲径，还有穿梭似的黄莺在那里此唱彼和，多么动人心弦！

一往情深地去追求纤秾之美吧，你瞧，这纤秾之美多么真，多么妍！这美是感受不尽的。诗人啊，尽管你写了古人写过的景物，你的诗仍可写得新意盎然。

【评说】

在诗学中所谓"纤秾"，大体说来，指诗思清新细腻，辞采雅洁明丽的诗章。王维、刘禹锡、杜牧的即景抒情绝句，饶有"纤秾"之美。

下面就《纤秾》一品加以诠释。

1.这一品的前八句，描绘深山幽谷、春和景明的境界。这是一个生机勃勃的与尘世隔绝的仙境，其中万物的生气，体现着大道的生命。当然，也只有得道者才能领悟万物自然如此的生机。《庄子·大宗师》对"何谓真人"作了大段说明，其中有曰："（真人）其心志，其容寂，其颡頯，凄然似秋，煖然似春，喜怒通四时，与物有宜而莫知其极。"[①]我以为《纤秾》前八句所描绘的正是"其容寂"而又"煖然似春"的真人眼中的春之生机。

这八句，每二句描绘一个景象；由四个景象幻化出一幅"真人游春图"。那深山幽谷中时隐时现的"美人"正在领受大自然的赐予，她也是个"真人"啦！

---

① [清]郭庆藩撰，王孝鱼点校：《庄子集释》（第一册），中华书局1961年版，第230—231页。

读《纤秾》一品，一定要识破："万物的生死皆自然而然"这点玄义；春和景明，也是自然而然，这便是司空图如此描绘的苦心。

2.所谓"乘之愈往，识之愈真"——乘兴领略春和景明之美，对"顺其自然"之道便有愈来愈真切的认识。这两句，如果我们在"文学是现实生活的反映"命题下对它作解释，那应是：愈能深入生活，认识生活，便愈有利于真实生动地反映生活。"如将不尽，与古为新。"古，指前人作品。两句谓：自然之美顺应自然（大道）变化而常新，诗人如将取之不尽，其诗亦可与古人一样，自出新意。

沉　著[1]

绿杉野屋[2]，落日气清。脱巾[3]独步，时闻鸟声。

鸿雁不来[4]，之子[5]远行。所思不远，若为平生。[6]

海风碧云，夜渚[7]月明。如有佳语，大河前横。[8]

【校勘】

绿杉　《诗法》本、杨成本、万历本、《津逮》本皆作"绿杉"。按：山野植杉，故有下文"野屋"。怀悦本作"绿衫"，"衫"字误。但恰可证明原应是"杉"字。《说郛》本作"绿林"。

脱巾　怀悦本、杨成本、万历本、《说郛》本、《津逮》本皆作"脱巾"。《诗法》本作"脱卷"，"卷"字误。

鸿雁　《诗法》本、杨成本、万历本、《说郛》本、《津逮》本作皆作"鸿雁"。怀悦本作"鸣雁"，"鸣"字误。

夜渚　杨成本、万历本、《说郛》本、《津逮》本皆作"夜渚"。《诗法》本作"夜露"，"露"字误。怀悦本作"夜睹"，"睹"字误，但恰好证明原作"渚"。

【注释】

[1]沉著　南朝宋羊欣《采古来能书人名》："吴人皇象，能草，世称

'沉著痛快'。"褚遂良论书曰:"用笔当须如印印泥……如锥画沙,使其藏锋,画乃沉着。"李商隐《太尉卫公会昌一品集序》曰:"……王子敬之隶法遒媚,皇休明之草势沉著,异时相逼,当代罕俦。"按:论"草势"而曰"沉著",此"沉著"乃是风格概念之一。

[2]绿杉句　绿林之中有野屋,有沉著的意象。

[3]脱巾　李白《夏日山中》:"脱巾挂石壁,露顶洒松风。"脱去头巾,形容潇洒自若的神态。

[4]鸿雁句　古人传说鸿雁可以传递书信。

[5]之子　犹言"那个人"。《诗经·汉广》:"之子于归。"此"之子"为女性。杜甫《题张氏隐居二首》(其二):"之子时相见,邀人晚兴留。"此"之子"为男性。

[6]所思两句　上句已说明"之子远行",这里说"所思不远",是指心理距离说的;时时思念远行人,生平不忘。所以远行之人也如在眼前。若为平生:曹植《七哀》:"君若清路尘,妾若浊水泥。"按:句中"若",《宋书·乐志》作"为",据此可知"若"、"为"皆可当"似"字用。《论语·宪问》:"久要不忘平生之言。"按:句中"平生"即"平素"、"平时"之意。

[7]渚　水中的小岛。

[8]如有两句　佳语:精妙的诗语。这两句的大意是:如有精妙的诗语以写沉著的意境,则大河前横,当前即是可写的景象,不必远求了。按:大河紧扣上文海风之"海"、"夜渚"之水。末两句说:诗情、诗思为横在眼前的大河之水,悠悠而下,诗思畅达之谓也。

说明一下,此处"大河"特指印度恒河,见佛典《大智度论》(龙树撰,后秦罗什译)七,曰:

　　问曰:"如阎浮提中种种大河,亦有过恒河者,何以常言恒河沙等?"

答曰："恒河沙多,馀河不尔。复次是,恒河是佛生处、游行处,弟子眼见,故以为喻。复次……四远诸人经书,皆以恒河为福德吉河,若入中洗者,诸罪垢恶皆悉除尽,以人敬事此河,皆共识知,故以恒河沙为喻。①

(引用者注:阎浮提,梵语,指高山之南的大洲,人们居住之处。可泛译作世界。)

又,梁僧祐《出三藏记集》卷十二《世界记目录序》第五,曰:

夫三界定位,六道区分,粗妙异容,苦乐殊迹,观其源始,不离色心;检其会归,莫非生灭。生灭轮回,是曰无常;色心影幻,斯谓苦本。故《涅槃》喻之于大河,《法华》方之于火宅。圣人超悟,息驾反源,拔出三有,然后为道也。②

(引用者注:三界,指欲界、色界、无色界。六道,指地狱、饿鬼、畜生、无善神[或面容丑陋]、人间、天上。火宅,《法华经·譬喻品》云:"三界无安,犹如火宅,众苦充满,甚可怖畏,常有生老病死忧患如是等火,炽热不息。")

按:"如有佳语,大河前横"中之"大河",取"恒河沙多",以喻"佳语"多得不可言说。郭绍虞《诗品集解》曰:"窃以为大河前横,当即言语道断之意。钝根语本谈不到沉著,但佳语说尽,一味痛快,也复不成为沉著。"③郭说甚谛。《维摩经·止观五上》曰:"言语道断,心行处灭,故名不可思议境。"我以为"言语道断"——不可言说,亦为不可思议境,沉著之谓也。

①[日]高楠顺次郎等监修:《大正新修大藏经》(第二十五册),日本大正一切经刊行会1934年版,第114页。

②[梁]释僧祐著,苏晋仁等点校:《出三藏记集》,中华书局1995年版,第463页。

③[唐]司空图著,郭绍虞集解:《诗品集解》,人民文学出版社1963年版,第10页。

【译文】

藏在绿荫中的茅屋,在落日的余辉照耀下,显得多么深沉！那脱去头巾缓步独行的人,时时听到四境的鸟声。

他所怀念的游子,还没有让雁儿给捎个信！他时时思念着游子,仿佛游子就在他身边,两相厮守,足慰平生。

云淡风轻,碧海澄澄,那月下水中的小洲,显得多么深沉。此刻,如有精妙的诗语涌上心头,那么,眼前的景象即是可写的沉著之境。

【评说】

就诗的风格说,有些诗运思深沉、语言稳健而抒情愈转愈深,当可目之为"沉著"。赵翼在《瓯北诗话》中大力赞扬杜甫诗之沉著,他说:"盖其思力沉厚,他人不过说到七八分者,少陵必说到十分,甚至十二三分者。其笔力之豪劲,又足以副其才思之所至,故深人无浅语。"①我亦深以为然。尽管杜诗,从选篇说,其风格是多样化的,但论其风格的根本特色,当以"沉著"目之为宜。

解释《沉著》一品,应事先说明一点:作者为了描绘"沉著"意象,采用跨时空的手法,多角度地画出三个意象,经读者领悟而幻化出一个中心意象。禅宗画家能画"雪里芭蕉",司空图当然可以写跨时空的意象叠合的诗。

《沉著》的前四句:古人蓄发,束之以巾;脱巾则披发。诗中主人公披发独自漫步于野林中,而"野屋"又标示其所居之处,据此可知,此人当是超尘绝俗的高士、隐者。"绿杉野屋,落日气清",状其处境幽寂清明;他看"落日"、"闻鸟声"亦默然自安,表明他入道修养很深。

① [清]赵翼著,霍松林等校点:《瓯北诗话》,人民文学出版社1981年版,第16页。

境深沉,人深沉。诗沉著出于人沉著。

中四句:"鸿雁不来,之子远行",表述"高士"思友之深沉。说"鸿雁不来",则盼望鸿雁来,自含思念之意;说"之子远行",表示对友人思念更有道理。因为友已远行,一时无法见面。

"所思不远,若为生平",两句皆就心理距离说的。主人公时时思念他,他便时现于脑海里,所以说"不远";主人公时时思念他,仿佛可以对他畅叙生平,亦足见思念之深。

思念之情,默然填胸,思之自见深沉。以此情发之于诗,沉著之作也。

末四句,换一两个景场,再表达思友之深沉。

"海风碧云,夜渚月明。"如此清风明月之夜,友人如来,乐何可支!反衬思念之深。"如有佳语,大河前横。"想象中友人此时来,必有佳语如恒河之沙,多得不可胜数。——这真是足慰平生的事!

注意:主人公想象如此,而事实不曾有畅叙之乐。填在胸臆中的仍是思念,自见深沉!

文学以语言为工具。深沉的诗思,通过语言艺术,层层表达,便见"沉著"。

郭绍虞说:"大河前横,当即言语道断之意。"这里容我再说几句。

禅师传道,重妙悟。晚唐禅师智闲说:"道由悟达,不在语言。""遂将平昔所看文字烧却。"[1]这意思是:禅悟之妙,非言语所能表达。

认为言语不足以表达所思,又要说法传道,怎么办?那就只好答非所问,让众僧自去妙悟。举个实例,如僧徒问智闲师:"如何是佛法大意?"师答:"今年霜降早,荞麦总不收。"[2]这真是丈二和尚,令人摸不着头脑。可是答非所问,乃禅师惯技。通于禅学的诗人,也运用答

①[宋]普济著,苏渊雷点校:《五灯会元》(中),中华书局1989年版,第537、536页。

②[宋]普济著,苏渊雷点校:《五灯会元》(中),中华书局1989年版,第537页。

非所问的手法来表达诗思,于是有了"言语道断"式的诗句。举两个例子:

其一:

> 晚年唯好静,万事不关心。自顾无长策,空知返旧林。松风吹解带,山月照弹琴。君(一作若)问穷通理,渔歌入浦深。(王维《酬张少府》)

末两句前问后答,答非所问。不过,应该指出,这与禅师们驴头不对马嘴的回答不同,所答的内涵总可使人悟得。就"我"(作者)说,"我"已答道"万事不关心";就"君"说,"渔歌入浦深"是穷是通,自己悟去,悟通了,自然也就不再追问了。

其二:

> 鸡虫得失了无时,注目寒江倚山阁。(杜甫《缚鸡行》末尾两句)

前句提示问题,后句不答而示象"注目寒江"。要说这示象的内涵,是可约略理解的:鸡虫得失——人世你争我夺了无时,作者当然痛恨,"注目寒江"即是沉思中的痛恨形象,不过不直接道破所抒之情而已。

《诗品·沉著》"如有佳语,大河前横",前一句指出"佳语",后一句换个表达角度,示象作答;大河指恒河,恒沙无数,数不胜数,以恒沙比拟"佳语",自然贴切。

禅师讲妙悟,自认"言语道断";恒沙数不胜数,必然不数,正是"言语道断",由示象("大河前横")而达妙悟之境。

高 古[1]

畸人乘真[2]，手把芙蓉[3]。汎彼浩劫[4]，窅然空踪[5]。

月出东斗[6]，好风相从[7]。太华[8]夜碧，人闻清钟。

虚伫神素，脱然畦封。[9]黄唐在独[10]，落落玄宗[11]。

【校勘】

空踪 《诗法》本、怀悦本、杨成本、万历本、《津逮》本皆作"空踪"。《说郛》本作"空纵"，"纵"字误。

人闻 《诗法》本、杨成本、万历本、《说郛》本、《津逮》本皆作"人闻"，"闻"与"清钟"相关，是。怀悦本作"人间"，"间"与"清钟"无关，不可从。

脱然 怀悦本、杨成本、万历本、《说郛》本、《津逮》本皆作"脱然"。《诗法》本作"脱焉"，"焉"字误。

【注释】

[1]高古 张彦远《历代名画记》载：张僧繇画石，"阅之若迅速而成，扣之则凝重沉著，靡一不入精深，高古劲爽之气，得诸天成。"又，《法书要录》辑《述书赋·字格》窦蒙注"高"、"古"曰："超然出众曰高"，"除去常情曰古"。皎然《诗式·诗有七德》(德，一本作得)："一议理，二

高古,……五精神……"按:据以上三则,可知唐人论画、论书艺、论诗,皆视"高古"为艺术风格概念之一。

[2]畸人句 畸人:道家理想中很有修养的人。《庄子·大宗师》曰:"畸人者,畸于人而侔于天。"乘:驾着。真:仙气。《庄子·渔父》说:"真者所以受于天也,自然不可易也。故圣人法天贵真,不拘于俗。"按:"真"即"自然之道"。《说文》说:"真:仙人变形而登天也。"

[3]手把句 李白《古风》之十九:"西上莲花山,迢迢见明星。素手把芙蓉,虚步蹑太清。"又《庐山谣寄卢侍御虚舟》:"遥见仙人彩云里,手把芙蓉朝玉京。"司空图《送道者》:"峰顶他时教我认,相招须把碧芙蓉。"芙蓉:莲花。

[4]汎彼句 汎,即漂流的样子。《诗·邶·柏舟》:"汎彼柏舟。"戴震《毛诗补传》卷三:"毛传:'汎,流貌。'状舟流而靡止也。"曹唐《小游仙诗九十八首》之六:"玄洲草木不知黄,甲子初开浩劫长。"按:"浩劫"为佛家语,指人经历尘世所遭受的苦难。

[5]窅然句 窅:读yǎo,同窈,深远的样子。这里作者幻想畸人无影无踪地云游世外,这也就是李白所说的"虚步蹑太清"的意思。

[6]东斗 指东方。道家分一天为五斗,东斗位于东方。《云笈七签》依《度人经》说:"东斗主算,西斗记名,北斗落死,南斗上生,中斗大魁,总监众灵。此名一天五斗魁主,即明中斗已北而有北斗也。"又引《真人口诀经》云:"中斗之中,五斗位者,阳明为东斗,丹元为南斗,阴精为西斗,北极为北斗,天关一星以为中斗。"按:《云笈七签》是宋真宗时道教徒根据皇家秘阁所藏的道书撮要编纂成书的,其原件乃是前代遗留下来的。"东斗",标示"东方"。

[7]好风句 陶潜《读山海经十三首》之一:"微雨从东来,好风与之俱。"李白《杭州送裴大泽,时赴庐州长史》:"好风吹落日,流水引长吟。"

[8]太华 华山,在今陕西省渭南县南。

[9]**虚伫两句**　虚:虚空;容受。伫:积存。《文选·游天台山赋》李善注:"宁犹积也。伫与宁同。"神:心灵;精神。素:纯净。脱然:陶潜《归去来辞》:"脱然有怀,求之靡途。"按:"脱然",指超然自适的心态。畦封:域界,引申为彼此,是非。畦,读qí。这两句是说:畸人具有纯洁的精神,超然于尘俗之外。

[10]**黄唐句**　黄唐:黄帝、唐尧。陶渊明《时运》:"黄唐莫逮,慨独在余。"(末句谓:我只独自慨叹)又,《读史述九章》:"慨想黄虞。"按:与上引《时运》两句意思相同。这句是说:我独寄心于淳朴的太古之世。

[11]**落落句**　落落:孤独的样子。玄宗:玄妙的化身,玄妙的宗旨,也就是"道"。

【译文】

畸人,你驾着仙气,手拿着莲花,远离苦难的人世,升入邈远的天庭。

月亮从东方出来迎接你,好风在背后吹送你;你伫立在碧玉似的华山之巅,倾听着悠悠的钟声。

你的心灵多么虚静,早超脱于是是非非的世尘。你寄心于纯朴的太古时代,你简直是玄妙的化身。

【评说】

有些诗,诗思恢宏深远,吐词浑穆,往往不用典、不雕琢,有自然浑成之美,这在风格上可目之为"高古"。如《古诗十九首》便是显例。

下面,对《高古》一品作几点疏解。

1.作者借描绘"畸人"的动静,显示"高古"的意境。畸,通奇,畸人即奇人。《庄子·大宗师》曰:"畸人者,畸于人而侔于天。"成玄英《疏》

曰:"畸者,不偶之名也。修行无有,而疏外形体,乖异人伦,不偶于俗。""侔者,等也,同也。夫不修仁义,不偶于物,而率其本性者,与自然之理同也。"①今人张默生据"成疏"译释为:"畸人的性行,虽是不偶于俗,但他能率其本性,却与自然之理相同,所以说是'畸于人而侔于天'。"②显然,畸人就是有道真人。

"畸人乘真,手把芙蓉。"第一句中的"真",《说文》曰:"真,仙人变形而登天也。"段注:"此真之本义也。"③所谓"乘真"即凭着道气而变形登天。"芙蓉",莲花。李白《古风》有曰:"西上莲花山,迢迢见明星。素手把芙蓉,虚步蹑太清。"(笔者注:华山西峰名莲花峰)司空图《送道者》之一:"洞天真侣昔曾逢,西岳今居第几峰。峰顶他时教我认,相招须把碧芙蓉。"由此可知,"畸人乘真,手把芙蓉"两句,的确画出了唐人心目中的仙人飞天形象。

"汎彼浩劫,窅然空踪"两句,承前写畸人经历,但有历时差异:先历浩劫,现已窅然远去,仅留空踪。"汎",原作"水流貌",此处应含有"经历了"的意思在内,否则难得确解。

"畸人"是否一定经历"浩劫",这与《诗品》作者的生活经历有关,值得深长思之。

2."月出东斗"四句,继写畸人行踪。

"东斗",指"东天"(东方)。"好风"即"和风"。"好风相从"化用陶潜"微雨从东来,好风与之俱"。"太华夜碧,人闻清钟",把畸人登天的宇宙,描写得寂静无比。"清钟"悠渺,愈益映衬出寂静中的神秘清凉气氛。这,反映出《诗品》的作者对隐逸生活的体察,极其深刻。

①[清]郭庆藩撰,王孝鱼点校:《庄子集释》(第一册),中华书局1961年版,第273页。

②张默生著:《庄子内篇新释》,成都古籍书店1990年版,第186页。

③[汉]许慎撰,[清]段玉裁注:《说文解字注》,上海古籍出版社1988年版,第384页。

3."虚伫神素"四句,指明畸人的精神状态,借以强调诗的"高古"境界。

"虚伫神素"句,颇含蓄,宜详加诠释:

句中"虚",虚无也。《庄子·人间世》:"唯道集虚。虚者,心斋也。"郭象注:"虚其心则至道集于怀也。"①

句中"伫",积存也。《文选》载孙绰《游天台山赋》,有句曰"惠风伫芳于阳林。"李善注:"宁,犹积也。伫,与宁同。"②

句中"神",精神也。《淮南子·原道训》:"其魂不躁,其神不娆。"高诱注:"躁,狡。娆,烦娆也。言精神定矣。"③

句中"素",素朴也。《庄子·马蹄》曰:人民在"至德之世……同乎无知,其德不离;同乎无欲,是谓素朴;素朴而民性得矣。"④按:庄子之徒以为"素朴"是未经任何习染的"民性"。

综合上文,可知"虚伫神素"句意是:畸人心中充满着纯真素朴的道。

"脱然畦封"句中的"脱",脱离、失去的意思。《老子》"善抱者不脱",意即:善抱德者不会失去德。畦、封,区界。"脱然畦封",意即畸人看待万物已无彼此之分。此是庄周"万物一齐,孰短孰长"(《庄子·秋水》)的另一种表述。读《庄子·齐物论》,当有助于深刻理解这一句。

"黄唐在独,落落玄宗"两句,语本陶潜《时运》"黄唐莫逮,慨独在余。"两句意谓:畸人如黄帝、唐尧时代之人民,纯真素朴,是玄妙之道

① [清]郭庆藩撰,王孝鱼点校:《庄子集释》(第一册),中华书局1961年版,第148页。

② [梁]萧统编,[唐]李善注:《文选》(第二册),上海古籍出版社1986年版,第498页。

③ [汉]刘安撰,刘文典集解:《淮南鸿烈集解》,见《刘文典全集》(1),安徽大学出版社1999年版,第30页。

④ [清]郭庆藩撰,王孝鱼点校:《庄子集释》(第二册),中华书局1961年版,第336页。

的化身。

4.作者之所以把"高古"之境写得玄之又玄,是因为他脱离具体对象、脱离时空条件谈问题;我们理解它,便只能凭他所写而抓住要领,才能避免空虚。"高古"的要领在于"纯真素朴"。从诗的内容方面说,唯其纯真素朴,故能超越尘俗,自见高远;就诗的表达形式说,唯其纯真素朴,故出语自然天成,无迹可求。下面,录前人"诗话"三条,当有助于对"高古"之境的理解。

张戒《岁寒堂诗话》卷上曰:"昧有不可及者,渊明是也。……渊明'狗吠深巷中,鸡鸣桑树颠'、'采菊东篱下,悠然见南山',此景物虽在目前,而非至闲至静之中,则不能到,此味不可及也。"①按:有纯真素朴之心,才能领略至闲至静的生活境遇。

胡应麟《诗薮》内编卷二曰:"诗之难,其十九首乎! 蓄神奇于温厚,寓感怆于和平;意愈浅愈深,词愈近愈远;篇不可句摘,句不可字求。"②按:唯诸无名氏诗人有纯真素朴之思,才有十九首的艺术成就。

谢榛《四溟诗话》卷四曰:"诗自苏李五言暨十九首,格古调高,句平意远,不尚难字,而自然过人矣。"③按:"句平意远"必以诗人有纯真素朴之思为前提。

---

① [宋]张戒著,陈应鸾校笺:《岁寒堂诗话校笺》,巴蜀书社2000年版,第18页。
② [明]胡应麟著:《诗薮》,上海古籍出版社1979年版,第26页。
③ [明]谢榛著,宛平校点:《四溟诗话》,人民文学出版社1998年版,第99页。

典　雅[1]

玉壶买春[2]，赏雨茆[3]屋。坐中佳士，左右修竹[4]。

白云初晴，幽鸟[5]相逐。眠琴绿荫[6]，上有飞瀑[7]。

落花无言[8]，人淡如菊[9]。书之[10]岁华，其曰可读[11]。

【校勘】

　　玉壶　《诗法》本、怀悦本、杨成本、《说郛》本、《津逮》本皆作"玉壶"。万历本作"玉壸"，"壸"字误。

　　坐中　杨成本、万历本、《说郛》本、《津逮》本皆作"坐中"。《诗法》本、怀悦本作"座中"。按："坐"可通"座"。

　　眠琴　怀悦本、杨成本、万历本、《说郛》本、《津逮》本皆作"眠琴"。《诗法》本作"眠云"，"云"字误。"眠云"与"绿荫"构词不配搭。

　　岁华　《诗法》本、杨成本、万历本、《说郛》本、《津逮》本皆作"岁华"。怀悦本作"岁荜"，"荜"字误。

　　其曰　《诗法》本、杨成本、万历本、《说郛》本、《津逮》本皆作"其曰"。怀悦本作"其日"，"日"字误。

【注释】

　　[1]典雅　按词义通常有两解，请看实例。例一：马融《长笛赋》

曰："融既博览典雅,精核数术,又性好音,能鼓琴吹笛。"例二:王充《论衡·自纪》曰:"夫文由语也,或浅露分别,或深迂优雅,孰为辩者? 故口言以明志,言恐灭遗,故著之文字。文字与言同趋,何为犹当隐闭指意? ……深复典雅,指意难睹,唯赋颂耳。"例三:曹丕《与吴质书》曰:"(徐幹)著《中论》二十篇,成一家之言,辞义典雅,足传于后。"例四:刘勰《文心雕龙·体性》曰:"典雅者,熔式经诰,方轨儒门者也。"按:上列第一例中的"典雅",指儒家经典,明确无疑。第二、三、四例中的"典雅",指文辞典正高雅或视为一种风格,也明确无疑。

[2] **玉壶句** 唐人酒名多带一"春"字。李白诗"瓮中百斛金陵春",杜甫诗"闻道云安曲米春",韩愈诗"且须勤买抛青春",刘禹锡诗"鹦鹉杯中若下春",等等,皆是显例。李肇《唐国史补》卷下曰:"酒则有郢州之富水,乌程之若下,荥(xíng)阳之土窟春,富平之石冻春,剑南之烧春……"是知"玉壶买春"即"玉壶买酒"。

[3] **茆** 即茅字。

[4] **修竹** 美竹。

[5] **幽鸟** 韦应物《燕居即事》:"幽鸟林上啼,青苔人迹绝。"又,《庄严精舍游集》:"即此尘境远,忽闻幽鸟殊。"司空图《即事九首》之九:"幽鸟穿篱去,邻翁采药回。"

[6] **眠琴句** 弹琴人眠于绿荫之下。

[7] **上有句** 吕祖谦撰《卧游录》曰:"司空图侍郎旧隐三峰。天祐末,移居中条山王官谷。其谷周回十余里,泉石之美,冠于此山。北岩之上,有瀑水注流谷中,溉良田数顷。至今为司空氏之庄宅,子孙犹存。"按:《典雅》中所谓"上有飞瀑",虽虚写,亦必导源于实际生活感受。

[8] **落花句** 李白《溧阳濑水贞义女碑铭》:"落花无言。"

[9] **人淡句** 古人以菊象征淡泊自持者的神态。

[10] **书之句** 书:书写。之:此。岁华:年华、时光。李贺《申胡子

瘠箕歌》:"今夕岁华落,令人惜平生。"司空图《九月八日》:"老来不得登高看,更甚残春惜岁华。"

[11]其曰句　其:语助词。可读:可诵读。

【译文】

我斟上一杯玉壶里的美酒,来欣赏这绵绵的春雨。伴我的是知心的友人,还有那茅屋四周的修竹。

雨过天晴,白云飘散,山鸟在枝头叫着,追逐伴侣。我让七弦琴伴着我,躺在绿荫下,望着高峰上挂下的瀑布。

花无声地落着,人像菊花一样的淡泊自处。这是多么美好的意境啊,写来一定是可读的好诗。

【评说】

《诗品·典雅》之"典雅",虽取义于文辞典正高雅,但就所描绘的实际意境看,它不属于"方轨儒门"式典雅,而是脱离尘俗的典雅。诗中所谓"坐中佳士"和站在"佳士"背后的作者,实乃玄静淡泊的高节之士。

诗如高节之士,王维、韦应物、孟浩然有许多诗篇可以比拟。

《典雅》一品,集中笔墨,描绘"佳士"的闲雅。开头四句描绘的便是中国古代雅士的闲情逸致。

古代雅士,往往与酒结缘,愁了,便来个"举杯消愁愁更愁"(李白句);乐了,便唱"人生得意须尽欢,莫使金樽空对月"(李白句);赏花赏月,踏雪寻梅,无不以酒助兴。可以说,饮酒构成了文士"雅"的要素。司空图以"玉壶买春,赏雨茆屋"来表明"佳士"的闲雅,是很有民族文化特色的。

古代的雅士,也往往与竹有情。历史上早有"竹林七贤"、"竹溪六逸"等与"酒"、"竹"有关的故事;雅士们认定竹有高节,为竹吟诵"千花百草凋零后,留向纷纷雪里看!"(白居易句)司空图以"左右修竹"来伴"坐中佳士",以此来喻示"佳士"很清高,有节操。

中四句,承上文由"赏雨"转到"初晴"。天晴了,"幽鸟"也活跃地互相追逐。——这是在静默观察中捕捉到的小景:以动示静,这境地既清新又安宁。

在如此清新、安宁的境地里,"佳士"携琴来到高山飞瀑旁的林荫中,其举止何等闲雅!"佳士"能弹琴,表明他是"士"中的高流。嵇康《琴赋》说:"愔愔琴德,不可测兮;体清心远,邈难极兮……"①"佳士"能"体清心远",便有隐逸的高风了。

或问:为什么不写佳士弹琴,而只写横琴于绿荫?答曰,作者只求以能操琴来显示其雅,有"眠琴绿荫"一句就足以达意了。句数有限,岂敢枝蔓。

末尾四句,先承上文点明"雅"的特性,然后总束全诗。

"落花无言",语本李白《溧阳濑水贞义女碑铭》的铭辞:"粲粲贞女,孤生寒门。上无所天,下报母恩。春风三十,花落无言……"②按:据《吴越春秋》所载伍子胥奔吴、乞食溧阳故事,贞女年三十,给食子胥后投水死,故曰"春风三十"。次句"花落无言",即"花落无声"。《典雅》中"落花无言",用今语说,即"花无声地坠落",寓示物性自然而然。"人淡如菊",比喻秋菊不与春花争艳,乃自然而然。

结尾两句说"书之岁华,其曰可读",用今语说:把这美好的岁时光景写出来,那便是可读的典雅诗篇。我以为,据此可以就《典雅》所描绘的意境,推究"典雅"诗章的要领。

①[三国魏]嵇康著,戴明扬校注:《嵇康集校注》,人民文学出版社1962年版,第109页。

②[清]董诰等编:《全唐文》(二),上海古籍出版社1990年版,第1571页。

根据司空图对"典雅"的描绘,照我看,这是带有他个人偏见的典雅:淡而雅;这与刘勰所说的"张衡《应间》,密而兼雅"(《文心雕龙·杂文》)、"孟坚《两都》,明绚以雅赡"(《文心雕龙·诠赋》),大有差异。我们应该抓住"淡而雅"这一根本特点来理解问题。

司空图以"佳士"喻"典雅"诗,"佳士"是个超尘拔俗的人,那么典雅诗当有超尘拔俗的诗思,闲情逸致的风姿;"佳士"处于清幽的自然环境中,那么典雅诗的题材宜摄取优雅闲静的自然风光;"佳士"对自然美景淡泊视之,那么典雅诗的语言亦宜清淡优雅,令人读后认同诗的静趣。司空图的《典雅》,就是一首有"典雅"风貌的诗嘛!

洗　炼[1]

犹矿出金，如铅出银。[2]超心炼冶[3]，绝爱缁磷[4]。
空潭泻春，古镜照神。[5]体素储洁[6]，乘月返真[7]。
载瞻星辰，载歌幽人。[8]流水今日，明月前身。[9]

【校勘】

　　出银　杨成本、万历本、《说郛》本、《津逮》本皆作"出银"。《诗法》本、怀悦本作"得银"，"得"字误。"如铅得银"，"得"字欠工稳。

　　返真　《诗法》本、杨成本、万历本、《说郛》本、《津逮》本皆作"返真"。怀悦本作"月真"，不可解，"月"字误。

【注释】

　　[1]洗炼　或作"洗练"。《战国策·秦策》："简练以为揣摩。"高诱注："练，濯治丝也。"据此可知"濯治丝"为"洗练"。

　　枚乘《七发》："于是澡既（溉）胸中，洒练五藏，澹澉手足，颒（huì）濯发齿。"李善注："溉，涤也。练，犹汰也。澉、澹，犹洗涤也。颒，洗面也。"按：句中"洒练"，洒扫清除也。《玉篇》："洗，先礼切。今以为'洒'字。"《说文通训定声》："洗，假借为洒。《集韵》：洒，或作洗。"据此可知，汉代所谓"洒练"，即后世所谓"洗练"。两者含义全无区别。

《玉篇》："炼,治金也,今亦作练。"故"洗炼"亦作"洗练"。

《说文》："铼,治金也。"段注曰："涷,治丝也。练,治缯也。铼,治金也。皆谓蒲涷欲其精……引申之,凡治之使精曰铼。"按:段氏对"洗炼"、"洗练"作了会通说明,有益于理解。

《宋书·顾觊之传》："澡雪灵府,洗练神宅,据道为心,依德为虑。"按:句中"洗练",动词,谓洗涤杂念也。《诗品》把"洗练"列为一品,足见其重视诗歌创作中的精练问题。

[2]**犹矿两句**　矿:金矿石。铅,即方铅矿,含铅质和银质。炼银,用方铅矿,故曰:"如铅出银"。这两句用矿物的冶炼提纯来比喻诗的洗炼的风格。

[3]**超心句**　刘熙《释名·释姿容》："超,卓也,举脚有所卓越也。"《孟子·梁惠王上》："挟太山以超北海。"《老子》第二十六章："虽有荣观,燕处超然。"据此可知,所谓"超心炼冶",即以超越尘俗之心从事炼冶。

[4]**绝爱句**　绝:弃绝。缁:读zī,黑色。一本作淄。磷:读lín,云母别名。云母石,黑色,系非金属元素,耐火。冶炼金属时,遇之必弃去,故曰"绝爱缁磷"。《论语·阳货》："不曰坚乎,磨而不磷;不曰白乎,涅而不缁。"李白《古风》之五十:"赵璧无缁磷。"韦应物《寄令狐侍郎》:"宠辱良未定,君子岂缁磷。"这两句是说:必须专心炼冶,对缁磷之石,必须弃而不爱,才能达于纯粹。

[5]**空潭两句**　这两句是说:像空潭中流泻的春水,非常纯洁;像铜片磨制成的镜子一样,那么明净,能照出人的神态。两句皆表现冶炼达到纯净的程度。

[6]**体素句**　体:体会;悟解。素:纯而不杂。《庄子·刻意》说:"故素也者,谓其无所与杂也;纯也者,谓其不亏其神也。能体纯素,谓之真人。"成玄英《疏》曰:"体,悟解也。妙契纯素之理,则所在皆真道也,故可谓之得真道之人也。"这句是说:高度地修身养性,保全天性以存

其真纯。

[7]**乘月句** 神话传说,月宫是仙境,所以说"乘月返真"。《魏书·释老志》称:老子"为飞仙之祖"。《庄子·逍遥游》称:仙人"不食五谷,吸风饮露,乘云气,御飞龙,而游乎四海之外"。按:饮露必在月明之夜;返真,即返归仙境。唐人常说"仙"为"真"。陈寅恪《读莺莺传》说:"……故真字即与仙字同义,而'会真'即遇仙或游仙之谓也。"①

[8]**载瞻两句** 《诗·鄘·载驰》:"载驰载驱,归唁卫侯。"载,语助词,无义。《洗炼》中"载瞻"、"载歌",两"载"字皆语首助词,无义。瞻:仰望,指瞻望星辰。这句是说:游于太空,瞻望星辰。幽人:隐居之人。这句是说:超然世外的人,怡然自得。

[9]**流水两句** 李白《把酒问月》:"今人不见古时月,今月曾经照古人;古人今人若流水,共看明月皆如此。"按:借描述人的古今时空叠合,颇有瞬息见千秋的思绪。就炼冶说,掌握火候,必有瞬息定千秋的功夫。所谓"前身"是"明月","今日"为"流水"——明月、流水,皆清明纯净之物,喻洗炼火候恰当,能得其纯粹也。

【译文】

要像从金矿、铅矿中炼出金、银一样地洗炼自己的诗文。要超脱一切,专心炼冶,首先就要有抛弃那些杂质的决心。

空潭中流泻的春水多么清,铜片磨成的镜子多么明!诗人啊,你如能保全清明纯洁的天性,你便可以飞升月宫仙境。

你可以眼望着星辰,成为歌舞自乐的幽人;那晶晶的月、清清的水,都是你的化身。

---

① 陈寅恪著:《元白诗笺证稿》,生活·读书·新知三联书店2001年版,第110页。

【评说】

作诗为文如何求精,是个老问题。陆机《文赋》说:"要辞达而理举,故无取乎冗长"①;刘勰《文心雕龙·熔裁》曰:"若术不素定,而委心逐辞,异端丛至,骈赘必多……辞敷而言重,则芜秽而非赡"②;颜之推《颜氏家训·文章》则提出"但务去泰去甚耳"③:这些都是作诗为文要求"洗炼"的变相说法。于此,可见"洗炼"一词的精到。

《洗炼》一品,可分三层加以诠释。

1.开头四句,以矿石炼金、炼银为喻,表达作诗、作文必有"洗炼"过程;在此过程中作者一定要有"超然高举以保真"(屈原《卜居》)的心态从事洗炼,才能毫不留情地删除不必要的字、句、段。缁磷,不含金属元素的不熔于火的黑石,炼冶必在扬弃之列。

"超心炼冶"一句是《洗炼》全品的核心。"超心"的人,似乎是得道的真人。不"超心炼冶",则不能达到"返真"的纯度。

2.中间四句仍以比喻提出"洗炼"的最高要求。"空潭泻春,古镜照神",比喻洗炼后的作品应清如澄潭春水,明如毫发无隐的镜子。《庄子·天道》曰:"水静则明烛须眉,平中准,大匠取法焉。水静犹明,而况精神!"④这可视为对作者在创作过程中的虚静心境说的;而"空潭"两句则是对"超心"、"绝爱"之后说的,指的是"洗炼"已达到的清明境界。这个境界的极点,就是"体素储洁,乘月返真。"

①[晋]陆机著,张少康集释:《文赋集释》,人民文学出版社2002年版,第99页。
②[梁]刘勰著,范文澜注:《文心雕龙注》(下),人民文学出版社1958年版,第543—544页。
③[北齐]颜之推著,王利器集解:《颜氏家训集解》,中华书局2014年版,第253页。
④[清]郭庆藩撰,王孝鱼点校:《庄子集释》(第二册),中华书局1961年版,第457页。

所谓"体素"、"储洁"、"返真"都是动宾结构语词,带有道家的玄虚味。现在分条诠释如下:

"体素",语本《庄子·刻意》。按:"体素"之"素",指道的本质。在这里借指诗文经洗炼而达到的纯净地步。

"储洁"之"洁",语本贾谊《新书·道术》:"……厚志隐行,谓之洁;反洁为汰。"①按:"洗炼"所论即如何淘汰杂质,保持本体净洁问题。道家认为在人的精神修养上应如此。司空图借此论诗文创作而已。

"储洁"与"体素"取义基本相同。

"返真",语本《庄子·秋水》:"(河伯)曰:'何谓天?何谓人?'北海若曰:'牛马四足,是谓天;落(络)马首,穿牛鼻,是谓人。故曰,无以人灭天,无以故灭命,无以得殉名。谨守而勿失,是谓反(返)其真。'"郭象注末句曰:"真在性分之内。"②按:上引《秋水》一节,以"天"然与"人"事对比,说应排除人为的干扰、保全人的天真本性。欲保天真,在人的精神领域里就只有经过"洗炼"才能"返真"。故司空图在《洗炼》中提到"返真"。

总之,"体素"、"储洁"、"返真"等说法,都是在为"洗炼"提出更高要求,不过说得带有玄味罢了。

3.末尾四句,以鉴赏口吻继前文表述"洗炼"后的诗文,已达到高洁、清明的境界。作者说,看洗炼后的诗篇犹如仰看亮晶晶的星辰,犹如看到行歌自乐的无牵无挂的幽人。又说洗炼后的诗篇前身是明月,本来清明,只因染尘,经洗炼后而还复真面目,变成今日的流水,永远清明。

禅者认为"人性本净"、"体性清净"(《坛经》)。作者搬用禅家法宝

①[汉]贾谊撰:《新书》,见《二十二子》,上海古籍出版社1986年版,第754页。
②[清]郭庆藩撰,王孝鱼点校:《庄子集释》(第三册),中华书局1961年版,第590—591页。

来论"洗炼",可见"清净"是"洗炼"的最高准则。"明月"、"流水"不过是形象化的比喻罢了。

以上,我们对《洗炼》的语句、段义作了诠释。下面,试就"洗炼"可否被视为一种风格概念聊抒己见。

"洗炼",被视为文学创作中的艺术技巧的一种,未见有不同意见;若被视为一种艺术风格概念,则有人不以是为。我以为,对《洗炼》可从两种角度去看待:从创作技巧角度看,它所论的是炼意、炼句、炼词问题;从创作个性的比较角度看,它所体现的境界,可视为一种风格。

《文心雕龙·体性》专论文学风格形成的内在因素问题。刘勰说,文学风格的形成,乃"情性所铄,陶染所凝。"——前一句指"内在因素",后一句指"外在因素"。刘氏就风格形成的内在因素提出"八体":"一曰典雅,二曰远奥,三曰精约,四曰显附,五曰繁缛,六曰壮丽,七曰新奇,八曰轻靡。"又说"精约者,核字省句,剖析毫厘者也……繁缛者,博喻酿采,炜烨枝派者也。"又说"雅与奇反,奥与显殊,繁与约舛,壮与轻乖。"[1]显然,刘氏从创作个性相比较的角度,提出了八种文学风格特征。我以为八种风格之一的"精约",便是后人所说的"洗炼"。"精约"与"洗炼"在实质上没有区别。

"繁与约舛","舛",两相违背、对立的意思。从创作思维定势说,有人行文繁缛,有人行文洗炼,此乃古今常见现象。举几个例子:

刘勰说:"陆机才欲窥深,辞务索广,故思能入巧而不制繁。"(《文心雕龙·才略》)人们读陆机诗、文,觉得"繁缛"两字恰能道着要害。李白、杜甫都推崇谢朓诗。李白云:"蓬莱文章建安骨,中间小谢又清发"(《宣州谢朓楼饯别校书叔云》)、"诗传谢朓清"(《送储邕之武昌》)。杜甫云:"绮丽玄晖拥,笺谋任昉骋。"(《八哀诗·故右仆射相国张公九龄》)李、杜以"清丽"许谢朓,须知"清丽"也是本乎情性而从"洗炼"

_____

[1] [梁]刘勰著,范文澜注:《文心雕龙注》(下),人民文学出版社1958年版,第505页。

中来。

宋词中，《漱玉词》有洗炼纯净之美，《梦窗词》有繁缛堆砌之累，这是一读便知的。

今人读鲁迅杂文，称颂其文深刻精炼。读李广田散文，觉得其文缜密。读碧野的散文，似可视为"繁缛"的代表。

总之，从作家的"情性所铄，陶染所凝"看，把"洗炼"纳入"风格"范畴，是言之有理的。

劲　健[1]

行神如空，行气如虹。[2]巫峡千寻[3]，走云连风。

饮真茹强[4]，蓄素守中[5]。喻彼行健[6]，是谓存雄[7]。

天地与立，神化攸同。[8]期之以实，御之以终。[9]

【校勘】

行神如空　《诗法》本、杨成本、万历本、《说郛》本、《津逮》本皆作"行神如空"。怀悦本作"行空如神"，误。

走云　杨成本、万历本、《说郛》本、《津逮》本皆作"走云"。《诗法》本作"走雪"，怀悦本作"走雷"，"雪"字、"雷"字误。

饮真茹强　杨成本、万历本、《说郛》本、《津逮》本亦作"饮真茹强"。《诗法》本作"敛真乳强"，"敛"字、"乳"字皆误。怀悦本作"饮其乳强"，"其乳"字并误。

蓄素守中　杨成本、万历本、《说郛》本、《津逮》本皆作"蓄素守中"。《诗法》本、怀悦本作"蓄微牢中"，不可解，"微牢"字误。

神化　怀悦本、杨成本、万历本、《说郛》本、《津逮》本皆作"神化"。《诗法》本作"神造"，"造"字误。

以实　杨成本、万历本、《说郛》本、《津逮》本亦作"以实"。《诗法》本作"已失"，误。怀悦本作"非实"，"非"字误。

以终　怀悦本、杨成本、万历本、《说郛》本、《津逮》本亦作"以终"。

《诗法》本作"非终","非"字误。

【注释】

[1]**劲健** 《周易·乾文言》曰:"大哉乾乎,刚健中正,纯粹精也。"《周易正义》曰:"刚健中正,谓纯阳刚健,其性刚强,其行劲健。"这是文艺学上"劲健"风格得名的哲学源头。

《墨薮》载李世民《指意》曰:"大字以神为精魄,神若不和则无态度也;以心为筋骨,心若不坚则字无劲健也。"又,虞世南《笔髓论》论行书曰:"羲之云,每作一点画,皆悬管掉之,令其锋开,自然劲健矣。"这是唐人以"劲健"为书艺风格美之一。

皎然《诗式》中《辨体有一十九字》,释"力"字曰:"体裁劲健曰力。"这是唐人以"劲健"为诗的风格美之一。

[2]**行神两句** 这里所谓"神",指精神。气:指真人所吐的气。上句说真人精神飞翔于太空,下句说真人吐气如长虹横空。两句皆形容劲健的样子。《荀子·天论》:"天职既立,天功既成,形具而神生。"唐·杨倞注:"言人之身亦天职、天功所成立也;形谓百骸九窍,神谓精魄。"按:"精魄"即"精神"。"行神"即精神活动。《抱朴子内篇》卷八《释滞》曰:"欲求神仙,唯当得其至要,至要者在于:宝精、行气、服大药便足,亦不用多也。"李贺《高轩过》:"入门下马气如虹。"

[3]**巫峡句** 巫峡:在今四川巫山县境。寻:古以八尺为一寻。这里说"千寻",形容巫山极高。

[4]**饮真句** 真:天然的本能、本色、本性。茹:饮。强:有力量。

[5]**蓄素句** 素:即上文所说的真。见《洗炼》"体素句"注。中:心;内心。《老子》:"多言数穷,不如守中。"守中,守德于心中。

[6]**行健** 永远不停地运动。《周易·乾卦》:"天行健,君子以自强不息。"

[7]**存雄** 积健为雄的意思。按:上文说的"饮真茹强,蓄素守

中"，也就是"存雄"的具体说明。《庄子·天下》："天地其壮乎？施存雄而无术。"这是说惠施锐意胜人，只知存雄，不知守雌。

[8]天地两句　结合上两句说，如能积健为雄，乃能与天地并立，好像自然造化一样，永远周流不息。《周易·系辞下》："神而化之，使民宜之。"孔颖达《疏》："神理微妙而变化之，使民各得其宜。"《淮南子·主术训》："唯神化为贵，至精为神。"按：神化，指自然的微妙变化。攸，《尔雅》曰："所也。"攸同，即所同。

[9]期之两句　期：求。实：真正的劲健。御：使用。终：终久；永远不息。这两句是说：真正的劲健之气，永远可用。

【译文】

劲健的气魄如闪耀在天空中的长虹，又如奔腾在巫山顶上的风和云。

诗人啊，你要保全天真，你那雄健的气魄才能与日俱增。

雄健的气魄与天地并存，它像自然造化一样永远不息地运行。只要你着实具有这种精神，你的诗章就会永葆雄健的青春。

【评说】

诗的"劲健"之美在于"力"。照我理解，凡理直气壮、语言凝重、声调铿锵的诗篇，可视为有"劲健"之美。如曹操诗气雄力坚，韩愈诗劲健险奇，便可视为实例。

《诗品·劲健》对"劲健"的描绘，可分三层加以诠释。

1.开头四句对"劲健"风貌作直接描述。

对神仙抱有幻想，总以为"餐霞炼气"，服"金丹大药"可以成仙（参见《抱朴子·内篇》）；仙人可以"不食五谷，吸风饮露。乘云气，御飞龙，而游乎四海之外"①。《劲健》开头两句"行神如空,行气如虹",就是幻想中的仙人行为。这是一对平行句,所谓"行神如空",即精神驰骋于太空中,全无阻碍;"行气如虹",即仙人吐气如跨空的彩虹,极有气势。

"巫峡千寻,走云连风",和开头两句一样,是"劲健"表象的描写。

在前四句中,如果我们对"行神"、"行气",取它的象征意义,不妨说:"神"指诗的内在思想情感,"气"指诗的语言气魄,神旺则气盛,理直则气壮,这是理所当然的。

2.中四句对"劲健"的内在思想加以说明。

"行神如空,行气如虹"的"劲健"之力从何而来? 作者说,来自"饮真茹强,蓄素守中。喻彼行健,是谓存雄!"

四句中的"真"、"强"、"素"实指什么? 请看《庄子·渔父》曰:

> 孔子愀然曰:"请问何谓真?"
>
> 客曰:"真者,精诚之至也。不精不诚,不能动人。故强哭者虽悲不哀,强怒者虽严不威,强亲者虽笑不和。……真在内者,神动于外,是所以贵真也。……礼者,世俗之所为也;真者,所以受于天也,自然不可易也。故圣人法天贵真,不拘于俗。愚者反此。……惜哉,子(指孔子)之蚤湛于人伪而晚闻大道也!"②

按:引文所说的"真"就是"自然无为"的"道",它与儒家人为的"礼"是对立的。

《礼记·曲礼上》曰:"四十曰强,而仕"。《疏》曰:"强有二义:一则四十不惑是智虑强,二则气力强也。"③按:"饮真茹强"的"强"指气力强;

①[清]郭庆藩撰,王孝鱼点校:《庄子集释》(第一册),中华书局1961年版,第28页。

②[清]郭庆藩撰,王孝鱼点校:《庄子集释》(第四册),中华书局1961年版,第1031—1032页。

③[清]阮元校刻:《十三经注疏》(上册),中华书局1980年版,第1232页。

"茹强"，呿吸强健的大道之气，即所谓"道气"。《庄子·刻意》曰："吹呴
呼吸，吐故纳新，熊经鸟申，为寿而已矣；此道（导）引之士，养形之人，
彭祖寿考者之所好也。"这就是"茹强"的实际含意。又曰："纯素之道，
唯神是守；守而勿失，与神为一；一之精通，合于天伦。……故素也者，
谓其无所与杂也；纯也者，谓其不亏其神也。能体纯素，谓之真人。"[①]
按：所谓"蓄素守中"来源于此。"中"，心也，主"神"之所也。"素"、纯素，
自然之道的另一种说法而已。

根据上述，我们把"真"、"强"、"素"诸名，解作"自然无为之道"，不
是主观乱说。

"行健"、"存雄"，分别出自《周易·乾卦》和《庄子·天下》。《乾卦》
"象曰：天行健，君子以自强不息。"《天下》曰："然惠施之口谈，自以为
最贤，曰：'天地其壮乎！'施存雄而无术。"陈鼓应《庄子今注今译》："然
而惠施的口辩，自以为最能干，说：'天地伟大么！'惠施有雄心而不知
道术。"[②]按："有雄心而不知道术"，即不知"蓄素守中，积健为雄"之术，
亦即不知"天行健，君子以自强不息"的道理。"天行健"的"天"，在道家
看，就是"自然"或"自然之道"。

3. 末四句极力称赞"劲健"之美。

作者说，劲健之力可以"天地与立，神化攸同"。意思是：天地是长
久存在的；人的劲健之力也应如"天行健"可以"自强不息"，因而可以
与天地长久地并存。劲健之力犹如神妙的造化，随自然之道的变化而
变化，因而它也可以说是妙道的化身。"神化"，语本《淮南子·原道训》：
"神与化游"——修道者掌握了神妙之"道"，他的精神、言行与造化合
拍。亦即所谓"神化攸同"。

---

① [清]郭庆藩撰，王孝鱼点校：《庄子集释》（第三册），中华书局1961年版，第
535、546页。
② [战国]庄周著，陈鼓应注译：《庄子今注今译》，中华书局1983年版，第906页。

"期之以实，御之以终。"这前一句中的"实"，指上文所引《庄子》说的"真者，所以受于天也，自然不可易也"的"道"；后一句中的"终"，指自始至终，始终如一；即劲健之力，永久不息。

"劲健"之美，按照我国阴阳刚柔的分类，它当然属于阳刚之美。"天行健，君子以自强不息"便出自《周易·乾卦》的"象"辞。"雄浑"之美也应属于阳刚之美。那么，"雄浑"与"劲健"在风格上有无区分？答曰：虽类似，有区别。两品在措辞上有些相似的地方，如论《雄浑》曰："积健为雄"，与论《劲健》曰："饮真茹强，蓄素守中"实质则一；"持之匪强，来之无穷"，与"期之以实，御之以终"，两者取意也极相近。但应该注意，"荒荒油云，寥寥长风"与"巫峡千寻，走云连风"相比较，看来都描绘了雄健的气魄，而两者的意象却不相同：前者所显示的是汪洋浑涵的意象，后者所显示的是雄奇警拔的意象。这种带有主观感受成分的细微差别，只好由细心的读者去认真领会了。

《司空表圣文集》中有《题柳柳州集后》一文，论及韩愈诗，曰："愚常览韩吏部歌诗数百首，其驱驾气势，若掀雷抉电，撑抉于天地之间，物状奇怪，不得不鼓舞而徇其呼吸也。"①试读韩愈《山石》、《八月十五夜赠张功曹》、《听颖师弹琴》、《调张籍》、《寄卢仝》、《石鼓歌》等，便知司空图论韩诗能得其仿佛，不过措辞稍嫌夸饰。

这里应该说明：宋人说"退之以文为诗……如教坊雷大使之舞，虽极天下之工，要非本色"②；"退之诗，大抵才气有余，故能擒能纵，颠倒崛奇，无施不可"③；退之用韵，"得韵宽，则波澜横溢，泛入傍韵，乍还乍离，出入回合，殆不可拘以常格……得韵窄，则不复傍出，而因难见巧，

---

①祖保泉、陶礼天笺校：《司空表圣诗文集笺校》，安徽大学出版社2002年版，第196页。

②[宋]陈师道著：《后山诗话》，见[清]何文焕辑《历代诗话》（上），中华书局1981年版，第309页。

③[宋]张戒著，陈应鸾校笺：《岁寒堂诗话校笺》，巴蜀书社2000年版，第55页。

愈险愈奇……譬如善驭良马者,通衢广陌,纵横驰逐,惟意所之;至于水曲蚁封,疾徐中节,而不少蹉跌,乃天下之至工也"①等,都与司空图论韩愈诗所见略同,不过说得踏实些,使人易于理解。

---

① [宋]欧阳修著,郑文校点:《六一诗话》,人民文学出版社1962年版,第16页。

绮 丽[1]

神存富贵,始轻黄金。[2]浓尽必枯,淡者屡深。[3]
露余山青,红杏在林[4]。月明华屋,画桥碧阴[5]。
金尊酒满,伴客弹琴。取之自足,良殚美襟[6]。

【校勘】

　　淡者 底本、《诗法》本、怀悦本、杨成本、万历本、《津逮》本皆作
"浅者","浅"字欠妥。《说郛》本作"淡者","淡"与上句"浓"对举成文,
可取。"淡者"可以"屡深",肤"浅"者难"深"。

　　露余山青 《诗法》本、杨成本、万历本、《津逮》本亦作"露余山
青"。怀悦本作"露余青山"。《说郛》本作"雾余水畔"。按:就意象求
之,以"露余山青"较清明,可取。

　　取之 怀悦本、杨成本、万历本、《说郛》本、《津逮》本皆作"取之"。
《诗法》本作"取用","用"字误。按:取"绮丽"之美而赏之,可;取而
"用"之,俗不可耐。

【注释】

　　[1]绮丽 刘桢《公宴诗》:"永日行游戏,欢乐犹未央……月出照
园中,珍木郁苍苍……芙蓉散其华,菡萏溢金塘……投翰长叹息,绮丽

不可忘。"按：句中"绮丽"，形容园中景象。

刘勰《文心雕龙·情采》："韩非云，'艳乎辩说'，谓绮丽也。"钟嵘《诗品》评谢惠连诗曰："又工绮丽歌谣，风人第一。"按：此两例中"绮丽"，用以研究诗文，取义一致。

李白《古风》其一："自从建安来，绮丽不足珍。"按：句中"绮丽"为贬义词。

顾陶《唐诗类选序》："始自有唐，迄于近殁，凡一千二百三十二首，分为二十卷，命曰《唐诗类选》。篇题属兴，类之为伍而条贯，不以名位卑崇、年代远近为意。骚雅绮丽，区别有可观。"按："骚雅绮丽"，即既骚雅又绮丽。"绮丽"为褒义词。

司空图列《绮丽》为一品，表述天然去雕饰的绮丽之美。"绮丽"，取褒义。

[2]**神存两句** 李白《避地司空原言怀》："倾家事金鼎，年貌可长新。"《敦煌歌辞总编》（任半塘编）卷五《十二时》："丈夫学问随身宝，白玉黄金未足珍。"神存于道，为求长生，始轻黄金。神：精神；思想。存：专注。富贵：指精神丰富，神情富贵，即内在精神之美。周敦颐《爱莲说》曰："牡丹，花之富贵也。"轻：轻视。黄金：俗人所贵，这里指讲求辞藻的浓丽外表之美。

[3]**浓尽两句** 这两句是说：如浓在外表，堆砌辞藻，则实质愈枯；如浓在本质而外貌清淡，则能给人以愈来愈浓的感受。

[4]**红杏在林** 高蟾《下第后上永崇高侍郎》："天上碧桃和露种，日边红杏倚云栽。"刘沧《及第后宴曲江》："及第新春选胜游，杏园初宴曲江头。"

[5]**画桥句** 画桥，雕刻如画的桥。画桥在绿荫之中。

[6]**良殚句** 良：很能够。殚：读 dān，尽；完全。襟：心怀。陶渊明《诸人共游周家墓柏下》："未知明日事，余襟良已殚。"

【译文】

只有那具有富贵神情的人，才不那么看重黄金——诗的绮丽在神不在形。一味追求浓艳的辞藻，诗思必然枯涩、窘困；貌似清淡的诗，那意味却很深沉。

晨露滋润的青山边，满林杏花红得多么动人；明月照映下的华屋，明灭闪光；绿荫中，又现出雕栏曲桥的身影。

这风光多么绮丽！诗人啊，你最好斟上一杯美酒，再弹着琴，陪伴着你的友人。你得充分领受这绮丽的美景，才好尽量地倾诉你的衷情。

【评说】

对《绮丽》，分层诠释如下：

1.这一品，开头四句，便表白人生态度。

道家者流，要求遁世无闷，不老长生，葛洪在《抱朴子内篇·论仙》中认定"夫求长生，修至道，诀在于志，不在于富贵也。苟非其人，则高位厚货，乃所以为重累耳"[①]。此辈在精神上力求虚静恬淡、寂寞无为，故有"神存富贵，始轻黄金"的意态。（"神存富贵"句中的"富贵"，与"黄金"相对而言，指人的内在精神丰富饱满。）陶潜、李白都曾有"富贵非吾愿"的表示，便是实例。按：《抱朴子内篇·论仙》和陶潜、李白所谓的"富贵"，与司空图所谓的"黄金"意同。司空图在《休休亭记》中也说："白日偏催快活人，黄金难买堪骑鹤"，形象地表达了他对遁世与入世的选择。

"浓尽必枯，淡者屡深。"这是甘于恬淡无为者的另一理由。《周易·

---

①[晋]葛洪著，王明校释：《抱朴子内篇校释》，中华书局1988年版，第17页。

丰卦》象曰:"日中则昃,月盈则食(蚀),天地盈虚,与时消息,而况于人乎,况于鬼神乎。"①这已喻示了一条真理:事物发展到一定程度,就会朝着它的反面转化。道家者流以"无为"、"任性"的态度来承受这种转化。

《绮丽》是品评诗歌的,不是哲学讲义。我们就《绮丽》的前四句探测它的诗学内涵,约略是:"绮丽"之美在神不在貌;涂饰辞藻以为富丽的诗章,浓艳则有之,不得视为"绮丽"。为什么?作者马上指明"浓尽必枯,淡者屡深。"足见"绮丽"与"浓艳"不可混同。

中国文学史上就有"浓尽必枯,淡者屡深"的事例,可为借鉴。这里各举一例。

例一:扬雄《法言·吾子》曰:"或问'吾子少而好赋'。曰:'然。童子雕虫篆刻。'俄而,曰:'壮夫不为也。'或曰:'赋可以讽乎?'曰:'讽乎!讽则已,不已,吾恐不免于劝也。'……或问:'景差、唐勒、宋玉、枚乘之赋也,益乎?'曰:'必也淫。''淫,则奈何?'曰:'诗人之赋丽以则,辞人之赋丽以淫。'"②按:扬雄在这里宣判"丽以淫"之类赋的罪孽,这就是"浓尽必枯"的教训实例。

例二:陶潜诗,钟嵘《诗品》评之曰:"文体省净,殆无长语。笃意真古,辞兴婉惬。每观其文,想其人德。世叹其质直。至如'欢言酌春酒','日暮天无云',风华清靡,岂直为田家语耶?"③按:杜甫有"陶谢不枝梧"句,"不枝梧"即"无长语";"辞兴婉惬"即诗多兴会而婉曲达意,恰到好处;"风华清靡"即其诗清净秀美,有自己的风采。有人以诗语"质直"轻陶诗,钟氏明确表示反对。——钟氏这种评论,已显示了欣赏"淡者屡深"的苗头。唐以后,杜甫兴叹"焉得思如陶谢手,令渠述作

①高亨著:《周易大传今注》,齐鲁书社1979年版,第447页。

②[汉]扬雄著,汪荣宝义疏,陈仲夫点校:《法言义疏》,中华书局1987年版,第45—49页。

③[梁]钟嵘著,陈延杰注:《诗品注》,人民文学出版社1961年版,第41页。

与同游"(《江上值水如海势聊短述》);宋之苏轼,则曰:"渊明作诗不多,然其诗质而实绮,癯而实腴。自曹、刘、鲍、谢、李、杜诸人皆莫及也。"①苏轼说的"其诗质而实绮,癯而实腴"两句,总算道着了陶诗的本质特色。这特色,可视为"淡者屡深"的实例。

2.这一品的中四句,为"绮丽"显示意象。"露余山青,红杏在林"写朝景,"月明华屋,画桥碧阴"写夜景。写朝景,有清淡隽秀之美;写夜景,使景物("华屋"、"画桥")美而不艳,耐人寻味。

中四句,就诗学角度说,作者的描绘启示读者:表现"绮丽"之美,宜乎清新秀丽,宜淡,宜含蓄,不宜浓艳。

3.末四句,以前八句为前提,表示愿投入上面的"绮丽"之景,领受这种美好的风光。

"金尊酒满,伴客弹琴"——有酒不醉,而怡然于如此美好光景;对客弹琴,与客共赏,足见主与客皆超尘绝俗之辈,对绮丽之美,亦淡然处之。《实境》一品有"一客荷樵,一客听琴"两句,可以与"金尊酒满,伴客弹琴"句相印证。

"取之自足,良殚美襟"——美景如此,身处此境,只要"神与物游",便可尽情领受这般自然美景,从而达到"吾丧我"的精神境界。

这四句,就诗学角度说,它寓示:美的存在,有待于诗人去发现、领会。

按照作者所描绘的"绮丽",求之往代,我以为,谢朓诗足以当之。清人黄子云评谢朓诗曰:"元晖句多清丽,韵亦悠扬,得于性情独深,虽去古渐远,而摆脱前人习弊,永元中诚冠冕也。"②我以为此评是中肯的。

①[宋]苏辙撰:《子瞻和陶渊明诗集引》,见陈宏天、高秀芳校点《苏辙集》(第三册),中华书局1990年版,第1110页。
②[清]黄子云著:《野鸿诗的》,见丁福保辑《清诗话》(下),上海古籍出版社1982年版,第862页。

自　然[1]

俯拾即是，不取诸邻。[2]俱道适往[3]，著手成春。

如逢花开，如瞻岁新。[4]真予不夺[5]，强得[6]易贫。

幽人空山[7]，过水采蘋[8]。薄言情悟[9]，悠悠天钧[10]。

【校勘】

著手　《诗法》本、杨成本、万历本、《说郭》本、《津逮》本皆作"著手"。怀悦本作"著乎"，"乎"为"手"之讹。

空山　怀悦本、杨成本、万历本、《说郭》本、《津逮》本皆作"空山"。《诗法》本作"空谷"。按：以作"空山"为好，好在幽人活动空间大些，与下文所描绘的景象吻合些。

过水　底本、《诗法》本、杨成本、万历本、《说郭》本作"过雨"，不可取。怀悦本作"过尔"，"尔"乃"水"之讹。《津逮》本作"过水"，可从。按："蘋"为水生植物，水边多有。"过水采蘋"，行动自然，合情合理。若说"过雨"才"采蘋"，太牵强。

情悟　《诗法》本、杨成本、万历本、《说郭》本皆作"情悟"。怀悦本作"情语"，"语"字谬甚。《津逮》本作"情晤"，"晤"字误。按："幽人空山"，与谁相晤？从"情悟"为妙。

【注释】

[1] **自然** 《老子》第二十五章："人法地，地法天，天法道，道法自然。"王弼注："法，谓法则也。……道不违自然，乃得其性。法自然者，在方而法方，在圆而法圆，于自然无所违也。"按：这里所谓"自然"，指万物不假人力而自自然然地或生或灭。

卫恒《书势》曰："是故远而望之，若翔风厉水，清波漪涟；就而察之，有若自然。"王维《山水诀》曰："夫画道之中，水墨为最上，肇自然之性，成造化之工。"齐己《谢虚中寄新诗》曰："旧友一千里，新诗五十篇……趣极同无迹，精深合自然。"按：诗、书、画所显示的"自然"而然的美，皆是它的作者创造出来的，所谓功侔造化是也。

[2] **俯拾两句** 这两句是就诗的构思说的：诗人所写的事，所抒的情，所达的意，都要得之自然，不能强求。

[3] **俱道句** 《庄子·天运》曰："道可载而与之俱也。"陈鼓应译曰："可与道会通融合。"① 贾谊《鵩鸟赋》曰："至人遗物兮，独与道俱。"李善注引《鹖冠子》曰："圣人捐物。"又曰："至人不遗，动与道俱。"道：指自然。适往：前往。"俱道适往"，即与自然大道之变化同步而行。

[4] **如逢两句** 这两句是说：天道运行，花开时自开，岁月自然要更换，一切都是自然而然的，非人力所可强求。

[5] **真予句** 予：得到。不夺：更改不掉。

[6] **强得** 勉强得来。强，读 qiǎng。

[7] **幽人句** 李白《望终南山寄紫阁隐者》："何当造幽人，灭迹栖绝巘。"又，《闻丹丘子于城北营石门幽居中有高凤遗迹仆离》："高风起遐旷，幽人迹复存。"杜甫《佳人》："绝代有佳人，幽居在空谷。"

[8] **过水句** 承上句说：幽人因过水而顺手采蘋，行动自然。

[9] **薄言句** 薄言：语助词。情悟：思想上悟解自然之道。《诗经·

---

① [战国]庄周著，陈鼓应注译：《庄子今注今译》，中华书局1983年版，第372页。

周南·芣苢》:"薄言采之。"

　　[10]悠悠句　悠悠:永久的样子。《庄子·齐物论》说:"是以圣人和之以是非而休乎天钧。"郭象注:"莫之偏任,故付之自均而止也。"成玄英疏:"天钧者,自然均平之理也。"按:钧,原为制陶器之转轮;天钧,喻天道动转不息。

【译文】

　　诗的情感是自然流露出来的,容不得半点儿伪装。谁能把握自然之道,谁便会写出美好的诗章。

　　花到开时自然地开放,岁月自然地有来也有往。对这一切谁都不可强求,强求的东西总不久常。

　　幽居在深山中的人过水采青蘋——这行动多么自然,多么爽朗!他领悟了自然的奥妙:天道永远运行不息,像转动着的轮轴一样。

【评说】

　　有人认为:"'自然',并不是诗的一种风格,而是所有不同风格的诗皆以为贵的艺术境界。"我对此论有疑惑:所有的诗人皆以"自然""为贵"吗?应该说:不是的。钟嵘在《诗品序》里就指出过:"近任昉、王元长等,词不贵奇,竞须新事。尔来作者,寖以成俗。遂乃句无虚语,语无虚字,拘挛补衲,蠹文已甚。但自然英旨,罕值其人。词既失高,则宜加事义,虽谢天才,且表学问,亦一理乎!"①这便有力地证明不是所有的诗人皆以"自然"为可贵!就风格而论,刘勰说,各种风格"并情性所铄,陶染所凝",诗人各有创作个性,怎么能说皆以"自然"为贵呢?应分辨清楚:理论家希望诗人们崇尚自然是一回事,而历史上有

①[梁]钟嵘著,陈延杰注:《诗品注》,人民文学出版社1961年版,第4页。

些诗人写了一些堆词藻、砌典故的诗又是一回事。《诗品》的作者从文学史的实际出发,列"自然"为一品,有道理。各种"风格",总是在比较的意义上加以区分的。视"自然"为风格的一种,有何不可?

下面,就《自然》一品分层加以诠释。

1.道家修道,求超脱,淡化人的社会性,强调人的自然本质,因而要求人应回归自然。这根本理由就是"人法地,地法天,天法道,道法自然。"(《老子》第二十五章)"返朴归真"成了他们人生道路的指标;以虚无为本体,以因顺自然为作用,成了他们认识世界并与之相处的所谓"道术"。

"自然"一品开头两句说:"俯拾即是,不取诸邻",怎的就是表述"自然"? 照道家看,人也罢,仙也罢,其行径都在大自然中;天覆、地载,一呼一吸,莫不依附于自然。如果人们理解了这一点,那么,要修自然之道,便可"俯拾即是",不假外求。

接着,作者点破:"俱道适往,著手成春"——因顺自然之道而行事,便如同把握了自然的勃勃生机。

开头四句,如果从诗学角度加以体会,意思是:诗人应该加强修养,努力把握自然之道,则能写出生机勃勃的诗篇。

2.中四句,继续表述"自然之道"的"以虚无为本,以因循为用"(司马谈《论六家要旨》语)的道术。

"如逢花开,如瞻岁新"——四时花开,是自然生机的显现;一元复始,万象更新,也是自然生机的显现。

"真予不夺,强得易贫"——"真",道的代称。大自然的赐予,谁也更改不了;谁要违背自然规律而有所强求,谁就必然走入困境。

当然,在当时的科学水平条件下,作者对自然的认识只能如此。又,道家只强调人应服从自然,把自然看成绝对神圣的。

这四句,从诗学的角度去领会,那就是:诗人创作,要有真情实感,出之于自然;写出的诗篇也要自然而然,容不得生硬做作。

3.末四句,举因顺自然的实例,表明修道者能领悟自然之道运行的奥妙。

"幽人空山,过水采蘋"——修道者生活在深山幽谷中,行到水边,随手采蘋;这只是因顺自然的行径,心如古井无波,了无目的。

"蘋"(有人以为即是"苹"),水生植物,水边多有,"过水"的"幽人"随手采之,行动自然。(《诗·召南》"采蘋",另有取义,此处略而不论。)

"过水采蘋"与古诗《涉江采芙蓉》取意完全不同。"涉江采芙蓉,兰泽多芳草;采之欲遗谁,所思在远道。"采芙蓉者心有所思,有为而为。幽人"过水采蘋",心无所念,无为而为,因顺自然而已。

末两句,直接点破:"薄言情悟,悠悠天钧。"

"天钧",语本《庄子·齐物论》:"是以圣人和之以是非,而休乎天钧。"冯友兰曰:"'休乎天钧',即听(去声)万物之自然也。"[①]"薄言"两句的大意是:修道者情有所悟,悟知听任万物自然变化的大道。

末四句,从诗学角度去领会,意思是:写诗,可因顺自然景物的变化而有所取舍,情以物迁,辞以情发,措语亦自然天成,这算是真正领悟了创造"自然"之美的大道。

陶潜诗,以"真率"为骨,以语言"朴质"为美,简言之,有"自然"之美。

---

①冯友兰著:《中国哲学史》(上),中华书局1992年版,第291页。

含 蓄[1]

不著一字,尽得风流。[2]语不涉难,已不堪忧。[3]
是有真宰[4],与之沉浮[5]。如渌满酒,花时返秋。[6]
悠悠空尘[7],忽忽海沤[8]。浅深聚散[9],万取一收[10]。

【校勘】

一字 怀悦本、杨成本、万历本、《说郛》本、《津逮》本皆作"一字"。《诗法》本作"一事","事"字误。

语不 《诗法》本、怀悦本作"语未","未"字误。杨成本、万历本、《说郛》本、《津逮》本皆作"语不",从之。按:"语不"与下句"已不"语气分量相称,有呼应。

涉难 《诗法》本、杨成本、万历本、《津逮》本皆作"涉难"。怀悦本作"涉离","离(離)"与"难"形近致讹。《说郛》本作"涉巳","巳"涉下文"已"而误。

已不 《诗法》本、杨成本、万历本、《津逮》本皆作"已不"。怀悦本作"离不","离"为"难"之讹,涉下致误。《说郛》本作"若不",与上句呼应欠紧密。

渌 杨成本、万历本、《说郛》本、《津逮》本皆作"渌"。《诗法》本、怀悦本作"绿",形近致误。按:句中"渌",动词,渌酒也。

满酒 《诗法》本、杨成本、万历本、《说郛》本、《津逮》本皆作"满酒"。按："满酒"，满足预计酿期之酒，故能"渌"之不尽，谓"含蓄"也。怀悦本作"酒满"，欠妥。

忽忽海沤　杨成本、万历本、《说郛》本、《津逮》本皆作"忽忽海沤"。《诗法》本作"忽忽海鸥"，则与"含蓄"无关，"鸥"字误。怀悦本作"勿勿海沤"，"勿勿"字误。

万取　怀悦本、杨成本、万历本、《说郛》本、《津逮》本皆作"万取"。"万取"、"一收"，构词相称。《诗法》本作"万类"，"类"字误。

【注释】

[1]**含蓄**　杜甫《课伐木》："舍西崖峤壮，雷雨蔚含蓄。"韩愈《题炭谷湫祠堂》："森沉固含蓄，本以储阴奸。鱼鳖蒙拥护，群嬉傲天顽。"按：句中"含蓄"，即隐含不露之意，非文艺学中的概念。

皎然《诗式·辨体有一十九字》曰："思：气多含蓄曰思。"按：这释语导源于日本僧人遍照金刚《文镜秘府论》地卷中抄录的王昌龄《诗格》，文曰："含思落句势者，每至落句，常须含思；不得令语尽思穷；或深意堪愁，不可具说。"显然，王昌龄认为"落句"须含蓄，皎然则认为"含蓄"乃是诗之美的一种，司空图则视"含蓄"为诗的风格特色之一。

[2]**不著两句**　《列子·黄帝》："至言无言，至为无为。"（"无言"，一本作"去言"）《庄子·列御寇》："知而不言，所以之天也。"《淮南子·说山训》："人无言而神，有言者则伤。"钟嵘《诗品序》曰："……踵武前王，风流未沫，亦文章之中兴也。"按：句中"风流"指晋太康时张协、陆机、潘岳、左思等诗的超逸美妙。《含蓄》品所谓"尽得风流"，亦即尽得诗的超逸之美。

[3]**语不两句**　大意是：出语似乎未涉及患难和痛苦，而读来却令人痛苦不堪。

[4]**是有句**　是有：确有。真宰：以自然之道为主宰。《庄子·齐物

论》说:"若有真宰,而特不得其朕。"朕迹,即征兆之意。

[5]**与之句** 《淮南子·原道训》:"是故圣人将养其神……而与道沉浮俯仰。"储光羲《渔父词》:"静言念终始,安坐看沉浮。"结合上句,这里是说随真道沉浮变化而变化。这意思是说,含蓄也得随道变化,不可强求。

[6]**如渌两句** 渌:读㣚,与漉同,滤去水分或渣滓,这里是液汁慢慢地渗下的意思。上句说,酿酒时,发酵的粮食,虽满含酒汁,但酒是慢慢地渗下来的,且渗漉不尽。下句说,正当花开时而遇寒气,便不能完全开放。两句皆比喻含蓄之美。

[7]**悠悠句** 悠悠:天空广阔的样子。空尘:空中的微尘。

[8]**忽忽句** 忽忽:海水流动的样子。屈原《离骚》:"欲少留此灵琐兮,日忽忽其将暮。"阮籍《咏怀》之十四:"流光耀四海,忽忽至夕冥。"按:忽忽,悠忽也。《楞严经》六:"空生大觉中,如海一沤发。"按:海沤,海上的浮沤。

[9]**浅深句** 浅深:指海的浅处、深处。这里是说泡沫流向浅处深处。聚散:指微尘在空中或聚或散。

[10]**万取句** 《荀子·儒效》:"以一持万。"《淮南子·说山训》:"以小明大,见一落叶,而知岁之将暮;睹瓶中之冰,而知天下之寒。"刘勰《文心雕龙·物色》:"以少总多,情貌无遗。"韦应物《咏露珠》:"秋荷一滴露,清夜坠玄天。"按:玄天,泛指天,即满天。万取句大意是:微尘、泡沫,就现象看,可取者虽以万数,而收入笔端时,则只取其万一,由一粒微尘悟知大千,以见其含蓄之美。

【译文】

在字面上不露一丝痕迹,却可尽得诗的超逸之美;出语似乎没有牵涉到患难和痛苦,而使人读来却有难忍的忧虑。

谁以真道为主宰,谁才能随着道的变化而沉浮。酒汁虽满也只慢慢地渗出来,待放的花朵突然遇到了寒气,辽阔的天空中飘动着多少微尘,浩漠的大海中浮动着多少泡沫:这都是含蓄的事例。

数不尽的微尘在空中时聚时散,数不尽的泡沫在海上漂浮。你在这无穷的现象中必须凝炼主旨,让读者从一滴水中见大海、一粒微尘中悟大千,这才算深知含蓄的妙趣。

【评说】

试就《含蓄》一品,分层加以诠释:

1.前四句,对"含蓄"内涵作初步描述。

所谓"不著一字,尽得风流",是道者禅师的故作惊人语,不得误解为:一字不写,就是最好的诗。应该明白,文字是语言的符号,是扩大语言超越时空的交际工具。古代的圣哲思想,能传诸后世,总是靠文字记录的圣经贤典流布的。尽管庄周之徒说过:"荃者所以在于鱼,得鱼而忘荃;蹄者所以在兔,得兔而忘蹄;言者所以在意,得意而忘言。"[①]请注意,正是庄周及其后学撰写了《庄子》,人们才能凭此探求庄周的玄言妙旨。禅宗六祖慧能以"不立文字,教外别传"为禅门宗旨,可是在他圆寂后,他的徒子徒孙们还是以文字记述了他登坛说法的言论——《坛经》。人们研习《坛经》,才知道"一切众生,皆有佛性","顿悟"可以成佛的禅理。

文字的功用是谁也抹杀不了的。"不著一字,尽得风流"的真意是:诗要有言外之意、味外之旨。这,即是宋人所说的"含不尽之意见于言外"。

"语不涉难,已不堪忧。"道者、禅者,都是遁世之人,远离尘世忧

①[清]郭庆藩撰,王孝鱼点校:《庄子集释》(第四册),中华书局1961年版,第944页。

患,而句中所谓"忧",乃是指佛家所谓"忧受"。佛家把人对待客观世界的反映称之"忧受",认为忧受为意识之领纳,对于遣情之境,分别为忧恼者。作为诗人来说,尽管"语不涉难",只写外在景象,然而要透过景象达意(即求有所含蓄),要创造出"遣情之境",就是令人苦恼的事。含蓄,谈何容易!

2.中四句表述:欲求"含蓄",只要能随自然之道的变化而变化,便会获得成功。

"是有真宰,与之沉浮。"句中"真宰",语本《庄子·齐物论》:"非彼非我,非我无所取。是亦近矣,而不知其所为使。若有真宰,而特不得其朕。"郭象注:"万物万情,趣舍不同,有若真宰使之然也。起索真宰之朕迹,而亦终不得,则明物皆自然,无使物然也。"①所谓"真宰",指无迹可求的冥冥中的自然之道。两句意谓:天地万物确为自然之道所主宰,如能与道浮沉,便会求得含蓄之美。(道可沉浮,沉则隐、浮则显;隐,含蓄之美也。)

继而举例:"如渌满酒,花时返秋。""渌",同"漉",滤取液汁之意。所谓"满酒",即满期之酒。酿酒,经一定时间,粮食发酵成酒,渌取时则饱含的酒汁,渗漉不尽。"花时返秋"句,承前省"如"字。如花正欲开时,突遇冷气,致使含苞待放。

上两句皆比喻含蓄之美。

3.末四句仍描述"含蓄",侧重提示含蓄的方法。

"悠悠空尘,忽忽海沤。"微尘满空,宇宙纳而蓄之;浮沤漂泊,大海容而受之:此皆自然含蓄的妙喻。

从末四句语言结构说,"空尘"、"海沤"的妙喻为下两句作铺垫:"浅深聚散,万取一收",才是作者所要提示的含蓄要领。微尘时聚时

① [清]郭庆藩撰,王孝鱼点校:《庄子集释》(第一册),中华书局1961年版,第56页。

散,浮沤漂浅漂深,皆自然而然;诗人面对如此无穷无尽的自然现象,只能厚积薄发,以少总多,让读者从一滴水中见大海,由一粒微尘悟大千。

在诗苑里,许多象征性的篇章,如班婕妤的《怨歌行》、阮籍《咏怀》的某些篇(如第十七)、张籍的《节妇吟》、朱庆余的《近试上张水部》,等等,都是"不著一字,尽得风流"的好诗,这里便不一一列示了。

临了,想说明一点:《含蓄》中,"语不涉难,已不堪忧"之"忧",如解作尘俗者的"忧患",那就破坏了全诗禅玄思想的统一。

豪　放[1]

观花匪禁[2]，吞吐大荒[3]。由道返气[4]，处得以狂[5]。

天风浪浪，海山苍苍。[6]真力弥满[7]，万象[8]在旁。

前招三辰[9]，后引凤凰[10]。晓策六鳌[11]，濯足扶桑[12]。

【校勘】

　　观花　怀悦本作"观华"，古"华"即"花"字。杨成本、万历本、《说郭》本、《津逮》本亦作"观花"。《诗法》本作"观化"。

　　处得以狂　《诗法》本作"素处以强"，怀悦本作"处德以强"，均有讹误。杨成本、万历本作"处得以强"。《说郭》本、《津逮》本作"处得以狂"。按：狂，放荡也。以意象求之，"狂"字为妙。

　　晓策　底本、《诗法》本、怀悦本、杨成本、万历本皆作"晓看"，"看"字误。《说郭》本、《津逮》本作"晓策"，"策"字是。按："策"鳌而行，方可"濯足扶桑"。"看"为旁观者，无由随鳌到扶桑。

【注释】

　　[1]**豪放**　北齐魏收《魏书·张彝传》："彝性公强，有风气，历览经史。高祖初，袭祖侯爵……彝少而豪放，出入殿庭，步眄高上，无所顾忌。"

唐李延寿删节南北朝旧史、补充史料,撰成《南史》、《北史》。上引《魏书·张彝传》数语,亦被录入《北史·张彝传》,足见"豪放"一词亦流行于唐代。

风格即人,有豪放性格的人,便可能有豪放风格的诗,司空图列《豪放》为"二十四品"之一,是很自然的。

[2]**观花句**　匪:指示代词,彼。禁:宫禁,亦指禁宫所在地——都城。孟郊《登科后》:"春风得意马蹄疾,一日看尽长安花。"这句是说:在都城看花,是豪放的行动。

[3]**大荒**　广漠的海外之域。《山海经·大荒西经》:"大荒之中,有山名大荒之山,日月所入……是谓大荒之野。"李白《渡荆门送别》:"山随平野尽,江入大荒流。"

[4]**由道句**　道:宇宙精神。气:构成物质的元素。

[5]**处得句**　处:处处。狂:狂放;不受约束。

[6]**天风两句**　天风:李白《古有所思》:"海寒多天风,白波连山倒蓬壶。"浪浪:读lánglang,流动的样子。《离骚》:"沾余襟之浪浪。"韩愈《别知赋》:"雨浪浪其不止,云浩浩其长浮。"苍苍:深青色。亦有苍茫之意。

[7]**真力句**　真力:得之于道的力。弥满:充实。

[8]**万象**　万物。

[9]**三辰**　《左传》桓二年:"三辰旂旗。"杜预注:"三辰,日、月、星也。"

[10]**凤凰**　《诗·大雅·卷阿》:"凤凰于飞,翙翙其羽。"毛传:"凤凰,灵鸟,仁瑞也。雄曰凤,雌曰凰。"《山海经》称:"凤鸟见则天下大康宁。"

[11]**晓策句**　策:鞭策。六鳌:六条鳌鱼。《列子·汤问》说:渤海之东,有五座大山,名曰岱舆、员峤、方壶、瀛(yíng)洲、蓬莱,上居仙人,因五座山彼此不相连,恐遭流失,天帝命禺彊使十五只巨鳌,举首载负

之。不久龙伯之国的巨人钓去六鳌,于是岱舆、员峤二山无所依凭,流到北极,沉入大海,所以只剩下蓬莱三岛。

[12]濯足句　濯:读 zhuó,洗。扶桑:古代神话中的一株神树。生长在太阳出来的地方。《十洲记》说:"扶桑在大海中,树长数千丈,一千余围,两干同根,更相依倚,日所出处。"《淮南子》说,太阳出于旸谷,浴于咸池,然后从扶桑上拂掠而过,升到高空。这里的"扶桑"指太阳初升的地方。

【译文】

放胆地在都城里看花,放胆地吞吐山川。谁要是道的化身,他的行动才能自在若狂。

风在空中飘荡,山和海哟,那么浓翠,那么苍茫! 他以充沛的精神俯视万物,万物如在他身边听他使唤一样。

他抬头招来日月星辰,背后又引来翱翔的凤凰。早晨,他驾着巨鳌东行,必将洗脚于扶桑之边的海上。

【评说】

试就《豪放》所描绘的意境加以诠释:

1.《豪放》品首句"观花匪禁",从元、明流传本看,有作"观化匪禁"的;"观花"、"观化",诠解者人各为说,纷纭难定。又,"观花",有一种解释说:"观,应是专有名词,即是指唐朝长安的玄都观,不是动词'看'。花,原是指传说中玄都观道士手植的仙桃花。"进而这位解说者把"观花匪禁"译释为"写玄都观的花的诗是不可以禁止的。"①这确是"新论",使对"观花匪禁"句的讨论更加热闹。

① [新加坡] 王润华著:《司空图新论》,台北:东大图书公司 1989 年版,第180 页。

对这一句的讨论,我是遵从下列三条来考虑问题的:一是给"豪放"定性,我以为"豪放"属阳刚之美是无可争议的;二是古人所谓"观化",见之于诗文的,是否具有阳刚之美;三是解释这句应符合汉语语法规律,不能暗换词义。

2.作"观化"解,有阳刚之美吗? 请看事实:"观化",语本《庄子·至乐》,文曰:

> 支离叔与滑介叔观于冥伯之丘,昆仑之虚,黄帝之所休。俄而柳(瘤)生其左肘,其意蹶蹶然恶之。
> 支离叔曰:"子恶之乎?"
> 滑介叔曰:"亡,予何恶! 生者,假借也;假之而生生者,尘垢也。死生为昼夜。且吾与子观化而化及我,我又何恶焉!"

陈鼓应译文如下:

> 支离叔和滑介叔一同到冥伯的丘陵,昆仑的荒野去游览,那是黄帝曾经休息过的地方。忽然间滑介叔左臂上长了一个瘤,他显得惊动不安,好像厌恶它的样子。
> 支离叔说:"你嫌恶它吗?"
> 滑介叔说:"不,我为什么嫌恶! 身体乃是外在物质元素假合而成;外在元素假合而产生的生命,乃是暂时的凑集。死生就好像昼夜一般的运转。我和你观察万物的变化,现在变化临到了我,我又为什么要嫌恶呢?"[1]

引文中的"观化",徐复观在《中国人性论史·庄子的"心"》中释之曰:"所谓'观化',即对万物的变化,保持观照而不牵惹自己的感情判断的态度。"[2]

---

[1] [战国]庄周著,陈鼓应注译:《庄子今注今译》,中华书局1983年版,第453页。
[2] 徐复观著:《中国人性论史》,华东师范大学出版社2005年版,第239页。

我提示一点：这种登高"观化而化及我"的故事，有阳刚之美吗？答案应是否定的。这与"豪放"不相干。

唐人有登高观化诗，如陈子昂《登泽州城北楼宴》：

> 平生倦游者，观化久无穷。
> 复来登此国，临望与君同。
> 坐见秦兵垒，遥闻赵将雄。
> 武安君何在，长平事已空。
> 且歌玄云曲，御酒舞薰风。
> 勿使青衿子，嗟尔白头翁。①

按：唐时泽州，治在山西晋城县。春秋末，韩、赵、魏三家分晋后，赵都晋城。子昂登泽州城楼，发怀古之幽情，提及秦将白起（封武安君），在长平（今山西高平西北）之战后，以诈骗坑赵降卒数十万人故事。"武安君何在"？白起亦遭秦廷赐剑自裁。作者为英雄慨叹，也徒唤自己白头奈何！如此"观化"，有几缕悲凉思绪吧？

又，唐代僧人义净（一作净义）作《与无行禅师同游鹫岭，瞻奉既讫，遐眺乡关，无任殷忧，聊述所怀为杂言诗》。三、五、七言计六十八句，录开头八句略略示意：

> 观化祇山顶，流睇古王城。
> 万载池犹洁，千年苑尚清。
> 仿佛影坚路，摧残广胁嵎。
> 七宝仙台亡旧迹，四彩天花绝雨声。

按：据《全唐诗》记载："义净，字文明，范阳人。咸亨（670—674年）初，往西域，遍历三十余国，经二十五年，求得梵本四百部，归译之。"②这个老资格的僧人，也忠实地告诉世人，此刻他身在异域，"遐眺乡关，

---

① [清]彭定求等修：《全唐诗》（上），上海古籍出版社1986年版，第214页。
② [清]彭定求等修：《全唐诗》（下），上海古籍出版社1986年版，第1985页。

无任殷忧",才"聊述所怀"。诗中吐露的是淡淡的乡思,不是"豪放"之情。

又,李白《赠僧崖公》诗曰:

> 昔在朗陵东,学禅白眉空。
> 大地了镜彻,回旋寄轮风。
> 揽彼造化力,持为我神通。
> 晚谒泰山君,亲见日没云。
> 中夜卧山月,拂衣逃人群。
> 授余金仙道,旷劫未始闻。
> 冥机发天光,独朗谢垢氛。
> 虚舟不系物,观化游江溃。
> 江溃遇同声,道崖乃僧英。
> 说法动海岳,游方化公卿。[1]

请注意:这诗中已交待明白,所谓"观化",即"游方"——释子修行问道、云游四方,随遇观览而已。

严格地说,"观化"者,应"保持观照而不牵惹自己的情感",因而必无"豪放"之情。这便是我不取"观化"说的根本原因。

3.有人把"观花匪禁"译解作"写玄都观花的诗是不可以禁止的"。请问原句与译解句语意相符吗?"玄都观的花"与"写玄都观的花的诗"语意等同吗?答案是否定的,"观花"与"写诗"不可等同。解诗,随便更换原句语词的内涵是不可取的。因此,我不敢苟同如此新解。

4."观花匪禁",我的理解是:"观花"即"看花";"匪","指示形容词,亦与'彼'同"[2];"禁",宫禁、禁中,简称"禁"。(例如:颜延之《直东宫答郑尚书》:"两围阻通轨,对禁限清风";白居易《禁中晓卧因怀王起

---

[1]〔清〕彭定求等修:《全唐诗》(上),上海古籍出版社1986年版,第398页。
[2]杨树达著:《词诠》,中华书局1982年版,第28页。

居》："迟迟禁漏尽,悄悄暝鸦喧。"以上两诗中的"禁",皆"禁中"的简称。)"禁",亦指代"禁城"。

这样解释,在语法上有毛病吗? 应该说:没有。那么,再看史实:

李肇《唐国史补》卷下:"既捷,列书其姓名于慈恩寺塔,谓之题名会。大宴于曲江亭子,谓之曲江会。"①

王定保《唐摭言》卷三:"进士题名,自神龙之后,过关宴后,率皆期集于慈恩塔下题名。"②

引文中的"慈恩寺塔"即大雁塔。塔南有杏园,亦为及第进士游宴之地。(刘沧《及第后宴曲江》:"及第新春选胜游,杏园初宴曲江头"。)新进士赴"题名会"、"曲江会",其心情之豪纵是可以料知的。此亦有诗可证:

登科后
孟　郊

昔日龌龊不足嗟,今朝放荡思无涯。
春风得意马蹄疾,一日看尽长安花! ③

喜王起侍郎放牒
张　籍

东风节气近清明,车马争来满禁城。
二十八人初上牒,百千万里尽传名。
谁家不借花园看,在处多将酒器行。
共贺春司能鉴识,今年定合有公卿。④

---

①[唐]李肇著:《唐国史补》,上海古籍出版社1979年版,第56页。
②[五代]王定保撰,阳羡生校点:《唐摭言》,上海古籍出版社1978年版,第28页。
③[清]彭定求等修:《全唐诗》(上),上海古籍出版社1986年版,第931页。
④[清]彭定求等修:《全唐诗》(上),上海古籍出版社1986年版,第959—960页。

放榜日

徐 寅

喧喧车马欲朝天,人探东堂榜已悬。

万里便随金鸴鷟,三台仍借玉连钱。

花浮酒影彤霞烂,日照衫光瑞色鲜。

十二街前楼阁上,卷帘谁不看神仙。[①]

从上引诗例里,可以看出:唐自神龙后,新进士在长安城走马看花,已成风俗。司空图借"观花匪禁"表述之,取其显示"豪放"气概罢了。"谁家不借花园看"? 这是世人心态。"一日看尽长安花",这是新进士心态,何等豪放!

"吞吐大荒"是个比喻,承上句喻新进士的豪放心态。"大荒",见《山海经·大荒经》,说:海外有大荒之山、大荒之野。

"由道返气,处得以狂。"大意是:唯道集虚,由虚无的道化生万物,万物各有特性,各有生气;万物自己得以狂放地生长。

以上四句,初步表述"豪放"意象。

中四句继续描述"豪放"意象。"天风浪浪,海山苍苍",是自然界呈现的"豪放"景象;"真力弥满,万象在旁",是观览自然万象者所显示的豪气。所谓"真力",得之于道的力,也是被神化了的"真人"之力。他视"万象在旁",可供驱使了。

末四句写的是得道者的"豪放"行径。

"前招三辰,后引凤凰。"天上的日、月、星可以手招即至,神鸟凤凰也可招引相随。这正是庄周所谓"独与天地精神往来"的"古之道术有在于是"(《庄子·天下》)的一种显现,实际乃是想象力的显现。《庄子·天下》曰:"以天下为沈浊,不可与庄语,以卮言为曼衍,以重言为真,以

---

①[清]彭定求等修:《全唐诗》(下),上海古籍出版社1986年版,第1791页。

寓言为广。"①而招三辰、引凤凰之类，只能视为出于想象的"寓言"。不过，这是有"豪放"之气的寓言。

"晓策六鳌，濯足扶桑。"这是神话，见于《列子·汤问》和《淮南子·天文训》，作者借以表示有道术者的豪放行径而已。

这一品，从诗学角度说，作者认为，有真正的"豪气"，有"狂放"的想象力，才会有豪放的诗篇。我以为若举代表作家，屈原、李白便是。

唐裴敬《翰林学士李公墓碑》称李白"其文高，其气雄"，并颂扬其异于常人的想象力："先生得天地秀气耶？不然，何异于常之人耶？或曰，太白之精下降，故字太白，故贺监号为谪仙，不其然乎！故为诗格高旨远，若在天上物外，神仙会集，云行鹤驾，想见飘然之状，视尘中屑屑米粒，虫睫纷扰，菌蠢羁绊蹂躏之比。"②读李白诗，人们不得不惊异其想象力！杜甫诗曰："昔年有狂客，号尔谪仙人。笔落惊风雨，诗成泣鬼神……"也简要地道出李白诗的惊人的雄豪狂放的特色。

①[清]郭庆藩撰，王孝鱼点校：《庄子集释》(第四册)，中华书局1961年版，第1098页。

②[清]董诰等编：《全唐文》(四)，上海古籍出版社1990年版，第3522页。

精　神[1]

欲返不尽，相期与来。[2]明漪绝底，奇花初胎。[3]
青春鹦鹉，杨柳楼台。[4]碧山人来，清酒深杯。[5]
生气远出，不著死灰。[6]妙造自然，伊谁与裁。[7]

【校勘】

与来　杨成本、万历本、《说郛》本、《津逮》本皆作"与来"。《诗法》
本、怀悦本作"愈来"，"愈"为"与"之讹。

人来　杨成本、万历本、《说郛》本、《津逮》本皆作"人来"。按：此
"人来"指特定对象来，是。《诗法》本、怀悦本作"来人"。句中"人"字乃
泛指，不可取。

深杯　《津逮》本作"满杯"。《诗法》本、怀悦本、杨成本、万历本、
《说郛》本皆作"深杯"。

【注释】

[1]**精神**　董仲舒《春秋繁露·循天之道》曰："精神者，生之内充
也。"这是就生物的生命现象说的。

《佩文斋书画谱》载欧阳询《八诀》曰："筋骨精神，随其大小……气
宇融和，精神洒落。"齐己《赠孙生》诗："见君诗自别，君是继诗人。道

出千途外,功争一字新。寂寥中影迹,霜雪里精神。待折东堂桂,归来更苦辛。"按:上引两例中的"精神",皆是艺术风格术语。

[2]**欲返两句** 返:收敛。期:求。按:这两句话的意思很含糊,我们结合这一品的标题,作这样的理解:人的精神活动不息,如把它收敛起来,藏之于内,那是收敛不尽的;并且,它总是在人的活动中表现出来。

[3]**明漪两句** 漪:微波如锦。绝底:透底。胎:始。这两句是说:精神清明得如明澈见底的水,开始放苞的花。两句都是形容精神清明饱满的神态。

[4]**青春两句** 以景物形容春天的生气。

[5]**碧山两句** 碧山人:隐居在深山中的人。《诗·小雅·信南山》:"祭以清酒。"李白《出妓金陵子呈卢六》:"我亦为君饮清酒,君心不肯向人倾。"《敦煌歌辞总编》补遗《高兴歌》:"点清酒,如竹叶。"按:"竹叶青",酒名。

[6]**生气两句** 远:深。上句从正面说,诗必须有生气;下句从反面说,诗不能如死火寒灰,没有生气。《庄子·知北游》:"人之生,气之聚也;聚则为生,散则为死。"《淮南子·时则训》:"规度不失,生气乃理。"高诱注:"气类理达。"《庄子·齐物论》:"形固可使如槁木,而心固可使如死灰乎?"

[7]**妙造两句** 妙:指文思之妙,精神之妙。造:达到。伊:是。《诗·小雅·正月》:"有皇上帝,伊谁云憎。"郑笺:"伊,读当为医,医犹是也。"王引之《经传释词》卷三:"伊,是也。《正月》曰:'伊谁云憎。'"裁:裁论。

【译文】

有人想聚敛自己的精神,但总是聚敛不尽的;相反的,精神总是在他的活动中表现出来的。

充满了生气的诗,好似清水见底、好花初开;又好似春光明媚时巧言的鹦鹉,柳丝垂拂下的池台;又好似隐居在深山幽谷中的人飘然而来,与我同饮清酒,慰我心怀。

诗要有充沛的生气,不能如死火寒灰。诗思已与自然同化,便可显出生气来;诗思已超玄入化,人们对之还有什么可说的呢?

【评说】

试就《精神》一品分层加以诠释。

1.这一品的开头四句,描述人的精神活动的特点——显示有生气。

为便于理解,先说明《庄子》所谓"心斋"。《人间世》曰:"唯道集虚。虚也者,心斋也。"①按:心斋,即排除一切思虑和欲求,思想上达到"坐忘"、"丧我"的清净纯一的人生境界。这,用今天的话来说,就是要求不受俗念干扰而精神高度集中。《庄子》中有一些"用志不分,乃凝(应作疑)于神"的故事,如《养生主》所说的"庖丁解牛"、《达生》所说的"佝偻者承蜩"、"梓庆削木"等,其中都隐含着这一精神修炼的要求。为加深理解,举一个例吧:

> 梓庆削木为鐻(成疏:乐器),鐻成,见者惊犹鬼神。鲁侯见而问焉,曰:"子何术以为焉?"对曰:"臣工人,何术之有!虽然,有一焉。臣将为鐻,未尝敢以耗气也,必斋以静心。斋三日,而不敢怀庆赏爵禄;斋五日,不敢怀非誉巧拙;斋七日,辄然忘吾有四枝形体也。当是时也,无公朝(郭注:视公朝若无),其巧专而外滑消(成疏:消除外乱);然后入山林,观天性;形躯至矣,然

---

① [清]郭庆藩撰,王孝鱼点校:《庄子集释》(第一册),中华书局1961年版,第147页。

后成见镰（王夫之：确然见镰于胸中），然后加手焉；不然则已。则以天合天，器之所以疑神者，其是欤！"①

请注意："必斋以静心"一语，乃是我们所说的"精神高度集中"的根据。

道家、禅者修"道"，要求不萦俗念，精神高度集中。作家、诗人创作，也要求胸无芥蒂，精神高度集中。《文心雕龙·神思》说："陶钧文思，贵在虚静。疏瀹五藏，澡雪精神。"②刘勰又提到"神居胸臆"与"神有遁心"两种情况，足见"精神高度集中"不是轻易可以办到的。

"欲返不尽，相期与来"，说的就是：如欲收敛精神集中于心田，自有难处；如果精神高度集中，驰骋想象，那事物的形象便灵活地呈现在脑里。

"明漪绝底，奇花初胎。"这是两个比喻，前一句中的"漪"即"涟漪"（有细小水纹的静水）；静水能明澈见底，可以"明烛须眉"，见其神情。后一句中的"奇花"，即不常见的花；"初胎"，承上指花已含苞，生机盎然。

这两句可视为"相期与来"的补充，形象地表述"虚则静，静则动，动则得矣"的精神活动的神奇效果。"水静犹明，而况精神！"③《精神》一品前四句的要旨，可以此二语尽之。

2.中四句以青春气息和隐者知己相逢的情绪来显示精神活动。

庄周以为，天地间一切生物，皆"以息相吹"（《庄子·逍遥游》）。"息"，气息。这是显示生命精神的根本特征。"青春鹦鹉，杨柳楼台"，

①［清］郭庆藩撰，王孝鱼点校：《庄子集释》（第三册），中华书局1961年版，第658—659页。

②［梁］刘勰著，范文澜注：《文心雕龙注》（下），人民文学出版社1958年版，第493页。

③［清］郭庆藩撰，王孝鱼点校：《庄子集释》（第二册），中华书局1961年版，第457页。

表明在青春的气息中,一切生气勃勃:如楼前杨柳,临风袅娜,有生气;百鸟和鸣,连鹦鹉也人前学舌,格外神气。这,都是生命精神的显现。

"问余何意栖碧山,笑而不答心自闲。桃花流水窅然去,别有天地非人间。"(李白《山中答问》)碧山人是隐者、高士。"碧山人来,清酒深杯。"意思是:碧山人精神旺盛,这才远道来访;知己相逢精神爽,这才待以清酒,而又奉之"深杯",其心情之舒畅,不言而喻。

"野马也,尘埃也,生物之以息相吹也。"(《庄子·逍遥游》)张默生"译释"之曰:"野马(春日泽中游气)、尘埃之细,以及天地间一切生物,无不是靠赖大自然的气息相吹动啊!"①气息,是宇宙间一切生命的精神显现。因此可以说,有气息便有精神。杨柳、鹦鹉、碧山人与意不在言中的主人,各有精神,不待繁说。"楼台",非生物,谈不上"气息",然为下文"碧山人来,清酒深杯"创设境地,不得不用。作者造语匠心,于此可见。

3.末四句直接点破:有生气便见精神,而精神乃是自然力的显现。

"生气远出,不著死灰"。这是全品的画龙点睛一笔。生气,即活力、生命力,是显示精神的源泉。为强调这一命意,反衬一句:"不著死灰"。死火寒灰,哪有生气!

"妙造自然,伊谁与裁"两句说:万物的生命皆禀乎自然,这是天意,是任何人不可非议的事实。句中"造","达到"也。"妙造自然",意即其美妙已达到与自然同化的地步。"裁",斟酌、品评之意;以反问句道出,实意是:其美妙无可非议。

根据以上诠释,《精神》一品的诗学意义在于:写诗,要精神集中,情绪饱满,方可下笔;诗要写得有生气,便有精神;诗中流露的精神(生气)要自然而然,如同天造,方可称妙。

---

①张默生著:《庄子内篇新释》,成都古籍书店1990年版,第8页。

缜　密[1]

是有真迹[2]，如不可知。意象[3]欲出，造化[4]已奇。
水流花间[5]，清露未晞[6]。要路[7]愈远，幽行[8]为迟。
语不欲犯[9]，思不欲痴[10]。犹春于绿，明月雪时。[11]

【校勘】

意象　杨成本、万历本、《说郛》本、《津逮》本皆作"意象"，是。怀悦本作"意匠"，"匠"字误。

欲出　怀悦本、杨成本、万历本、《说郛》本皆作"欲出"。《津逮》本作"欲生"。按："欲生"含有"未生"之意；既"未生"而"意象"从何来？"生"字欠稳，不可取。

花间　怀悦本、杨成本、《说郛》本皆作"花间"。按："间"字是，取"花"与"水"密不可分。万历本作"门"，"门"乃"间"字之缺误。《津逮》本作"花开"，徒取"水流"、"花开"相对，而有损"花"、"水"之间的密不可分关系，不可取。

愈远　怀悦本作"屡远"，"屡"字误。杨成本、万历本、《说郛》本、《津逮》本皆作"愈远"，可从。

幽行　怀悦本作"出行"。按："出"为"幽"之讹。杨成本、万历本、《说郛》本、《津逮》本皆作"幽行"。

【注释】

[1]**缜密**　缜，读 zhěn，细致。《礼记·聘义》："缜密以栗，知也。"郑玄注："缜，致也。栗，坚貌。知，音智。"

李延寿《南史·孔休源传》："……累居显职，性缜密，未尝言禁中事。"按：上引三句，先见之于《梁书》，《梁书》作"性慎密"。足见"慎密"、"缜密"，唐时互通。《诗品·缜密》一品，所描绘的情景正兼取"慎密"、"缜密"两种既相同而又有微微之别的词义，明白了这一点，解句时便可自然通达。

权德舆《唐尚书比部郎中博陵崔元翰文集序》："其文若干篇，闳茂博厚。菁华缜密，足以希前古而聱后学。"按：句中"缜密"乃为评论诗文的艺术概念。

[2]**是有句**　是有：有。真迹：指作品。

[3]**意象**　指通过作者思想情感所表现出来的客观事物的形象。刘勰《文心雕龙·神思》："然后使玄解之宰，寻声律而定墨；独照之匠，窥意象而运斤。"王昌龄《诗格》："诗有三格：一曰生思：久用精思，未契意象，力疲智竭；放安神思，心偶照境，率然而生。二曰：……"按：上列两条中的"意象"皆指创作构思时形象思维活动中出现在脑际的意象。

[4]**造化**　自然、天然。

[5]**水流句**　指花与水有"缜密"关系。

[6]**清露句**　晞：晒干。《诗·秦·蒹葭》："白露未晞。"张衡《南都赋》："客赋醉言归，主称露未晞。"

[7]**要路**　必经之路。李延寿《北史·李崇传》："四面诸村闻鼓，皆守要路。"

[8]**幽行**　幽行，即在幽径中独行。钱起《奉使采箭簳竹谷中晨兴赴岭》："重峰转森爽，幽步更超越。"柳宗元《游石角过小岭至长乌村》："石角恣幽步，长乌遂遐征。"按："幽步"即"幽行"。《缜密》中，"要路愈

远，幽行为迟"两句，为追求声律美，改"幽步"为"幽行"。

[9]犯 侵犯。刘勰《文心雕龙·练字》："重出者，同字相犯者也。……若两字俱要，则宁在相犯。"语言相犯，指前后有重出的语词。刘勰提出"权重出"，"权"字值得细心领会。

[10]痴 呆板。

[11]犹春两句 王引之《经传释词》卷一："犹，若也。""于，犹在也。"按：上句"犹春于绿"，即："若春在绿色中"；下句"明月雪时"，承上省略"犹"、"于"两字，补足之则为"犹明月于雪时"。大意是：缜密的诗，浑然一片，无迹可求。它缜密得如春天的原野，遍地皆绿；明月照积雪，一片清辉。

【译文】

诗要写得细致绵密，最好使人看不出痕迹；诗人如能情景交融地创造出栩栩如生的形象来，这形象便会如造化般的神奇。

缜密的诗，要如涓涓细流，滋润在花株间；如朝阳下，花叶上的清露欲干未干；如遥远的小径那般曲折，而独行者却沿着小径缓步向前。

诗语不可相犯，诗思不可板滞；要把所写的景象融成一片，像春天原野一片绿，像明月照积雪似的一片白。

【评说】

试就《缜密》所描绘的情景，加以诠释。

1.这一品前四句旨在说明"缜密"的特点。

"是有真迹，如不可知。"此处"真迹"即自然之道的造化之迹。《庄子·渔父》曰："真者，所以受于天也，自然不可易也。"①

作者要求，诗文构思的周密性，应达到无迹可求的地步。

"意象欲出，造化已奇。"诗的意象显现于脑中，呼之欲出，如同造化显示生命的奇迹。

缜密构思的最高要求在于创造出活生生的艺术形象。

2.中间四句，用几个比喻来显示"缜密"景象。

"水流花间，清露未晞。"花有水才能显示其生命力，花、水密不可分。水流在花"间"，暗暗表明两者关系。清露细密地滋润着花朵、花叶以及百草千花，使人可以察知。人们能不赞美自然造化的周密安排？

"要路愈远，幽行为迟。""要路"，必经之路。"幽行"，乃幽人的幽行。幽径曲折深远，而幽人缓步而行，正见其性情缜密。

这几个比喻告诉人们：诗的缜密，有赖于周密的构思，更关乎诗人缜密的创作个性。

3.这一品的末四句，就"缜密"从技法方面提出要求。

"语不欲犯，思不欲痴。"句中两"欲"字应解为"愿"；"犯"，相抵触，写诗，语言不相抵触，这要依赖于缜密的构思；文思不板滞，也依赖于缜密的构思。这是诗文缜密的起码要求。

"犹春于绿，明月雪时。"这是两个比喻，一是说，犹如春回大地，水碧山青，自然造化之力处处显见，但又无迹可寻。一是说，积雪时，恰有明月来相照，雪光月光融成一片，浑然无迹。显然，两个比喻的实意是说，诗文的艺术形象应是活生生的，无斧凿迹象可求。这是诗文力图缜密的最高要求。

诗有缜密特色，可以谢朓之作为代表。钟嵘说谢朓诗"微伤细

①[清]郭庆藩撰，王孝鱼点校：《庄子集释》（第四册），中华书局1961年版，第1032页。

密。"我以为"细密"毕竟是谢朓诗的特色。

文有缜密特色,可以唐代传奇诸作为代表。因为故事情节全凭虚构,可以充分发挥作家的创意才能,可以使故事更具有缜密的结构和细致的语言。

疏 野[1]

惟性所宅[2]，真取弗羁[3]。拾物自富[4]，与率为期[5]。

筑室松下，脱帽看诗[6]。但知旦暮[7]，不辨何时。

倘然适意[8]，岂必有为[9]。若其天放[10]，如是得之。

【校勘】

　　拾物　怀悦本、杨成本、万历本、《津逮》本皆作"拾物"。《说郛》本作"控物"，"控"字误。

　　筑室　杨成本、万历本、《说郛》本皆作"筑室"。怀悦本、《津逮》本作"筑屋"。

　　旦暮　怀悦本、万历本、《说郛》本、《津逮》本皆作"旦暮"。杨成本作"旦莫"，"莫"即古"暮"字。《说文》："莫，日且冥也。从日在茻中（会意）。"

　　岂必有为　怀悦本作"必有所为"，谬误。杨成本、万历本、《说郛》本、《津逮》本皆作"岂必有为"。

【注释】

　　[1]疏野　颜之推《颜氏家训·音辞》："阳休之（字子烈）造《切韵》，殊为疏野。"王利器注引周祖谟曰："其分韵之宽，尤甚于李季节（李概）

《音谱》,此颜氏之所以讥其疏野也。"①按:句中"疏野"意即粗略。

柳宗元《上权德舆补阙温卷决进退启》曰:"又以为色取象恭,大贤所饫;朝造夕谒,大贤所倦;性颇疏野,窃又不能,是以有今兹之问。"按:此处所谓"性疏野",意谓惯于放旷而不拘礼俗。

张彦远《法书要录》载张怀瓘《书断下》评卢藏用书法曰:"书则幼尚孙草,晚师逸少,虽阙于工,稍闲体范,八分之制,颇伤疏野。"此处所谓"疏野",即粗率放任之意。

丘为《渡汉江》(一作戴叔伦作):"自顾疏野性,难忘鸥鸟情。"

皎然《诗式》曰:"情性疏野曰闲。"按:此处"疏野"乃率性自适之意。

《诗品·疏野》所描绘的情景,正显示粗率任性、安闲自适的意态,以比况诗的"疏野"风貌。

[2]惟性句　性:指抽象的人的本性。宅:寄托、寄寓。《说文》:"宅。人所讬尻也。"段注曰:"讬者,寄也。……凡物所安皆曰宅。"

[3]真取句　真:本性。弗羁:不加约束。

[4]富　满足,富有。

[5]与率句　与:以。率:直率,真纯。期:要求。

[6]脱帽句　意为自在地欣赏诗歌。杜甫《饮中八仙歌》:"脱帽露顶王公前,挥毫落纸如云烟。"

[7]旦暮　朝暮。

[8]倘然句　《庄子·在宥》:"云将见之,倘然止。"《汉书·伍被传》:"……倘可以徼幸。"庾信《寄徐陵》:"故人倘思我,及此平生时。"适:合意。

[9]有为　有所企求。

[10]天放　天,指自然;放,放任,即任乎自然的意思。

①[北齐]颜之推著,王利器集解:《颜氏家训集解》,中华书局2014年版,第514页。

【译文】

诗要写得随性所之,不可横加限制;诗人如有驾驭万物的神情,他的诗才能有直率自如的风味。

有个人坐在松下的草堂里,无所检束地看着美好的诗。他只晓得太阳西落又东出,却忘了今世为何世。他的行动只要求适合自己的心意,不求有所为而为。

顺乎天性,任乎自然吧,这才是疏野的真谛。

【评说】

试就《疏野》所描绘的层次,略加诠释。

1. 这一品前四句表述"疏野"的根本特征。

"惟性所宅,真取弗羁。"前句中所谓"性",古代儒、道两家皆说人有天性。如《中庸》曰:"天命之谓性,率性之谓道,修道之谓教。"[①]又如《庄子·骈拇》:"骈拇枝指,出乎性哉!"[②]引文中的两个"性"字,皆指"天性"。不过,儒家论"性"总是与"教"相关;道家论"性"总是强调"缮性"、"保真"。后句中的"真",即《庄子·渔父》中所说的"天真"。《渔父》曰:"礼者,世俗之所为也;真者,所以受于天也,自然不可易也。故圣人法天贵真,不拘于俗。"[③]"真取弗羁"正表示保全天真、不拘礼俗的意思。

从世俗看,"疏野"有贬义;从道家看,"疏野"有褒义,他们的生活

①[宋]朱熹撰:《四书章句集注》,中华书局1983年版,第17页。

②[清]郭庆藩撰,王孝鱼点校:《庄子集释》(第二册),中华书局1961年版,第311页。

③[清]郭庆藩撰,王孝鱼点校:《庄子集释》(第四册),中华书局1961年版,第1032页。

哲学决定着他们称颂"疏野"性情,欣赏"疏野"之美。

"拾物自富,与率为期。"前一句是就想象中的幽人高士的生活方式说的:他们躬耕、采蕨、采薇、采菊、采药、钓鱼等等,皆自视或视为超尘绝俗的行径;所谓"自富",即满足于自然的赐予。如再引申一下:他们的生活行径正能保全天真,因而他们在精神上极其富足。后一句中的"率",即"率性"的意思。"期",期求。只求任性自适,便是最大的满足。

率性而行,不受礼俗羁绊,是"疏野"的根本特性。

2.这一品的中四句着重描绘幽人高士的疏野意态。

"筑室松下,脱帽看诗。"前一句暗示屋在松林山野,次句借披头散发而看书形态,表示不拘礼俗而非常高雅的情致。作者企图以幽人的这一侧影,显示其疏野意态。

"但知旦暮,不辨何时。"承上文补入这两句,更表示幽居的疏野者早已超尘绝俗,已不知今世为何世了。

3.这一品末四句续写高士的疏野意态,并点破高士享有因顺自然的乐趣。

"倘然适意,岂必有为。"——倘若高士此时很适意,他便任性地享受这份适意,不求有所为而为。这才是真正的以无为本、因顺自然的道者行径。

"若其天放,如是得之。"——"天放",见《庄子·马蹄》,文曰:"彼民有常性,织而衣,耕而食,是谓同德;一而不党,命曰天放。"[①]按:天放,即自然放任。能自然放任,安然自适,这才算真得"疏野"之趣。

一句话:率真是疏野的生命。

①[清]郭庆藩撰,王孝鱼点校:《庄子集释》(第二册),中华书局1961年版,第334页。

　　刘熙载说："野者,诗之美也。故表圣《诗品》中有'疏野'一品。"①
他认识到有些诗有纯朴率真的野趣。我们不妨为之举例一二。如陶
潜对客,"贵贱造之者,有酒辄设。潜若先醉,便语客:'我醉欲眠,卿可
去。'其真率如此。"②这种率真性格,也反映在他的诗里:

拟古九首(之五)

东方有一士,被服常不完。

三旬九遇食,十年著一冠。

辛勤无此比,常有好容颜。

我欲观其人,晨去越河关。

青松夹路生,白云宿檐端。

知我故来意,取琴为我弹。

上弦惊别鹤,下弦操孤鸾。

愿留就君住,从今至岁寒。③

　　这末两句,只有天真如童稚者才能说出来。李白据《宋书·陶潜
传》,作《山中与幽人对酌》:"两人对酌山花开,一杯一杯复一杯。我醉
欲眠卿且去,明朝有意抱琴来。"④亦小有真率野趣。

---

①[清]刘熙载著:《艺概·诗概》,上海古籍出版社1982年版,第53页。

②[梁]沈约撰:《宋书》(第八册),中华书局1974年版,第2288页。

③袁行霈撰:《陶渊明集笺注》,中华书局2003年版,第327页。

④[清]彭定求等修:《全唐诗》(上),上海古籍出版社1986年版,第424页。

清 奇[1]

娟娟[2]群松，下有漪流[3]。晴雪满汀[4]，隔溪渔舟。

可人如玉[5]，步屟[6]寻幽。载瞻载[7]止，空碧[8]悠悠。

神出古异[9]，淡不可收。如月之曙，如气之秋。[10]

【校勘】

满汀 底本、怀悦本、杨成本、万历本、《说郛》本皆作"满竹"。《津逮》本作"满汀"，从之。按：汀，水际平地也。作"汀"，与下句正相俦合。

载瞻 怀悦本、杨成本、万历本、《说郛》本亦皆作"载瞻"。（《洗炼》："载瞻星辰"）《津逮》本作"载行"，亦可解。

古异 杨成本、万历本、《说郛》本、《津逮》本亦作"古异"。怀悦本作"古意"，"意"字误。

【注释】

[1]**清奇** 齐己《风骚旨格》："诗有十体：一曰高古……二曰清奇……"张为《诗人主客图》："清奇雅正主李益……清奇僻苦主孟郊……"按："清奇"一词，晚唐时已为论诗习用语，司空图《二十四诗品》取为一目，乃时尚使然。

[2]**娟娟**　秀美。鲍照《玩月城西门廨中》：“娟娟似蛾眉。”杜甫《狂夫》：“风含翠篠娟娟净。”

[3]**漪流**　流水有明净的微波。

[4]**汀**　水边的小洲。

[5]**可人句**　心心相印的人。《三国志·蜀·费祎传》：“君信可人，必能辨贼者也。”《世说新语·容止》：“裴令公（楷）有俊容仪，脱冠冕，粗头乱服皆好，时人以为玉人。”

[6]**屧**　读xiè，木屐。

[7]**载**　语助词。

[8]**空碧**　蔚蓝的天空。李白《淮阴书怀寄王宗城》：“云天扫空碧，川岳涵余清。”又《游泰山六首》之五：“海水落眼前，天光遥空碧。”

[9]**神出句**　古：上古之时。异：异于今时。

[10]**如月两句**　以曙晓时的月光，初秋时天气，形容清奇之美。李白《秋风辞》：“秋风清，秋月明。”按：“如气之秋”，取清而明意象，故以李白语释之。

【译文】

在秀丽的松林下，有条小溪一碧澄澄；在雪后的汀洲那边，有只小渔船。——啊，这境地显得多清冷。

有个眉目清秀的人儿，踏着木屐，在这幽静的景色里，缓步而行；又时行时止地望着蔚蓝的天空出神。

他的神情多么像太古时代的人啊！他淡泊得像破晓时的月色那般奇妙，像初秋的天气那般清新。

【评说】

为说明"清奇"风格的基本内涵,必须理解两点:第一,"清奇"是作为平庸陈旧诗风的对立面而提出来的;第二,"清奇"风格的倡导是有其历史背景的。试略加申述。

1.作为诗人,要求创新,乃是他的必然追求,他的志业决定着他如此行事。杜甫说过"诗清立意新"(《奉和严中丞西城晚眺十韵》),"为人性僻耽佳句,语不惊人死不休。"(《江上值水如海势聊短述》)此语可以说代表了所有的诗人,表达了诗艺创新精神。又,时至中晚唐之交,近体诗作品已海汇山积,各种题材都被一写再写,名家辈出;奇巧秀句,或刚或柔,脍炙人口。在这种情况下,诗人要立足诗坛、在近体诗框架中舞文弄墨,只得在立意、语言、意境方面力求清新、奇巧,方可追踪前贤。

中唐时的诗歌理论也出现了求新理念,开始提出"意与境会"问题(见权德舆《左武卫胄曹许君集序》),已意识到创造意境美。晚唐司空图提出"思与境偕"(《与王驾评诗书》),只不过是再一次强调诗的意境美罢了。

"清奇",也是"意与境会"或"思与境偕"的风格美之一。

2.从"清奇"风格提出的文坛大势说,古文运动的大家疾呼"惟陈言之务去"(韩愈《答李翊书》),这对诗坛自然有影响;韩、柳是古文领袖作家,也是诗坛创新的新手。

晚唐张为撰《诗人主客图》,列示诗风相类的"主客"关系图。张为说"清奇雅正主李益",又列系属"清奇雅正"的诗人多至二十六人;"清奇僻苦主孟郊",又列系属"清奇僻苦"的诗人四人①。我们认为,尽管

①[唐]张为撰:《诗人主客图》,见丁福保辑《历代诗话续编》(上),中华书局1983年版,第85—97页。

张为所列"主"和"客"颇有不当,但从总体看,反映了唐代大历前后诗人力求创新的趋势。在"清奇"系属中,李益、张籍、杨巨源、姚合、贾岛、孟郊、刘得仁等,都是当时颇有声名的诗人,他们的部分作品有"清奇"特色。这留待下文举例说明。

试解《诗品·清奇》如下:

1.《清奇》一品,以"可人"为中心加以描绘,前六句着意描绘"可人"所处境地,显示"清奇"之境。

"娟娟群松,下有漪流。晴雪满汀,隔溪渔舟。可人如玉,步屧寻幽。"按:句中"幽"字是笼罩全诗的色调。开头四句,写娟秀的松林,澄碧的溪流,雪后阳光闪耀下的雪野,对岸小洲旁系着一叶渔舟——这境界何等清幽!作者借此景象表述"清奇"之境的特色之一为"清幽"。五六两句写"可人"缓步在雪野里,欣赏如此幽静的雪景——"可人"的行径很奇特,令人惊异。作者借此景象表达"清奇"之境的特色之一为"表现奇特"。

2.《清奇》的后六句,着意写"可人"的神情。

"载瞻载止,空碧悠悠。神出古异,淡不可收。如月之曙,如气之秋。"这六句承上文,写"可人""步屧寻幽"时的神情。"载瞻载止"句中的"瞻"字是生发下文的"字眼":瞻望便见得"空碧悠悠";又进一步由"可人"的瞻望而形容他的神情,如拂晓前的月光,最清,最明,又如秋气降临,秋风清、秋月明。总之,"可人"的行径奇特,神情清明,幽闲自得,这就是作者要告诉读者的象征意义。

3.我认为,《清奇》中的"可人"就是"清奇"诗的化身。由"可人"表明"清奇"诗的作者,应是胸无尘俗的高人;"清奇"诗的思想应是清新的;"清奇"诗的语言应是隽秀而奇巧的;"清奇"诗的境界应有清明特色。

《诗品》的作者,时时不忘宣扬禅静思想,说"清奇"而偏带"幽冷"色调,这正是作者打上的思想烙印。

4.让我们举几个诗例,来看看"清奇"诗的特点。《诗人主客图》推尊李益为"清奇雅正主",恰当与否,姑且不论,但他有代表性的作品有"清奇"特色,似可肯定。《旧唐书·李益传》说:"李益……登进士第,长为歌诗。贞元末,与宗人李贺齐名。每作一篇,为教坊乐人以赂求取,唱为供奉歌词……'回乐峰前沙似雪,受降城外月如霜'之句,天下以为歌词。"①据此可知,李益当时以边塞诗扬名天下。现在我们看看他咏边塞的名篇。

从军北征
天山雪后海风寒,横笛偏吹行路难。
碛里征人三十万,一时回首月中看。

黄生《唐诗评》曰:"闻笛思乡,诗中常意。硬说三十万人一时回首,便使常意变新。"②

夜上受降城闻笛
回乐峰前沙似雪,受降城外月如霜。
不知何处吹芦管,一夜征人尽望乡。

周本淳《唐人绝句类选》曰:"此亦李益名篇,有人推为中唐绝句第一。前二句一片白茫茫,景物已迥异于中原,三句忽闻芦管,征人彻夜望乡。"③此诗在艺术表现上与前一首同一机枢,"一夜征人尽望乡"亦常意变新之语。注:唐代受降城有东、西、中三城。此诗提到的为中受降城,地在今内蒙五原西北。回乐,县名,故址在今宁夏灵武县西南。

①[后晋]刘昫等撰:《旧唐书》(第十一册),中华书局1975年版,第3771页。
②[清]黄生著:《唐诗评》,黄山书社1995年版,第344页。
③周本淳选编:《唐人绝句类选》,浙江古籍出版社1985年版,第116页。

听晓角

边霜昨夜堕关榆,吹角当城片月孤。
无限塞鸿飞不度,秋风吹入《小单于》。

周本淳《唐人绝句类选》曰:"(此首)只写所见情景,不言乡愁而乡愁自见。角之高妙在第三句传出,似塞鸿亦为之停飞也。"[1]注:《小单于》,曲调名,色调悲凉。

上录李益边塞绝句三首[2],有共同特色:一是构思新颖,能把常意变新;二是语言清秀、奇巧、朗畅;三是意境清幽,读来使人恍若置身悲凉境地中。这些,都与《清奇》所表述的要求相类。

李益诗,以绝句擅长,《全唐诗》编李益诗两卷,计164首,其中有绝句80首(五绝27首,七绝53首),除边塞诗外,有写离别之情的,咏史的,男女相思的,等等。总的说来,他的诗以构思新巧取胜。

下面,让我们再举一首"大历十才子"之一的李端的男女恋情诗,以见"清奇"之美。

听 筝

鸣筝金粟柱,素手玉房前。
欲得周郎顾,时时误拂弦。[3]

"曲有误,周郎顾",这是故事。作者偏偏翻新为"欲得周郎顾,时时误拂弦",借以表达弹筝女的难言之情。意翻新而语奇巧,可目之为"清奇"小例。

①周本淳选编:《唐人绝句类选》,浙江古籍出版社1985年版,第117页。
②[清]彭定求等修:《全唐诗》(上),上海古籍出版社1986年版,第718页。
③[清]彭定求等修:《全唐诗》(上),上海古籍出版社1986年版,第729页。

委　曲[1]

登彼太行，翠绕羊肠。[2]杳霭流玉[3]，悠悠花香。
力之于时[4]，声之于羌[5]。似往已回，如幽匪藏。[6]
水理漩洑，鹏风翱翔。[7]道不自器，与之圆方。[8]

【校勘】

如幽匪藏　杨成本、万历本、《说郛》本、《津逮》本亦作"如幽匪藏"。怀悦本作"如匪幽藏"，误。

水理　杨成本、万历本、《说郛》本、《津逮》本亦作"水理"。怀悦本作"水流"，"流"字误。

鹏风　怀悦本作"鹏凤"，谬误。杨成本、万历本、《说郛》本、《津逮》本亦皆作"鹏风"。

自器　怀悦本、《说郛》本、《津逮》本作"自器"，是。如此，末两句才上下呼应。杨成本、底本、万历本作"自弃"，"弃"字误。

【注释】

[1]**委曲**　南朝陈姚最《续古画品录》："毛惠秀，其于绘事，颇为详悉，太自矜持，番成羸钝，遒劲不及惠远，委曲有过于稜。"按：毛惠远为南齐永明年间著名画家，弟惠秀、子稜，皆工画。

王建《观蛮妓》云:"欲说昭君敛翠娥,清声委曲怨于歌。谁家年少春风里,抛与金钱唱好多。"

皎然《诗式》"语似用事、义非用事"条曰:"盖作者存其毛粉,不欲委曲伤乎天真,并非用事也。"(注:毛粉,即毛坯、粉本,即画稿。)

按:上引三例中的"委曲"皆可视为艺术概念。

[2]**登彼两句** 太行:太行山,在今山西、河南、河北三省边境。羊肠:以羊肠比喻山路的弯曲狭窄。曹操《苦寒行》:"北上太行山,艰哉何巍巍! 羊肠坂诘屈,车轮为之摧。"太行山有羊肠坂,极险峻。《吕氏春秋》卷十三《有始览》曰:"王屋、首山、太华、岐山、太行、羊肠、孟门。"高诱注:"……太行在河内野王县北(今河南省沁阳县);羊肠,其山盘纡,譬如羊肠,在太原晋阳县北(今晋源店)。……孟门(今河南省辉县西),太行之限也。"

[3]**杳霭句** 杳:幽暗。霭:读ǎi,山中的云气。张衡《南都赋》:"杳霭蓊郁于谷底,森萋萋而刺天。"韦应物《西郊游瞩》:"烟芳何处寻,杳霭春山曲。"徐凝《汉宫曲》:"水色帘前流玉霜。"

[4]**力之句** 两句对举,后一句为"羌声"——羌笛之声,人人理解;前一句"时力"——强弓之名,多数人不理解。时力:弓名。《史记·苏秦列传》苏秦说韩宣王:"天下之强弓劲弩,皆从韩出:谿子、少府时力、距来者,皆射六百步之外。"裴骃《集解》云:"韩有谿子弩,又有少府所造二种之弩。案:时力者,谓作之得时,力倍于常,故名时力也。距来者,谓弩势劲利,足以距来敌也。"司马贞《索隐》云:"韩又有少府所造时力、距来二种之弩……其名并见《淮南子》。"这里用"时力"来形容诗的曲折之形。

[5]**声之句** 羌声:即羌笛之声。马融《长笛赋》:"近世双笛从羌起,羌人伐竹未及已。"《风俗通》:"汉武帝时丘仲作笛,其后又有羌笛。"这里用羌笛之声来形容诗的委婉之态。

[6]**似往两句** 以山路曲折盘旋、山势之幽深奇特,形容诗的委婉

曲折之态。

[7] **水理两句**　水理：水纹。漩：读 xuán，水波回旋。洑：读 fú，伏流、暗流。鹏风：鹏鸟乘风飞翔。风，从地面一直上升的迅疾的暴风。《庄子·逍遥游》："鹏之徙于南冥也，水击三千里，抟扶摇而上者九万里，去以六月息者也。"张默生《庄子内篇新释》曰："扶摇，海中飓风。"这两句以水流回旋、鹏乘暴风飞翔来形容诗的委曲之情。

[8] **道不两句**　器：事物的具体形态。这两句的大意是：道不以某一种具体形态来限制自己，却能适应万物的形态来体现自己。两句意在说明委曲必须合乎自然之道。《周易·系辞上》："形而上者谓之道，形而下者谓之器。"按：道，指无形的抽象概念；器，指有形的具体事物。玄学家认为"道"在万物而无形；万物有形，各有圆方。所谓"道不自器"，即道不以某一具体形器来限制自己；"与之圆方"，即道因万物形器而体现自己。

【译文】

沿着浓翠蔽天的羊肠小道，攀登高耸入云的太行。在这小道上，你既可看到玉带似的云气飘荡在远山顶上，同时又可嗅到沁人心脾的悠悠花香。

这山势多么委婉曲折啊！它好似满弓那么弯曲，好似羌笛声那么委婉悠扬，它曲折盘旋、既来又往，似幽深而又无所掩藏。它像流水的回旋，也像鹏鸟在暴风中转折翱翔。

玄妙的大道不以某一具体形状来限制自己的变化啊。欲求委曲，只有与道同化，随着大道或圆或方。

【评说】

日本遍照金刚《文镜秘府论》地卷中有《十体》，这《十体》是根据

《唐朝新定诗体》编写的。《十体》中有"婉转体",其解释是:"婉转体者,谓屈曲其词,婉转成句是。"①我以为,所谓"婉转体",也就是后出的《诗品》所说的"委曲"。两者名目不同,实质则一。

1.《委曲》前四句写"委曲"之美。

"登彼太行,翠绕羊肠。杳霭流玉,悠悠花香。"这四句以"翠绕羊肠"为中心,一是以羊肠坂的纤曲盘旋来比喻诗文在构思与语句上的"委曲",二是由"羊肠"高而盘纤,生发下两句"杳霭流玉,悠悠花香",借以赞美有"委曲"特色的诗篇。

"翠绕"两字显示了作者写诗的功力:一是有"翠"字,表明羊肠坂沿途绿树浓荫,因而或朝或暮有"杳霭流玉"的美景出现;"绕"字状羊肠坂的盘纤山势,一字穷形。二是"翠绕"与上句"登"字联系,给人以行进的感觉,行进中"悠悠花香"扑面而来,令人神爽。

2.《委曲》中四句仍以具体事物和人物行动来比喻"委曲"状态。

"力之于时,声之于羌。"这是以"时力"名弓的弯曲之状和"羌笛之声"的婉转声调来比喻诗的"委曲"。这两句,作者在造句时玩了点小技巧,把"时力"、"羌声"两个名词拆用,加上衬字,倒装成"力之于时,声之于羌"两个对举成文的句子,符合全诗四言的统一规格。

"声之于羌",人们易于明白是指"羌笛之声"(简化为"羌声"),因为这在唐诗里常见。"力之于时",用了不常见的物品"时力"为喻,而大多数人不知道"时力"是古代赵地的强弓劲弩之名。因此,有人便望文生义乱加解释了。

让我在这里举两个望文生义,乱加解释的例子。清人孙联奎《诗品臆说》曰:"力之于时:此句就耕耘收获说,自春而夏,自夏而秋,费多

①[日]弘法大师原撰,王利器校注:《文镜秘府论校注》,中国社会科学出版社1983年版,第152页。

少力,经多少委曲,然后得以粒食也。"①又,清人杨廷芝《二十四诗品浅解》曰:"凡我之所得举,皆曰力。时,用之之时也。言力之于其用时,轻重低昂,无不因乎时之宜然。"②应该指出,《臆说》所谓"经多少委曲",指农忙"繁琐"过程,与题旨"委曲"——委婉曲折不合;《浅解》所谓用力"因乎时之宜然",也未必显现"委曲",也与题旨不合。

"似往已回,如幽匪藏"两句,以人的行动为喻,表示"委曲"。

"往"与"已回"、"幽"与"匪藏"是两对矛盾现象,这现象已初步显示转折意味。人的行动是受自己的思想支配的,在思想中有转折,在行动上才有转折的矛盾,此乃"委曲"的显现。

3.《委曲》末四句仍以自然物为喻显示"委曲",最后指明一切委曲变化,皆来自大道的随物赋形。

"水理漩洑,鹏风翱翔。"句中"水理",水之纹理。翱,翔也;翔,回飞也。(参见《说文》)前一句以水的暗流回漩来显示"委曲"之形,后一句以大鹏乘暴风盘旋于高空来显示"委曲"形态。

"道不自器,与之圆方。"按:形而上者谓之道,形而下者谓之器。道,指抽象的主宰宇宙的力量,犹之于西方哲人所说的宇宙精神;器,指具体的各种事物,有名,有形。不过老子、庄子皆认为,宇宙间各种事物的"形"都是"道"赋予的,它都是"道"的外化。因而,这两句说"道"不以某一种形体限制自己,而是随物赋形,物圆则圆,物方则方。这两句,就"委曲"之诗说:委曲也要与"道"同化,自然而然。这也无异于说:诗人要加强"道"的修养。

加强"道"的修养,是《诗品》作者的老调子,然而他能在描绘诗的各种意境中以多样的方式唱出这个老调子,足见他是个运用语言的高

---

①孙昌熙、刘淦校点:《司空图〈诗品〉解说两种》,齐鲁书社1980年版,第36页。

②孙昌熙、刘淦校点:《司空图〈诗品〉解说两种》,齐鲁书社1980年版,第112—113页。

手,是个念念不忘"道"的有玄悟的禅客。

4.清人施补华《岘佣说诗》,有诗"忌直贵曲"一条,录之以助对"委曲"的理解。文曰:

> 诗犹文也,忌直贵曲。少陵"今夜鄜州月,闺中只独看",是身在长安,忆其妻在鄜州看月也。下云"遥怜小儿女,未解忆长安",用旁衬之笔;儿女不解忆,则解忆者独其妻矣。"香雾云鬟"、"清辉玉臂",又从对面写,由长安遥想其妻在鄜州看月光景。收处作期望之词,恰好去路,"双照"紧对"独看",可谓无笔不曲。①

按:一是杜甫五律《月夜》,确是一首有"委曲"特色的好诗。忆妻诗,看似易写实难写:写得直露,则流于鄙俗;写得浅淡,又无动人之力,不如不写;只有委曲出之,让读者去体会作者的深情,方见高妙。二是此诗标题"月夜",而妙在全诗"无一字不从月色照出"(浦起龙语),构思极为精妙。三是对诗文"忌直贵曲"说法,不可作绝对化理解。应知委曲有委曲之妙,直露也有直露的妙用。"国破山河在,城春草木深",便直露"国破"的伤痛之情,自有天然工妙处。足见对所谓"忌直贵曲",不可一概而论。论为诗之道,我以为亦应体会"道不自器,与之圆方"两句,宜圆则圆,宜方则方。

---

① [清]施补华著:《岘佣说诗》,见丁福保辑《清诗话》(下),上海古籍出版社1982年版,第973—974页。

实　境[1]

取语甚直，计思[2]匪深。忽逢幽人[3]，如见道心[4]。

晴涧之曲，碧松之阴。一客荷樵，一客听琴。[5]

情性所至，妙不自寻[6]。遇之自天，泠然希音。[7]

【校勘】

甚直　杨成本、万历本、《说郛》本、《津逮》本亦作"甚直"。怀悦本作"甚真"，"真"字误。

一客荷樵　怀悦本作"一夫荷樵"，"夫"字误。按：此处"荷樵"者、"听琴"者皆幽人，不必区分"夫"与"客"。杨成本、万历本、《说郛》本、《津逮》本亦皆作"一客荷樵"。

自天　底本、万历本作"似天"，"似"字误。《说郛》本、《津逮》本作"自天"，可取。

泠然　底本、万历本、怀悦本作"永然"，不可解。《说郛》本作"泠然"，是。语出《庄子·逍遥游》"夫列子御风而行，泠然善也。"《津逮》本作"冷然"，"冷"字误。

【注释】

[1]**实境**　释窥基（632—682年）《因明入正理论疏》曰："有分别

智,谓有如前带名种等诸分别起之智,不称实境,别妄解生,名于义异转。"

又曰:"谓诸有了瓶衣等智,不称实境,妄分别生,名分别智。"

释宗密(780—841年)《禅源诸诠集都序》卷四附表曰:"经云:一实境界者,所谓众生心,乃至心有二种:一者真,二者妄。"

以上三条引文中的"实境"或"实境界",熊十力以为,按照佛家哲家解释,"在宇宙论方面,则摄物归心,所谓三界(引用者注:欲界、色界、无色界)唯心,万法唯识是也"。又自注曰:"非不承认有物,只是物不离心而外在故。"[①]据此可知,所谓"实境"、"实境界"都离不开人的"识"。佛家哲学"唯识论"的"唯",不是"唯一"的意思,而是"不离"的意思;"识",尽管佛家哲学诠释得复杂细致,但总是在人的"主观意识"范畴内发言,最关紧要的一句乃是"我、法唯识"。

《二十四诗品》列"实境"为一品,所表述的是"题纪之作"的表达方法问题,可也带有"我、法唯识"玄言色彩。所谓"题纪之作"(见司空图《与极浦书》),即纪录作者所见所闻的记实性作品,但它也必然反映作者的"识"。

[2]计思　思虑;这里指诗的思想。

[3]幽人　隐居深山幽谷中的人。

[4]道心　道的基本精神。王维《送权二》:"一见如旧识,一言知道心。"韦应物《寄皎然上人》:"诗名徒自振,道心长晏如。"司空图《即事二首》之一:"茶爽添诗句,天清莹道心。"

[5]晴涧四句　形容幽人的生活境界,意在表明幽人的行动都是质实的,不加文饰的。碧松:李白《独酌》:"碧松尔何知,萧瑟为谁吟。"又,《酬张司马赠墨》:"上党碧松烟,夷陵丹砂末。"荷樵:王维《蓝田山石门精舍》:"道心及牧童,世事问樵客。"听琴:司空图《歌者十二首》之

①熊十力著:《佛家名相通释》,中国大百科全书出版社1985年版,第6页。

五:"十年逃难别云林,暂辍狂歌且听琴。"

[6]**寻**　求。

[7]**遇之两句**　天:自然。泠然:微风飘动的样子。《庄子·逍遥游》:"夫列子御风而行,泠然善也。"郭象注:"泠然,轻妙之貌。"希:《老子》:"听之不闻,名曰希。"按:道,无声曰希。这两句承上文说,情性得之于天,如飘浮在空中的希微的声音,不知其所自来,也不知其所从往。两句意在形容情性"遇之自天"。

【译文】

有一种诗,出语直截了当,对所表达的思想感情毫不掩饰。这种诗,使人读来犹如骤然遇到了一位隐逸者,让人一眼就看出他是得了真道的高士。

现在让我们来领会真实的诗意:在那溪涧畔、松荫下,有个打柴的,有个听琴的。

他们都随性所之,纯朴无比。他们的活动一任自然,自然得如空中的微音,不知从哪里飘来,又不知向哪里飘去。

【评说】

"实境",在中国文学批评史上有几个类似的说法,简介如下:

1.钟嵘《诗品序》曰:

至乎吟咏情性,亦何贵于用事?"思君如流水",既是即目;"高台多悲风",亦惟所见;"清晨登陇首",羌无故实;"明月照积雪",讵出经、史。观古今胜语,多非补假,皆由直寻。①

①[梁]钟嵘著,陈延杰注:《诗品注》,人民文学出版社2001年版,第4页。

据钟嵘的这段说明可知，所谓"直寻"，乃是直书"即目所见"的景象。钟氏所引用的四句诗，出自徐幹、曹植、张华、谢灵运的抒情诗。钟氏摘句示例，证明写诗可以直书即目所见，也成名句。这与《二十四诗品·实境》所表述的理论内涵，极其相似。但必须注意一点：钟氏并没有把"直寻"之语当作诗的一种体式或一种风格看待。

2.日本遍照金刚《文镜秘府论》地卷根据《唐朝新定诗体》列诗之《十体》一节。《十体》中有"直置体"，解释道：

> 直置体者，谓直书其事置之于句者是。诗云："马衔首蓿叶，剑莹鸊鹈膏。"又曰："隐隐山分地，沧沧海接天。"[①]

根据这种"解释"和例句可知，所谓"直置体"与《二十四诗品》中"实境"所表述的内涵了无区别，而且两者都认定这是诗的一种体式或一种风格。

3.司空图在《与极浦书》中曰：

> 题纪之作，目击可图，体势自别，不可废也。愚近作《虞乡县楼》及《柏梯》二篇，诚非平生所得者，然："官路好禽声，轩车驻晚程"，即虞乡入境可见也。又"南楼山最秀，北路邑偏清"，假令作者复生，亦当以著题见许。[②]

据此可知，所谓"题纪之作"也就是《二十四诗品》中所说的"实境"之作。前者标榜"目击可图"，后者用玄之又玄的比喻宣告："忽逢幽人，如见道心。"（具体解释见下文）两者所表述的理论意义是没有区

①[日]弘法大师原撰，王利器校注：《文镜秘府论校注》，中国社会科学出版社1983年版，第149页。
②祖保泉、陶礼天笺校：《司空表圣诗文集笺校》，安徽大学出版社2002年版，第215页。

别的。

那么，司空图撰《诗品》，为什么不用"题纪之作"标为一目呢？这，因为《诗品》标目皆用两字，"题纪之作"四字，不符合统一规格。如只取"题纪"两字，又不能涵括所要表述的内容，因此只好放弃自己提出的新术语。又，"实境"两字乃释家语，有玄味、禅味，颇符合作者论诗常用玄语的习惯。

下面，对《实境》分节加以诠释。

1.这一品，开头四句，先直叙，后比喻。

"取语甚直，计思匪深。忽逢幽人，如见道心。"句中的"直"，指直接说明；"计"，筹谋，"计思"，指写作时的筹谋——构思。前两句句意是：诗人见到可写的景象，不用比兴，不用故实，而用直接描述的方法表达所见，在构思上也使人一目了然。次两句是个比譬，这好比忽然遇到个幽隐之人，一眼就能识破他是个修道已得其真谛的高士。

对这个比譬，我们应该留意"忽逢"、"如见"两句的上下呼应关系：在"忽逢"的刹那间便有所"见"，表明这"见"对诗人有触发，有心灵的闪光，这才促使他下笔写诗。这，也就是司空图的另一说法"目击可图"。"击"者，突然受到触发之谓也。

反过来说，大千世界，林林总总，无处无物，无物无象（物皆有象），诗人对物象如果毫无感发，那便谈不到下笔写诗。

总观四句，应理解"取语甚直，计思匪深"是在有"触发"的条件下说的；无触发而直书即目所见，那是"流水账"，不是诗。

2.这一品中间四句，作者现身说法，用语言画一幅"实境"图示例。

"晴涧之曲，碧松之阴。一客荷樵，一客听琴。"——前两句，可视为背景；后两句当然是特定背景下的人物。"一客"又"一客"，主人是谁？我说就是作者——未出面的"幽人"。请看这幅画，正是"幽人"心目中的"实境"。这样的"实境",背景、人物,无不超尘拔俗,饶有幽趣。

这里,我要就此说明的是:这四句中的"晴涧"、"碧松"、"荷樵客"、"听琴客",都带有隐逸诗的历史色彩,与历史上隐逸者所标榜的生活情趣与节操有关。略述如下:

"晴涧",出自深山幽谷,而深山幽谷正是隐逸者的盘桓之地,因而有诗曰:"山涧清且浅,可以濯我足。"(陶潜《归园田居》)"清涧日濯足,乔木时曝衣。"(储光羲《樵父词》)这"清涧可以濯足"的潜在意义是:高洁自守,安于隐逸。人们应该理解,隐逸者正是从芸芸众生中分裂出来的少数人,他们经历一段尘世生活折磨之后,一旦超尘归隐,便在精神上感到满足,于是流露安于隐逸的意趣,有了隐逸诗。这意趣,是心灵的安慰,也是高标出世的宣言。

"沧浪之水清兮,可以濯我缨;沧浪之水浊兮,可以濯我足。"此语出自《孟子·离娄上》,屈原《渔父》引用此语,意在告诉屈原宜乎归隐以保全自己。后世有些隐士并未遭到社会压力而归隐,自然乐得表白"清涧日濯足"了。

"碧松",在士大夫眼里,早已被看成有节操的象征。子曰:"岁寒,然后知松柏之后凋也。"(《论语·子罕》)圣人之言,深入人心。汉魏之际的刘桢咏松"冰霜正惨凄,终岁常端正。岂不罹凝寒,松柏有本性。"(《赠从弟》)隐逸者正好藉此表示孤高。如果由仕途而归隐者,也正好藉此表示自己的独特节操。储光羲诗曰:"松柏生深山,无心自贞直。"(《泛茅山东溪》)隐士,总是以"贞直"自许的。

"荷樵"客,实乃隐士,有人称之为"樵隐"(见江总《入摄山栖霞寺》)。隐士樵苏自给,亲近自然,同时显示"敦兮其若朴"(《老子》第二十五章)的与世无争的思想境界。储光羲《樵父词》(节录):"诘朝砺斧寻,视暮行歌归。先雪隐薜荔,迎暄卧茅茨。清涧日濯足,乔木时曝衣……荡漾与神游,莫知是与非。"这樵隐真乃"天放"之人!

"听琴"是悠然自得、情趣高雅的表现。左思《招隐》诗:"岩穴无结构,丘中有鸣琴",表明这个穴居野处的隐士有深厚的文化教养,有寄情山水的雅兴,他那遗世独立的傲然神态隐约可见。

《实境》中的"一客听琴",表明这个"客"是弹琴者的知音;而他"听琴"于"晴涧之曲,碧松之阴"境地中,此人必是隐者无疑。

总之,照我看,《实境》中的"晴涧之曲"等四句是精心描绘出来的,不是随便下笔可得的。作者的思想倾向和生活阅历支配着自己写出这幅高士隐逸图。

这里,人们应该注意一个问题:写"实境",能如照相机似的,真摄其"实"吗?试想,宇宙万象,可写者所在多有,而《诗品·实境》偏写"晴涧之曲"等四句当作"实境"示例。它真的是作者所处的"实境"吗?这个实例告诉人们:作者的思想倾向支配着自己的眼睛,使自己只想望到"幽人"所处的"实境"。

3.这一品末尾四句指出:"实境"之作,乃是主体与对象交融的产物。

"情性所至,妙不自寻。遇之自天,泠然希音。"句中的"情性"指创作个性和临文时的情思。"寻",求也。"天",自然或自然而然。"希音",似有若无的微妙之音。这四句中的前两句,从作者方面着眼说,必有那份鉴赏自然景色的闲情逸致,写"实境"才自有妙趣;后两句从描绘对象着眼说,可以入诗的"实境",是可遇不可求的,更不是做作出来的。结句"泠然希音",赞美所谓"实境"之诗自有无穷韵味。

我对《实境》诠释如此。下面指明一点:《诗品》就"实境"点明"心物交融"问题,是前哲早已说清楚了的。南朝宋·宗炳《画山水序》已点破"应目会心"是画山水的要诀。齐末刘勰撰《文心雕龙·物色》,指明:心"随物以婉转",物"亦与心而徘徊"。唐时,日本遍照金刚根据在中国所获资料,撰《文镜秘府论》,这本书"南卷"《论文意》①曰:"夫置意作诗,即须凝心,目击其物,便以心击之,深穿其境。如登高山绝顶,下临万象,如在掌中。以此见象,心中了见,当此即用。"②可知唐人论诗,亦深知"心物交融"道理。《诗品》说"实境"而从主体、对象两面点破"心物交融"之道,正有防止对"取语甚直,计思匪深"的片面理解作用。照我看,《实境》开头两句与末四句应合观而作综合理解才能得其真意。

还应交待一下:"实境"之作,都是短篇写景之作,视觉形象较鲜明,如斛律金《敕勒歌》,李白《秋浦歌》十七首中的第五、九、十一、十二、十三、十四、十六、十七,杜甫绝句"两个黄鹂鸣翠柳"、"迟日江山丽",王维《书事》("轻阴阁小雨")等,可视为代表作。司空图的《独坐》、《牛头寺》、《武陵路》等,亦可入选。

①王利器注:"按:本卷《论文意》除《论体》及《定位》等篇外,皆王昌龄《诗格》与释皎然《诗议》之文;然今本王昌龄《诗格》及《诗中密旨》与此篇所载,大有出入,则今本《诗格》及《诗中秘旨》,非复唐代之旧也。"见《文镜秘府论校注》,中国社会科学出版社1983年版,第279页。

②[日]弘法大师原撰,王利器校注:《文镜秘府论校注》,中国社会科学出版社1983年版,第285页。

悲　慨[1]

大风卷水[2]，林木为摧[3]。意苦欲死，招憩不来[4]。

百岁如流，富贵冷灰。[5]大道日丧，若为雄才。[6]

壮士拂剑[7]，浩然弥哀[8]。萧萧落叶，漏雨苍苔。[9]

【校勘】

意苦　怀悦本、杨成本、万历本、《津逮》本皆作"意苦"。《说郛》本作"适苦"，亦可解。

招憩　杨成本、万历本、《说郛》本、《津逮》本皆作"招憩"。怀悦本作"招舌"，"舌"乃"憩"之坏字。

日丧　怀悦本、杨成本、万历本、《说郛》本皆作"日丧"。语本《庄子·缮性》："由是观之，世丧道矣，道丧世矣。"《津逮》本作"日往"，"往"字误。

萧萧　杨成本、万历本、《说郛》本、《津逮》本皆作"萧萧"，是。怀悦本作"事事"，谬误。

苍苔　底本、怀悦本、杨成本、万历本作"荒苔"。《说郛》本、《津逮》本作"苍苔"。按：《说文》曰："苍，草色也。""苍苔"自然成词，其意象亦与"漏雨"侔合，宜从之。

【注释】

[1]悲慨 《礼记·檀弓下》:"既葬,慨焉如不及。"孔疏曰:"谓既葬之后,心中悲慨。"《王羲之书法全集》:"无缘省苦,但有悲慨。"(见《力东帖》)又,"省书苦,但有悲慨。"(见《期已至帖》)张彦远《法书要录》卷十《右军书记》载羲之笔札,一曰:"比者尚悬恻,得其去月书,省之悲慨也。"二曰:"寻玩三四,但有悲慨。"三曰:"得卿书,寻省反复,但有悲慨。"(上引三帖,今佚)按:"悲慨"为晋人习用语,司空图取之入《诗品》,视为诗的风貌之一。

[2]大风句 刘邦《大风歌》:"大风起兮云飞扬。"卷:掀起来。

[3]为摧 摧:折。为摧:被风摧折。

[4]招憩句 招:邀来。憩:读qì,休息;安慰。《诗·周南·甘棠》:"勿剪勿败,召伯所憩。"毛传:"憩,息也。"按:句中"憩"字,指召伯(召公)休息之处,名词。"招憩不来"之"憩",亦作名词用。

[5]百岁两句 百岁:百年光阴。如流:如流水逝去。富贵句的大意是:富贵化为灰烬。《敦煌歌辞总编》卷五:"百岁山崖风似颓,如今身化作尘埃。""一朝冷落卧黄沙,百年富贵知何在。""百年之事俄尔间,金玉满堂非我有。"按:这是晚唐民间流行思想,佛教宣传者引入歌辞,借以劝人皈依佛门。

[6]大道两句 大道:天道,自然之道。日丧:日益消逝。若为:如何,奈何。雄才:有雄心大才的人。两句意即:雄才大略者怎堪处于衰亡之际!白居易《重到华阳观旧居》:"若为重入华阳院,病鬓愁心四十三。"按:句中"若为",应作"怎堪"解。

[7]壮士句 壮士,即上句所说的"雄才"。拂剑:《玉篇》:"拂,出也。"拂剑,拔出剑。

[8]弥哀 无穷无尽的悲哀。弥:充满。

[9]萧萧两句 形容悲慨。悲慨之情如秋风凋木叶,漏雨滴苍苔,

一叶叶,一点点,不尽、不止。

【译文】

　　大风掀起狂浪,树木也被摧折。在这痛苦得难以忍受的时候,邀来伴我的人偏不来。

　　百年光阴如流水一样地逝去,一切繁华富贵,而今又安在! 世道一天天地崩溃,这使得有雄才大略的人也束手无策。

　　壮士拔剑,仰天长叹,悲从中来! 这悲愤好似秋风凋木叶,漏雨滴苍苔。

【评说】

　　自黄巢起义军攻破长安,司空图逃归王官谷之后,司空图的思想便陷在"报国"与"退隐"的矛盾中。这矛盾也反映在《诗品》中。他以隐逸高士的口吻写了《雄浑》、《冲淡》、《高古》等品,时时不忘宣扬老庄思想,而唯独在《悲慨》一品里,乃以壮志未遂的国士口吻表述悲愤与慨叹。

　　风格多样,有《飘逸》、《超诣》,也有《悲慨》,这不足为怪。就司空图说,思想上有矛盾,自然要反映出来,这也不足为怪。

　　下面,就《悲慨》一品,试加诠释。

　　1.全品分三层表述"悲慨",第一层四句写"悲慨"的预兆。

　　"大风卷水,林木为摧。意苦欲死,招憩不来。"董仲舒《春秋繁露·必仁且知》曰:"灾者,天之谴也;异者,天之威也。谴之而不知,乃畏之以威……凡灾异之本,尽生于国家之失。"①《宋书·礼志一》引《乐稽曜

──────────

①〔清〕苏舆撰,钟哲点校:《春秋繁露义证》,中华书局1992年版,第259页。

嘉》曰："禹将受位，天意大变，迅风雷雨，以明将去虞而适夏也。"[1]虞舜与夏禹，圣王更易，天变示象。唐末，农民起义，江山是否还姓李，引起许多报国之士忧伤，又遇"天意大变"，便使他们悲慨了。

国之将亡，如何是好？像司空图那样的国士，只能坐而言，不能起而行，那就只好同气相求，与相知者叙心，可是偏偏在"意苦欲死"之时又遇上"招憩不来"，有苦无处诉，其悲慨可以想见。

这是预感国之将亡的悲慨。

2.第二层四句，写"雄才"之人的悲慨。

"百岁如流，富贵冷灰。大道日丧，若为雄才。"句中所谓"富贵"与权势密不可分。"旧时王谢堂前燕，飞入寻常百姓家。"（刘禹锡《乌衣巷》）此乃"富贵"化为"冷灰"的艺术写照。

所谓"大道日丧，若为雄才"，说得切合实际些，便是李唐政权的统治力日渐衰微，虽有雄才大略者也无回天之力，只能对之徒唤奈何。这里引《论语·宪问》几句，有助理解："子言卫灵公之无道也，康子曰：'夫如是，奚而不丧？'"[2]按：康子，即季康子——季孙肥，鲁哀公时正卿，在政治上有权力。他总算是个有"雄才"的人吧。

司空图在《与惠生书》中曾表示过："文之外，往往探治乱之本，俟知我者纵其狂愚，以成万一之效。"可是当"大道日丧"之时，他也只能苦吟"永夜疑无日，危时只赖山。旷怀休戚外，孤迹是非间。"（《永夜》）[3]——要"报国"不敢献身；要"旷怀"又觉得无以报国，心有内疚，那就只好处于肯定自己又否定自己退隐行为的"是非间"了。

如果把司空图的《永夜》诗看作是"大道日丧，若为雄才"的注脚之一，我想是可以的。

①[梁]沈约撰：《宋书》（第二册），中华书局1974年版，第329页。
②杨伯峻译注：《论语译注》，中华书局1980年版，第152页。
③祖保泉、陶礼天笺校：《司空表圣诗文集笺校》，安徽大学出版社2002年版，第208、53页。

3.第三层四句,写"壮士"的悲慨。

"壮士拂剑,浩然弥哀。萧萧落叶,漏雨苍苔。"句中"弥哀",意即更加哀痛。"壮士"既"拂剑"扼腕,气愤填膺,但又"浩然弥哀",徒唤奈何,这正是大势已去、不知何以自处的心理表现。如要举例,江淹《恨赋》写李陵有句:"至如李君降北,名辱身冤。拔剑击柱,吊影惭魂。情往上郡,心留雁门。裂帛系书,誓还汉恩。"①司空图最后以七十二岁高龄绝食殉唐,这是节烈之举! 他的悲慨是不言自明的。

"萧萧落叶,漏雨苍苔",表述悲慨之景以增强感染力而已。

4.朱东润先生说:"《悲慨》一品,不特论评作品,实不啻为全篇张本。"②我以为这说法是符合实际的。庄周笔下的"真人"、"畸人",都是乘风御气的仙人,逍遥自在;而《诗品》里的"畸人"、"幽人"、"可人",却是在旷达的外衣下隐藏着一颗经受过创痛的心。这些"畸人"、"幽人"、"可人",都是司空图笔下虚构的人物,虚构他们的作者乃是实际经历"浩劫"的伤心人。他写《诗品》,那伤心的情感,便自然流入各"品"中。朱东润先生第一次一语道破《诗品》全篇有"悲慨"色调,故特标注于此。

①[梁]萧统编,[唐]李善注:《文选》(第二册),上海古籍出版社1986年版,第745页。

②朱东润著:《中国文学论集》,中华书局1983年版,第10页。

形 容[1]

绝伫灵素,少回清真。[2]如觅水影,如写阳春。[3]

风云变态[4],花草精神[5]。海之波澜,山之嶙峋[6]。

俱似大道[7],妙契同尘[8]。离形得似,庶几斯人。[9]

【校勘】

嶙峋　杨成本、万历本、《说郛》本、《津逮》本皆作"嶙峋",是。怀悦本作"璘珦",显误。

妙契　杨成本、万历本、《说郛》本、《津逮》本皆作"妙契"。怀悦本作"如契","如"字误。

【注释】

[1]形容　《周易·系辞上》:"圣人有以见天下之赜,而拟诸其形容,象其物宜,是故谓之象。"韩康伯注:"乾刚坤柔,各有其体,故曰拟诸形容。"按:"拟诸形容",即比拟或刚或柔的万物的形状、仪容。这"形容"意即今语所谓艺术形象。

《毛诗序》曰:"颂者,美盛德之形容,以其成功告于神明者也。"刘勰《文心雕龙·颂赞》曰:"颂者,容也,所以美盛德而述形容也。"按:"美盛德之形容",即舞者化装成有盛德的先哲的形状、仪容;这"形容"是个艺术形象。又"述形容",即描述先哲的形状、仪容,亦艺术形象之谓也。

白居易《画弥勒上生帧记》："以丹素金碧形容之,以香火花果供养之"。按:句中"形容"实指弥勒画像。

"形容"既可为艺术概念,司空图取之入《诗品》,列为一品,表述"以形写神"一类作品的特色。

[2]**绝伫两句** 绝:极力。伫:积存、具有。按:"绝伫灵素"与"虚伫神素"(《高古》)句法相同。灵:心灵;思想。素:纯而不杂。江淹《伤友人赋》曰:"倜傥远度,寂寥灵素。"少:少顷;顷刻。回:回转,引申为呈现的意思。清真:清晰的真象。阮籍《咏怀》之六十五:"朱颜茂春华,辩慧怀清真。"李白《送韩准裴政孔巢父还山》:"韩生信英彦,裴子含清真。"这两句大意是:集中精神,努力想象,顷刻间,所追求的形象,可以清晰地浮现在脑际。

[3]**如觅两句** 觅:寻求,在这里是可以求得的意思。《庄子·天道》曰:"水静则明烛须眉,平中准,大匠取法焉。水静犹明,而况精神。"按:水清净可以明澈、照影,此乃所谓"水影"。阳春:春天美景。李白《春夜宴从弟桃李园序》:"阳春召我以烟景,大块假我以文章。"

[4]**变态** 指风云变幻的形态。

[5]**精神** 指花草旺盛的生命力。

[6]**嶙峋** 读línxún,岭高崖险。

[7]**大道** 宇宙精神。

[8]**妙契句** 契:符合。同尘:《老子》第四章曰:"和其光,同其尘。"王弼注:"和光而不污其体,同尘而不渝其真。"这里说"同尘",大意是:大道也可以同乎尘俗,化为具体事物,而不改变本身的德性。

[9]**离形两句** 离:离弃。得似:得其神。顾恺之《魏晋胜流画赞》:"以形写神而空其实对。"宗炳《画山水序》:"神本亡端,栖形感类,理入影迹,诚能妙写,亦诚尽矣。"按:"离形得似",即"以形写神",求其神似也。庶几:近似,将是。斯人:指善于形容的人。这两句的大意

是:描绘者如能不求形似,但求神似,才是善于形容的高手。

【译文】

断绝杂念,驰骋想象,所追求的形象当会栩栩如生。哪怕是水中倒影,阳春美景,都可描绘得灵活动人。

风云变幻无穷,花草各具神情,海有壮阔的波澜,山有危崖高岭。诗人啊,你要描绘它们的活生生的神态,描绘得如天然生成的那么逼真。

诗人,你在描绘山容水态时,如能不求形似,但求神似,你便是个善于形容的人。

【评说】

形容,原指人的体态容貌,如屈原《渔父》曰:"屈原既放,游于江潭,行吟泽畔,颜色憔悴,形容枯槁。"①后来引申为:凡有物象的,皆可谓之"形容"。

《毛诗序》曰:"颂者,美盛德之形容,以其成功告于神明者也。"②句中的"形容",乃指舞蹈者扮演先哲的"形状容貌"。这,用我们今天的话来说,便是"艺术形象"。

《诗品》列"形容"为一品,着意从思维角度讨论创造艺术形象的要领。这在有许多人还不明白艺术形象是诗艺的基本特征的时代,是颇有启迪意义的。这一点,就《诗品》的作者司空图来说,他一再向友好谈论"象外之象,景外之景"、"思与境偕"、"近而不浮,远而不尽"等,大叹艺术形象创造之难,足见他深知个中三昧。他在《诗品》中论"形

---

① [宋]朱熹集注,李庆甲校点:《楚辞集注》,上海古籍出版社1979年版,第116页。

② [清]阮元校刻:《十三经注疏》(上册),中华书局1980年版,第272页。

容"，大则指点创造艺术形象的要诀，小则称扬以形象取胜的诗篇。

《形容》，通过描绘所显示的理论意义，在千载而下的文艺理论家看来，可谓老生常谈，可是在晚唐，这理论确有开拓诗艺审美领域的作用。

1.这一品的开头两句，从形象思维活动着眼，点破创造艺术形象的思维特征。

"绝伫灵素，少回清真。"

"绝伫"，照字面生硬解释，乃"极力贮存"；说得活脱些，则为"充满"的意思。

"灵素"，郭绍虞释曰："灵，谓其人之神气；素，谓其人之本质。"[①]我以为此解可信。《庄子·德充符》中有所谓"灵府"，郭象注："灵府者，精神之宅也。"[②]又《庚桑楚》中有所谓"灵台"，郭象注曰："灵台者，心也，清畅，故忧患不能入。"[③]足见古人以"灵"指"心灵"、"精神"活动由来已久矣。"素"，《说文》解作"白致缯"，实即白细绢。故"素"由"生丝"会意成字，抽象取义则为"白也、本也、廉也。"(见《玉篇》)以上零碎说明，可视为郭绍虞注语的根据。

"少"，稍也，稍停片刻。"清真"，即清清楚楚的真相。(此处切不可刻意求深，作似是而非的解释。)

开头两句的句意是：诗创作开始，脑子里充满杂沓的形象思维活动，稍加甄选综合后，便有清晰的意象呈现于脑际，它就是通过语言表达出来的艺术想象的根基。

---

① [唐]司空图著，郭绍虞集解：《诗品集解》，人民文学出版社1963年版，第36页。

② [清]郭庆藩撰，王孝鱼点校：《庄子集释》(第一册)，中华书局1961年版，第213页。

③ [清]郭庆藩撰，王孝鱼点校：《庄子集释》(第四册)，中华书局1961年版，第794页。

王弼《周易略例》卷十《明象》说：

夫象者，出意者也；言者，明象者也；尽意莫若象，尽象莫若言。①

这就把创作思维过程中的"意"、"言"、"象"（"意象"、"语言"、"形象"）三者关系交待得清清楚楚。以语言为媒体创造艺术形象，其理论始基当数王弼这一席谈。

陆机《文赋》说："其始也，皆收视反听，耽思傍讯，精骛八极，心游万仞。其致也，情曈昽而弥鲜，物昭晰而互进。"②按：《诗品·形容》开头两句，其实意与上引陆机语无异，不过陆氏以赋家之笔铺张言之，而表圣以四言炼语浓缩言之。

2. 这一品第三句至第八句，直承开头两句思绪，举例表述宇宙万象的"形容"及其"精神"。

如觅水影，如写阳春。风云变态，花草精神。海之波澜，山之嶙峋。

对这六句，在理解时应视为一个整体，不可就句死注；应综合理解为：水中之影，万物春萌，风、云、花、草，山容、水态，等等，都随时而变，各有形态，各显精神。由此可知，《形容》的作者要求把"形象"写活，写出它们在特定情境中的精神状态。司空图在《与极浦书》中说：

戴容州（戴叔伦）云："诗家之景，如蓝田日暖，良玉生烟，可望而不可置于眉睫之前也。"③

①[魏]王弼著，楼宇烈校释：《王弼集校释》（下），中华书局1980年版，第609页。
②[晋]陆机著，张少康集释：《文赋集释》，人民文学出版社2002年版，第36页。
③祖保泉、陶礼天笺校：《司空表圣诗文集笺校》，安徽大学出版2002年版，第215页。

这表明司空图十分理解由意象经语言而转化为艺术形象的艰辛。然而写活形象乃是不可忽视的根本要求。他坚持提出：要把万物的"精神"写出来，才算是"形容"的最高境界。

3.这一品末尾四句，指明创造艺术形象，应如大道所化生的万物，各有特性；进而点破："以形写神"的要诀在于"离形得似"。

俱似大道，妙契同尘。离形得似，庶几斯人。

"俱似"总述上六句所提到的多种物象；"俱似大道"，说它们皆由抽象的"大道"化生，各具形态，各有特质。然而，如从各种事物的对立面可以互相转化的辩证角度看问题，那就可以"和其光，同其尘。"

"妙契同尘"的"同尘"，见《老子》第四章，文曰：

道冲，而用之或不盈。渊兮似万物之宗。挫其锐，解其纷，和其光，同其尘。湛兮，似或存。吾不知谁之子，象帝之先。[①]

老子是"道在物先"的客观唯心论者，所以他说，道存在于天帝之先。他认为事物都有两面性，锐与钝、是与非、阴与阳、净与垢，都是相对的，可以相互转化的，因而，就"道"而言，他也主张"挫其锐，解其纷，和其光，同其尘。"这意思是：要仔细观察事物的对立面，凡事适可而止，如同既知"道"的幽隐无形，又确信它的实际存在。

"妙契同尘"句中的"同尘"，实乃上引《老子》一小节的略语；"妙契"乃显示引用者（即《诗品》作者）的看法：其妙处在于和老子所说的"和其光，同其尘"一样，要从对立面转化考虑问题，不能简单化地一面倒。——写诗，要有"形容"，但却不该纤毫不漏地摹写事物；只能得其大体，弃其枝节，达到对立面统一的根本要求。

要达到上述根本要求的诀窍何在？作者说："离形得似，庶几

①陈鼓应著：《老子注译及评介》，中华书局1984年版，第75页。

斯人。"

所谓"离形得似",应从对立统一角度去理解问题。古代画家、画论家们说：

> 夫象物必在于形似,形似须全其骨气。[1]

这是"象物"画论的一面。又曰：

> 六法之中,迨为兼善,虽不该备形似,颇得壮气凌跨,旷代绝笔。[2]
> 四体妍媸,本无关于妙处,传神写照,正在阿堵中。[3]

这是"象物"画论的又一面。学画者可以执一而从吗？答案当是："形似"而不拘束于"形似","神"无可画,必托之于"形"而传"神"。《诗品·形容》之所谓"离形得似",就是这个意思。有人说,这叫"不即不离",也可以。

"庶几斯人",承上句而曰：这才算是善于创造艺术形象的高手。从全诗语气看,此句宣告所说明的问题到此结束。

4.在中国诗史上,表达自然之美,除谢灵运山水诗外,最受人注目的要算王维的山水田园诗。他那种对自然观察的极其敏锐的感受,都能形象化地呈现在诗里。他在《偶然作六首》之六中,曾说自己是"宿世(一本作当代)谬词客,前身应画师。"暗许自己在诗、画方面的卓越的形象化本领。唐人殷璠在所编的《河岳英灵集》中,评王维诗说："维诗词秀调雅,意新理惬。在泉为珠,着壁成绘。一句一字,皆出常

①[唐]张彦远著：《历代名画记·论画六法》,人民美术出版社1983年版,第13—14页。

②[南齐]谢赫撰：《古画品录》,见沈子丞编《历代论画名著汇编》,文物出版社1982年版,第18页。

③徐震堮著：《世说新语校笺》(下册),中华书局1984年版,第388页。

境。"①赞许王维以画家的心灵写诗,诗亦如画。后来才有苏东坡的"味摩诘之诗,诗中有画;观摩诘之画,画中有诗"的名言,流传千古。

"观摩诘之画",赏其"画中有诗"的福气,千载而下的我们已无法求得了。因为流传下来的王维《雪溪图》《江山雪霁图》等,"都系后人摹作或托名之作"。②然而王维诗,有多种刊本存世,可以让我们"味摩诘之诗",领会其"诗中有画"的意趣。试举王维诗一首,尝鼎一脔吧。

新晴野望
新晴原野旷,极目无氛垢。
郭门临渡头,村树连溪口。
白水明田外,碧峰出山后。
农月无闲人,倾家事南亩。

请看,全诗句句在"野望"中:唯其久雨新晴,才有野望的动机;唯其新晴,才得"极目无氛垢"——看清视野内的各种景象。这就是一幅画的基调、基本框架。取平远之景,要畅旷,景物必疏朗有致,必占画幅的下左或下右,因为景中有"渡头"、有"溪口"。近景:郭门、村树、溪口、渡口。远景:水田(原野)、"田外"的"白水"(在阳光下水光闪闪)、"山后"青青的"碧峰",以及农家男女老少从事劳动的远影。我想,画山水田园的画师,读此诗,是可以由诗而画,涉笔成趣的。

5."形容",能视为一种诗的风貌吗?答曰:在中唐、晚唐,是被当作诗的风貌之一看待的。如此回答的证据是:

(1)日本遍照金刚(774—835)《文镜秘府论》地卷《十体》:"一,形似体;二,质气体;三,情理体;四,直置体;五,雕藻体;六,映带体;七,飞动体;八,婉转体;九,清切体;十,菁华体。"然后,就每体名目略加诠释并举例两联。抄示"形似体"如下:

---

①[唐]殷璠选,王克让集注:《河岳英灵集集注》,巴蜀书社2006年版,第66页。
②王伯敏著:《中国绘画史》,上海人民美术出版社1982年版,第163页。

形似体者，谓貌其形而得其似，可以妙求，难以粗测者是。诗曰："风花无定影，露竹有余清。"又云："映浦树疑浮，入云峰似灭。"（其余九体，略）①

《文镜秘府论》地卷在《十体》下有小字注曰："崔氏《新定诗体》开十种体，具例如后出右。"王利器先生注曰：

《日本见在书目》："《唐朝新定诗体》一卷。"不著撰人，当即此书……

……窃疑"右"或为"者"或"云"之误也。《古钞本》、《三宝院本》、《无点本》无此注文十六字。按：李峤《评诗格》说"诗有十体"，与此大同而小异耳。②

(2)李峤(644—713)《评诗格》列《诗有十体》为一目，文曰：

形似一，谓邈其形而不得其似也。诗曰："风花无定影，露竹有余清。"质气二，……情理三，……直置四，……雕藻五，……影带六，……婉转七，……飞动八，……情切九，……精华十，……③

按：李峤《评诗格》，《四库提要》斥为伪书，不可尽信。罗根泽指出："但皆引见《秘府论》，知恐非伪书；就是伪书，也是唐人伪作。"④这是言之有据的公允之论，可信。

(3)皎然《诗式》有"辨体有一十九字"。这"十九字"是："高（自注：

①[日]弘法大师原撰，王利器校注：《文镜秘府论校注》，中国社会科学出版社1983年版，第147页。

②[日]弘法大师原撰，王利器校注：《文镜秘府论校注》，中国社会科学出版社1983年版，第146页。

③张伯伟撰：《全唐五代诗格汇考》，江苏古籍出版社2002年版，第142—144页。

④罗根泽著：《中国文学批评史》（二），上海古籍出版社1984年版，第29页。

风韵切畅曰高)、逸(略)、贞(略)、忠(略)、节(略)、志(略)、气(略)、情(略)、思(气多含蓄曰思)、德(略)、诚(略)、闲(情性疏野曰闲)、达(心迹旷诞曰达)、悲(略)、怨(略)、意(略)、力(体裁劲健曰力)、静(略)、远(略)"。①

按:引文中十四个"略"字是我"略"去了"自注"语。保存"自注"五条,使我们认识"辨体"的"体",即诗的风貌是也。

以上所列《唐朝新定诗体》、《评诗格》中的"十体"、《诗式》"辨体"(十九字)——这三个"体"字的含义,即今语"风格"。这由"十体"所列的"形似"、"直置"、"雕藻"、"婉转"等名目可以证实。

《文心雕龙·体性》有"八体"之说:"一曰典雅,二曰远奥,三曰精约,四曰显附,五曰繁缛,六曰壮丽,七曰新奇,八曰轻靡。"②这"八体",即"八种风格"。此乃唐人论诗有"十体"的先例。

《诗品》所描绘的"形容",与《十体》中所说的"形似体"相近,不过"形容"所论比"形似体"云云深刻得多,此乃前修未密,后出转精的一个小例子。

根据以上所述,我要指明一点:中晚唐的诗论家习惯把"形似体"当作一种风格看待。司空图承前人思绪,把"形容"视为一种风格,可以说时会使之如此。如果今人能历史地看待这个小问题,也就不会不认可"形容"为风格之一了。

①[唐]皎然著,李壮鹰校注:《诗式校注》,人民文学出版社2003年版,第69—71页。

②[梁]刘勰著,范文澜注:《文心雕龙注》(下),人民文学出版社1958年版,第505页。

超　诣[1]

匪神之灵,匪几之微。[2]如将白云,清风与归。[3]
远引若至,临之已非。[4]少有道气,终与俗违。[5]
乱山乔木,碧苔芳晖。[6]诵之思之,其声愈稀。[7]

【校勘】

匪几　《诗法》本、怀悦本、杨成本、万历本、《说郛》本皆作"匪几"。《津逮》本作"匪机"。按:"几"通"机";"匪几之微",语本《黄帝内经·素问卷四·离合真邪论》:"知机道者,不可挂以发;不知机者,扣之不发,此之谓也。"夹注:"机者,动之微,言贵知其微也。"

远引若至　《诗法》本作"远引莫致";怀悦本作"迷引莫之";杨成本、万历本、《说郛》本作"远引莫至",皆欠妥。《津逮》本作"远引若至",可从。按:"远引若至"与下句"临之已非"相呼应。上句作"若至",下句才有"临之",思理如此。

道气　《诗法》本、怀悦本、杨成本、万历本、《说郛》本皆作"道气"。《津逮》本作"道契"。按:"道气"为唐人口头语。所谓"少有道气",即少年时便具有道者气质而已。倘作"道契",则入道日久方可与"道"相"契";"少有"两字无着了。"契"字欠妥。

乔木　《诗法》本、怀悦本、杨成本、万历本、《说郛》本皆作"乔木"。《津逮》本作"高木"。按:《津逮》本改"乔"为"高",徒徒多事,不可取。

【注释】

[1]**超诣** 修养达到超脱现实的程度。刘义庆《世说新语·文学》："诸葛玄年少,不肯学问,始与王夷甫(王衍)谈,便已超诣。王叹曰:'卿天才卓出,若复小加研寻,一无所愧。'"《世说新语·赏誉》:"简文云:'渊源(殷浩)语不超诣简至,然经纶思寻处,故有局陈。'"按:句中"超诣",即超越尘俗的造诣。诗有隐逸意趣者,皆可视之为"超诣",故《诗品》列之为一品。

[2]**匪神两句** 神:心神。灵:灵敏。几:天机;禀赋。微:微妙。这两句的大意是:要达到超诣的境界,并不关涉到心神是否灵敏,天机是否微妙。超诣主要在于思想上要超越现实。

[3]**如将两句** 将:与。李白《江夏别宋之悌》:"楚水清若空,遥将碧海通。"《庄子·天地》说:古圣人可以"乘彼白云,至于帝乡"。这两句是说:超诣者可乘清风、白云,归于太空。

[4]**远引两句** 引:向前进。这两句的大意是:超脱的心神向前伸展,则可以达到遥远的地方;既达到遥远的地方,则又觉得这不是自己所要的地方。这也就是说:超诣之道可笼罩万物,但又不执着于万物中的某一点。

[5]**少有两句** 少:少年。违:违背。这两句的大意是:自少年时即一心与妙道相契合,终于能超尘拔俗,遗世独立。杜甫《早发射洪县南途中作》:"鄙人寡道气,在困无独立。"

[6]**乱山两句** 乔木:一作高木。晖:同辉,光辉。这两句的意思是:人在乱山林木中,见阳光透过树叶,明明灭灭地照着满地绿苔,多么清静。

[7]**诵之两句** 两句说明"得意忘言"的忘我境界。《庄子·外物》

说:"言者所以在意,得意而忘言。"《老子》第十四章:"听之不闻曰希。"
按:稀、希古通。希,终于无声也。

【译文】

不是你心神灵敏,也不是你天机过人,因为你与白云作伴,还随着
清风归于仙境。

你神游遥远的地方,但那地方似乎又不是你的理想之境。你早已
深契于道,所以终于能超俗出尘。

乱山中的乔木森森,微弱的阳光映照着苔痕。你在这境地里吟诵
着诗章,读着想着,便渐渐听不到声音——你进入了忘我之境。

【评说】

超诣,据《诗品·超诣》所描绘的主旨看,指人的思想修养已达到了
超尘拔俗的境地。《老子》说:"致虚极,守静笃",乃是入于超诣之境的
要旨,准此诠释《超诣》,庶几可矣。

1.这一品,开头两句,写一位高士的思想修养,文曰:"匪神之灵,
匪几之微。"句中"神"、"几(机)"二字原是一个词:"神机",见之于《淮
南子·齐俗训》,文曰:

　　神机阴闭,剖剟无迹,人巧之妙也,而治世不以为民业。[①]

(笔者注译:神机,即灵巧的心机。神机幽闭于心,运用起来却不
着刀凿痕迹,这可以说是"人巧之妙";然而治世者决不可使百姓以机
巧取胜为生业。)

---

①[汉]刘安撰,刘文典集解:《淮南鸿烈集解》,见《刘文典全集》(1),安徽大学
出版社1999年版,第374页。

《超诣》品头两句中的"神"、"机",实即"神机"的拆用,意在表述高士已无尘俗的机巧之心,是个返朴归真的有道者。

下文紧接着两句:"如将白云,清风与归。"

前一句中的"如"字,领管两句。如,比似也;高士好似与清风白云同道,归于清虚之境。"将",与也,因下句有"与"字,换一字面,上句用"将"字。李白诗:"素手把芙蓉,虚步蹑太清。"(《古风》之十九)这是美化仙者飞天的先例。

"如将白云,清风与归"两句,写得极有分寸:高士似仙非仙,说他好似白云、清风一样,可归于虚境,只不过借此表述他的精神境界而已;切不可误解他真成了仙人,已飞升天庭。

2.这一品中间四句,续写高士的思想境界,并点明其思想根源。

"远引若至,临之已非。"句中"远引",乃指超诣的思想境界不断地向远方延伸,"远引若至"即超诣之境,可以通过想象而有所得;"临之已非",即面临实际,欲将想象化为可把握的客观存在,则又似乎难于把握。这就是说,超诣思想的吐露,妙在不即不离,若隐若显之际。

高士的思想境界为什么如此窅然玄妙? 答曰:"少有道气,终与俗违。"句中"少",年少也;"终",自始至终也。两句表述高士从少到老,以修道为归宿。此可谓始终"致虚极"。

3.这一品末四句,写高士在静观中默察自然景物,深有领悟,已入于忘我境界。

"乱山乔木,碧苔芳菲"乃是高士静观默察的景象。"乱山",即重重叠叠的山,深山也。深山中的乔木,无人斧削其生态,自可恣意生长,而高人由"乱山乔木"可领悟"达生"之道。"碧苔芳晖",即野水之滨,青苔滋生,经阳光照耀,也绿意油然可怡,而高士可以从一片青绿中领悟"无所可用"而得"终其天年"的养生之道。

这两句,写静中景色,一大一小,以概其余,着意暗示"弃世则无累"的高蹈思想。这种描绘,看似平淡而自然,却有"超诣"意趣含蕴其中。"乔木"偏在"乱山",读过《庄子》的,自可探知弦外音。

"诵之思之,其声愈稀。"高士把自己的弃世绝俗、自养高蹈的生活当作美好而惬心的诗篇诵读起来了。他在静静地诵读着,渐渐地进入了忘我境界。

此可谓"守静笃"的高境。

4.就诗创作说,"超诣"的要旨如何? 答曰:在讨论其要旨之前,要认识一个问题,即"超诣"是对"平凡"说的,与"平凡"之诗相对照,超诣之作,看似平淡,实乃很不平淡,自有常人不曾思料的玄味、意趣含蕴其中。

如果把"超诣"之作,理解为仙诗,那就把本来可以说得清的问题,弄得玄虚难解了。应该明白,李白被称为"谪仙"——谪降人间的神仙,那不过赞誉他写诗有优异的才华,为常人不可企及而已。明白这一点,对理解"超诣"一类的诗大有益处。

照我理解,写"超诣"诗的要旨:

(1)有超越尘俗的生活思想境界,才可能有超诣意趣的诗篇出现。加强致虚守静的思想修养是第一位的。司空图撰《诗品》口不离禅,他教诗人返归虚境是老调子,不过以不同的语句表达出来罢了。

(2)超诣之诗,不炫奇、不作势、不藻饰、不张扬,写虚静之境于日常情景中,诗人那超凡脱俗、闲远自得的心态,若隐若显地流露于字里行间。虚静,从诗人情性中流出。诗人不必自白"别有优游快活人"(白居易《快活》),而淡泊自安的情怀自在不言中。照我看,陶潜归园田后的多数作品,王维《辋川集》诸作,皆可目为"超诣"诗。

(3)让我试举白居易诗、陶潜诗各一首,两相比较,以见自然流露出来的"虚静"情怀为高妙。

松斋自题
白居易

非老亦非少,年过三纪余。
非贱亦非贵,朝登一命初。
才小分易足,心宽体长舒。
充肠皆美食,容膝即安居。
况此松斋下,一琴数帙书。
书不求甚解,琴聊以自娱。
夜直入君门,晚归卧吾庐。
形骸委顺动,方寸付空虚。
持此将过日,自然多晏如。
昏昏复默默,非智亦非愚。①

饮酒(之五)
陶潜

结庐在人境,而无车马喧。
问君何能尔?心远地自偏。
采菊东篱下,悠然见南山。
山气日夕嘉,飞鸟相与还。
此中有真意,欲辩已忘言。②

就上引白居易诗而论,尽管白氏自称:托心空虚,顺道而化,甚至自我表白,在思想上他已达到了"俗人昭昭,我独昏昏;俗人察察,我独闷闷"(《老子》)的昏昧淳朴境界,但人们看得清楚,这是挂在口头上的超越尘俗的调头,是富贵闲人的一种清高的妆饰品;这调头充其量只能说明"天下皆汲汲,乐天独怡然"(皮日休《七爱诗》之一——白太傅),他知足常乐,不钻营,不干求,洁身自好而已。他和真正的超尘绝俗者入于超诣之境的人相比,有较大的差距。

---

① [清]彭定求等修:《全唐诗》(下),上海古籍出版社1986年版,第1051页。
② 袁行霈撰:《陶渊明集笺注》,中华书局2003年版,第247页。

　　根据《全唐诗》本，上引白氏诗题下注："时为翰林学士"。翰林学士在唐代为皇帝的供奉之臣，要"供奉"，可容不得完全遗世养高，顶多，对养高心向往之而已。因此，我以为白氏在诗中的自白，人们不可轻信。如果说，这也是"超诣"之作，我却不敢苟同。

　　上引陶潜《饮酒》诗，乃陶氏归田园十二年后所作。他率家人躬耕已久，心境极其淡泊，诗中"心远地自偏"，实乃早已"心远"于尘俗，这才能自然流露"采菊东篱下，悠然见南山"那样的闲适自得的情态，才能领略"山气日夕佳，飞鸟相与还"那种傍山而居的生活情趣。他说："此中有真意，欲辨已忘言"，足见他身心已完全沉浸在这种生活中，已达到了"得意忘言"的境界。

　　《超诣》的末尾两句："诵之思之，其声愈稀"，其意境和"此中有真意，欲辨已忘言"相仿佛。"诵之思之"，正是领会"此中真意"；"其声愈稀"，便是渐入"得意忘言"之境。

　　以陶潜归田园后诸诗为"超诣"诗的代表作，我以为是合适的。

飘 逸[1]

落落欲往，矫矫不群。[2]缑山之鹤，华顶之云。[3]
高人惠中，令色绷缊。[4]御风蓬叶，泛彼无垠。[5]
如不可执[6]，如将有闻。识者已领，期之愈分。[7]

【校勘】

惠中 《诗法》本、怀悦本、杨成本、万历本、《说郭》本皆作"惠中"。
《津逮》本作"画中"。按：惠，古通慧，聪慧之慧。如《汉书·昌邑哀王髆
传》附《刘贺传》："察故王衣服、言语、跪起，清狂不惠。"《后汉书·孔融
传》："将不早惠乎？"司马彪《续汉书》："孝和阴皇后，吴房侯纲之女也。
后为人聪惠，有才能。"（见《御览》卷一百三十七）"高人惠中"即"高人
慧中"——中，心也。慧，释家谓破除迷惑，认识佛性恬虚空寂的真理。
《津逮》本作"画中"，虽亦可解，但含意欠明确。若问："画中人神情如
何？"答案则没有质的规定性。

蓬叶 《诗法》本、怀悦本作"莲叶"。杨成本、万历本、《说郭》本、
《津逮》本皆作"蓬叶"。按："蓬叶"，取"蓬转"、"飘蓬"之义，与题旨"飘
逸"相关，应从之。若作"莲叶"，莲叶为佛座，与题旨全不相干。

如不 《诗法》本、杨成本、万历本、《说郭》本皆作"如不"。怀悦本
作"似不"，"似"字误。

识者已领，期之愈分 《诗法》本、怀悦本、杨成本、万历本、《津逮》

本皆作"识者已领,期之愈分",宜从之。《说郛》本作"识者期之,欲得愈分"。郭绍虞先生曰:"案:一作'识者已领,期之愈分'。言识其境者已为之心领,若有意求之,则又愈觉其相离而不可即,总言飘逸之状难以形迹求也。"①按:郭先生所解深透,故从之。

【注释】

[1]**飘逸** 王粲《浮淮赋》:"旌麾翳日,飞云天回。仓鹰飘逸,递相竞轶。"按:句中"飘逸"非艺术概念。

《晋书·陆机传》末段,转述葛洪评陆机文云:"其宏丽妍瞻,英锐飘逸,亦一代之绝乎!"杜牧《答庄充书》:"凡为文以意为主,气为辅,以辞彩章句为之兵卫;未有主强盛而辅不飘逸者,兵卫不华赫而庄整者。"按:上两例句中"飘逸",可视为艺术风貌术语,《诗品》取之列为一品。

[2]**落落两句** 落落:孤独的样子。矫矫:高举的样子。

[3]**缑山两句** 缑山:即缑氏之山,在今河南偃师县南。"缑山之鹤",用的是王子乔乘鹤登仙的故事。《列仙传》说:"周王子乔好吹笙,作凤鸣,告其家曰:'七月七日待我于缑氏山头。'及期果乘白鹤谢时人而去。"华顶:华山顶峰。

按:古人往往用野鹤、孤云来象征超尘出世的人。刘长卿《送上人》诗:"孤云将野鹤,岂向人间住。莫买沃洲山,时人已知处。"

[4]**高人两句** 高人:指飘逸的隐者。"中",心也。"慧中"即"慧心"。佛经《大乘义章》十曰:"观达为慧。"慧远在《晋襄阳丈六金像颂》中直接道破:"慧在恬虚,妙不以数。"按:"数"释家谓"无形无名者也"。据此可知:所谓"慧中"(慧心)即指恬虚空寂、达观事理的心境。令色:指高人的容颜。细缊:读 yīnyūn,形容烟或云气很盛。大意是:高人脸

①[唐]司空图著,郭绍虞集解:《诗品集解》,人民文学出版社1963年版,第40页。

上有玄气。《诗·大雅·蒸民》："令仪令色,小心翼翼。"《周易·系辞下》："天地絪缊。"孔疏:"(阴阳)二气絪缊共相附着和会。"——意即阴阳二气盛时而交融。

[5]**御风两句** 御风:乘风。蓬叶:蓬草之叶,状如柳叶。实指小舟。《商君书》卷五《禁使》:"今夫飞蓬,遇飘风而行千里,乘风之势也。"泛:漂流。垠:边界。

[6]**执** 执着、抓住。

[7]**识者两句** 识:认识。领:领悟。期:求。分:分离、得不到。这两句的大意是:能识飘逸之境者,可以领悟飘逸于无形之中;有心追求飘逸之境者,则愈不能领悟飘逸的神情。

【译文】

他孤独地想离开尘世,成为一个与众不同的超人。他好像从缑山飞入仙境的鹤,又好像升腾在华山顶上的云。这是多么飘逸的情境!

他是个领悟了真道的人,容颜那么温润。他驾着一片蓬叶,漂流在海上,随风播弄那碧波万顷。这是多么飘逸的情境!

对这飘逸的情境,不可执着,只可领会其精神。谁能领悟这种精神,谁就可以描绘出这种情境;谁要勉强追求飘逸之境,结果他总不会如愿称心。

【评说】

1.《飘逸》一品,传本有异文,主要在"高人惠中"一句。我所接触的八个元、明人的《诗品》刻本(《虞侍书诗法》本、怀悦本、杨成本、黄省曾本、万历本、《续百川学海》本、《说郛》本、《津逮》本),除《津逮》本作"高人画中"外,其余七种文本皆作"高人惠中"。我以为作"高人惠中"

取义较胜一筹。"惠",即"慧"之借字。这在汉唐人笔下,常常如此。如《老子》第十八章,汉·河上公本曰:"大道废,有仁义,智惠出,有大伪……"王弼注本作"智慧出"。北齐人魏收撰《魏书》,其中《陆俟传》曰:"俟少聪慧,有策略。"而《源贺传》曰:"子雍弟子恭,字灵顺,聪惠好学。"仍慧、惠通用。唐时姚思廉撰《陈书》,其中《韦载传》曰:"载少聪惠,笃志好学。"而《顾越传》曰:"越少孤,以勤苦自立,聪慧有口辩。"仍慧、惠通用。司空图撰《诗品》,以"高人惠中"为句,借"惠"为"慧",丝毫不足为怪。《津逮》本作"高人画中",改"惠"为"画",不知何据。

2."高人",即高士,多指隐逸者。《诗品·飘逸》着眼于描绘高人的神情动态。

这一品开头四句写高人的神情,并以"缑山之鹤,华顶之云"比喻他的行径。所谓"落落欲往,矫矫不群"——"落落",状高士与世疏远,孤寂自处,"落落欲往",将独自有所行动;"矫矫"状高士之高举出众,"矫矫不群",那便超尘出世而为仙人了。

下文紧接着即以仙人比喻高人,说他好似跨鹤云游的王子乔,七月七日"果乘白鹤驻山头"(缑氏山巅),世人对他"望之不得到"。多么飘逸,又多么令人仰慕!又把高人比似"华顶之云",华山的奇峰怪石,有玉女峰、莲花峰、玉井、龟石、水帘洞等等,自有仙灵故事;彩云如仙气,飘渺于碧空,令人遐想无穷。

这一品中四句续写高人的神情动态。高人似仙人,他面有和善之色,胸怀太和之气。因而他能乘蓬叶御风飞行于无边无际的大海,无拘无束,任意逍遥!

前八句,着力写仙人飞空,自见"飘逸"。

这一品末四句把高人(仙人)写得更加玄秘。

仙人飞空,飘忽不定,这只是想象中的情景;人们对仙人既不可执着追求,又似可闻其声而相近;有心人可以领略仙人飘逸的神情,却又不可强求。言外之意：只得任其自然，随自我修养而入于玄化之境。

我们认为，就这一品构思说，以上解释大体是完整的。如把"高人惠中"改作"高人画中"，并就"画""神仙生活图"作诠释，那么，这"画中""高人"的神态如何，成了交待不清的问题。因而我说："画"字不可取。

又有论者说：原文"御风蓬叶"的"蓬叶"应改正为"蓬莱"。理由是："各本作蓬叶，形近之误。"于是又大讲《列子·汤问》中的"渤海之东"的五神山故事。照我看，这就有好奇猎异之嫌了。应该严肃地指出：无根据的改动原文，大加渲染，从校勘的角度看，是很不妥当的。

"御风蓬叶，泛彼无垠"——高人驾着蓬叶之舟，漂流在海上，随风播弄那万顷碧波：这已能充分地表达出高人（仙人）"飘逸"之神情状态，哪用得着节外生枝，繁文缛辞！

3.《诗品·飘逸》，自是说诗有"飘逸"一类。在唐人眼里，李白诗被目为"飘逸"的代表作。杜甫《春日忆李白》曰：

> 白也诗无敌，飘然思不群。
> 清新庾开府，俊逸鲍参军。①

我们说句中的"飘然"、"俊逸"，一加浓缩便是"飘逸"，两者内涵，没有根本差异。任华杂言《寄李白》曰：

> 古来文章有能奔逸气，耸高格，清人心神，惊人魂魄；我闻当今有李白……绿水青山知有君，白云明月偏相识。养高兼养闲，可望不可攀。庄周万物外，范蠡五湖间。人传访道沧海上，丁令、王乔每往还。蓬莱径是曾到来，方丈岂唯方一丈。②

---

① [清]彭定求等修：《全唐诗》（上），上海古籍出版社1986年版，第544页。
② [清]彭定求等修：《全唐诗》（上），上海古籍出版社1986年版，第651页。

任华赞李白诗文有"奔逸气"，其清高"可望不可攀"，这也不啻是"飘逸"的注脚。

皮日休《七爱诗》序曰："负逸气者必有真放，以李翰林为真放焉。"其第五首《李翰林》赞李白：

> 大鹏不可笼，大椿不可植。
> 蓬壶不可见，姑射不可识。
> 五岳为辞锋，四溟作胸臆。
> 惜哉千万年，此俊不可得。[1]

皮日休以《逍遥游》中大鹏、大椿、姑射喻李白诗，标示其飘举高逸之仙姿，亦可视为"飘逸"的注脚。

司空图《李翰林写真赞》曰：

> 水浑而冰，其中莫莹。气澄而幽，万象一镜。擢然诩然，傲睨浮云。仰公之格，称公之文。[2]

司空图认为李白在品格与诗文方面光芒四射，超擢常流。尽管赞辞写得过于简略，但有"傲睨浮云"一句，也算道着太白有"逸气"的神情了。

唐以后，论李白诗有"飘逸"特色，以赵翼《瓯北诗话》说得着实，录一节以助理解：

> （太白）诗之不可及处，在乎神识超迈，飘然而来，忽然而去，不屑屑于雕章琢句，亦不劳劳于镂心刻骨，自有天马行空、不可羁勒之势。[3]

①[清]彭定求等修：《全唐诗》（下），上海古籍出版社1986年版，第1539页。
②祖保泉、陶礼天笺校：《司空表圣诗文集笺校》，安徽大学出版社2002年版，第300页。
③[清]赵翼著，霍松林等校点：《瓯北诗话》，人民文学出版社1981年版，第3页。

旷 达[1]

生者百岁，相去[2]几何。欢乐苦短，忧愁实多。

何如尊酒，日往烟萝[3]。花覆茆檐[4]，疏雨相过[5]。

倒酒既尽，杖藜行歌[6]。孰不有古[7]，南山峨峨[8]。

【校勘】

欢乐　《诗法》本、杨成本、万历本、《说郛》本、《津逮》本皆作"欢乐"。怀悦本作"欢喜"，"喜"字误。

日往　《诗法》本、怀悦本、《说郛》本、《津逮》本皆作"日往"，从之。底本、杨成本、万历本作"日住"，"住"为"往"之讹。按："日往"、"行歌"，有动态，可取。

行歌　《诗法》本、怀悦本、杨成本、万历本、《说郛》本皆作"行歌"，应从之。《津逮》本作"行过"。"过"乃"歌"之讹。按："疏雨相过"、"杖藜行过"，两韵脚字重复，这可断定"行过"应作"行歌"。《津逮》本校勘不精，此是显例。

【注释】

[1]**旷达**　《晋书·张翰传》曰："翰任心自适，不求当世，或谓之曰：'卿乃可纵适一时，独不为身后名耶？'答曰：'使我有身后名，不如即时一杯酒。'时人贵其旷达。"《旧唐书·白居易传》："（居易）效陶潜《五柳先生传》作《醉吟先生传》以自况；文章旷达，皆类此也。"皎然《因游支

硎寺寄邢端公》："诗题白羽扇，酒挈绿油囊。旷达机何有，深沉器莫量。"又，《题郑谷江畔桐斋》："浮荣未可累，旷达若为群。"按：上列四例中的"旷达"，既是表述人的情性概念，又可视为某些诗文风貌的概念，故《诗品》取之列为品目之一。

[2]相去　指离死去之期。

[3]烟萝　指腾烟带萝的幽僻之处。李白《同族侄评事黯游昌禅师山池》之二："惜去爱佳景，烟萝欲暝时。"司空图《陈疾》："磬声深夏隔烟萝。"

[4]花覆句　覆：覆盖。茆檐：茆屋之檐。

[5]疏雨句　疏雨：小雨、细雨。相过：偶相经过。王维《待储光羲不至》："晚钟鸣上苑，疏雨过春城。"李白《晚晴》："野凉疏雨歇，春色遍萋萋。"许浑《行次潼关逢魏扶东归》："残云归太华，疏雨过中条。"

[6]杖藜句　谓拄着藜杖，且行且歌。《庄子·知北游》："被衣(人名)大说(悦)，行歌而去之。"陶潜《桃花源诗》："童孺纵行歌，斑白欢游诣。"李白《见野草中有名白头翁者》(注：白头翁，一种中草药名)："醉入田家去，行歌荒野中。"

[7]孰不句　孰：谁。古：死。《说文》："古，故也。"《汉书·匈奴传上》："汉士物故者亦万数。"颜师古注："物故谓死也。"刘熙《释名·丧制》曰："汉以谓死为物故，言其诸物皆就朽故也。"

[8]南山句　南山：山名，通常指终南山，在今西安市南。王维《终南别业》："中岁颇好道，晚家南山陲。"孟郊《出门行》："南山峨峨白石烂。"。峨峨：高峻的样子。

【译文】

人生虽有百年，算来又有几何！欢乐的日子少，愁苦的日子多。

人生既然乐少苦多，何不以酒消愁，逃入深山旷野，除却世情的束缚。让野花覆盖你的茅屋檐,任微雨时而飘过。瞧,你生活得多么安闲,快乐!

干杯吧,你最好在酒后拖一条藜杖,边走边啸歌。人生到头谁无死,只有那终南山才千年万世高峨峨。

【评说】

1.人,有生必有死。在历史上,人们面对死亡,有多种思想反映。中国的儒、道、佛三家就此各有议论。

儒家说:"夫孝,德之本也,教之所由生也。""人之行,莫大于孝。"①父母丧,重祭祀,"慎终追远,民德归厚矣。"②认定孝道通于治道,可以"孝"治天下。

道家大发议论,老子说:"祸兮,福之所倚;福兮,祸之所伏。"③事物都是相对的,自然变化的,生不足喜,死不必悲。《庄子·秋水》说:"物之生也,若骤若驰,无动而不变,无时而不移。何为乎,何不为乎? 夫固将自化。"④强调物之变,完全出于自然。庄子的后学在《至乐篇》"庄子妻死"一节中,借庄子之口,对人之生死有一段说明:

> 察其始而本无生,非徒无生也而本无形,非徒无形也而本无气。杂乎芒芴(恍惚)之间,变而有气,气变而有形,形变而有生,今又变而之死,是相与为春秋冬夏四时行也。人且偃然寝于巨室(注:指天地之间),而我噭噭然随而哭之,自以为不通乎

---

① 胡平生译注:《孝经译注》,中华书局1996年版,第1、19页。

② 杨伯峻译注:《论语译注》,中华书局1980年版,第6页。

③ 陈鼓应著:《老子注译及评介》,中华书局1984年版,第289页。

④ [清]郭庆藩撰,王孝鱼点校:《庄子集释》(第三册),中华书局1961年版,第585页。

命,故止也。①

庄子把人之生死"自化"看作如同四时变化一样,自然而然,当然便无所谓生可喜、死足悲了。

这就是所谓"旷达"。

佛家对正常人生的看法,集中在一个"苦"字上,说人有生、老、病、死之苦,甚而说有十苦(生苦、老苦、病苦、死苦、愁苦、怨苦、苦受、忧苦、病恼苦、流转大苦),进而宣告只有皈依空门,才能求得"解脱"。"解脱"之路,就是经受"布施、持戒、忍辱、精进、禅定、智慧"的心身修行,进入全无束缚的安乐之境。这种解脱的极境就是所谓"涅槃"。东晋僧肇《涅槃无名论第四》曰:"真解脱者离于言数,寂灭永安,无终无始,不晦不明,不寒不暑,湛若虚空,无名无说。"②——让我这个俗子一语点破:彻底的解脱就是死掉拉倒。隋唐之际的僧人善导(613—681年)在《临终正念诀》中说得何等明白:

> 常自思念我现在之身,多有众苦,不净恶业,种种交缠,若乃舍此秽身,即得往生净土,受无量快乐,见佛闻法,离苦解脱,乃是称意之事。③

这,我称之为精神上的安乐死,该是不错的。

为求解脱,佛子们自杀吗?不,天下名山僧占多,他们"忍辱"修行,也有他们的一片净土,自去追求般若之境。

2.在长期封建社会里,中国知识分子走的是"达则兼济天下,穷则

①[清]郭庆藩撰,王孝鱼点校:《庄子集释》(第三册),中华书局1961年版,第614—615页。
②石峻、楼宇烈等编:《中国佛教思想资料选编》(第一卷),中华书局1981年版,第158页。
③石峻、楼宇烈等编:《中国佛教思想资料选编》(第二卷、第三册),中华书局1983年版,第291页。

独善其身"的政治、生活道路。当他们不得不"独善其身"时，便力求某种精神安慰，多数独善者唱的调头就是"旷达"，因为这是土生土长的社会文化思想之一。请看：

生年不满百，常怀千岁忧。昼短苦夜长，何不秉烛游。为乐当及时，何能待来兹。①

弱质与运颓，玄鬓早已白。素标插人头，前途渐就窄。家为逆旅舍，我如当去客。去去欲何之，南山有旧宅。(注：即南山有我的墓地)②

甚念伤吾生，正宜委运去。纵浪大化中，不喜亦不惧。应尽便须尽，无复独多虑。③

吾今已年七十一，眼昏须白头风眩。但恐此钱用不尽，即先朝露归夜泉。未归且住亦不恶，饥餐乐饮安稳眠。死生无可无不可，达哉达哉白乐天。④

休休休，莫莫莫，一局棋，一炉药，天意时情可料度。白日偏催快活人，黄金难买堪骑鹤。若曰：尔何能？答言：耐辱摸。⑤

---

①无名氏撰：《古诗十九首》(其十五)，见隋树森编著《古诗十九首集释》，中华书局1957年版，第22页。

②陶渊明撰：《杂诗十二首》(其七)，见袁行霈撰《陶渊明集笺注》，中华书局2003年版，第352页。

③陶渊明撰：《形影神》(神释一首)，见袁行霈撰《陶渊明集笺注》，中华书局2003年版，第67页。

④白居易撰：《达哉乐天行》，见[清]彭定求等修《全唐诗》(下)，上海古籍出版社1986年版，第1166页。

⑤司空图撰：《休休亭记》，见祖保泉、陶礼天笺校《司空表圣诗文集笺校》，安徽大学出版社2002年版，第199页。

这些"旷达"之词,细察之又各有特色:"生年不满百"一则,语意温厚;陶公语,见其心净神清;白氏语,见其富贵闲人;表圣语见其情有诡激。各具风貌,诗如其人。

3.《旷达》一品,前四句提出"旷达"的思想背景:生年不满百,长怀千岁忧;中四句提出解脱忧苦的途径:远离尘俗,樽酒自乐;末四句续写行歌自乐,且看透人之生死,亦自然变化而已。

《旧唐书·司空图传》曰:司空图"乃预为寿藏终制。故人来者,引之圹中,赋诗对酌;人或难色,图规之曰:'达人大观,幽显一致,非止暂游此中,公何不广哉!'"①司空图晚年有此旷达行径,以"旷达"入《诗品》,是完全可以使人理解的。

"旷达",可以作为诗的风格之一看吗？我说可以。我以为,这牵涉诗人的思想修养问题。诗的内容对诗的语言风貌起着决定性作用。视"旷达"为诗的一种风格,因何不可？

---

① [后晋]刘昫等撰:《旧唐书》(第十五册),中华书局1975年版,第5084页。

流　动[1]

若纳水辁[2],如转丸[3]珠。夫岂可道[4],假体遗愚[5]。

荒荒坤轴,悠悠天枢。[6]载要其端,载同其符。[7]

超超神明,返返冥无。[8]来往千载,是之谓乎!

【校勘】

若纳水辁　《诗法》本、怀悦本作"若纳断辁","断"字大谬。"断辁"则不能流动,与题旨无关。

按:"若纳水辁",应理解为:若纳水之辁。"纳水"为定语,规定"辁"的功用;辁,车轴的主要部件,以之代车轴。轴转动以纳(取)水。又,若以"水辁"为一词,则"若纳水辁"句中的"纳"字必是动词,不管对"纳"如何诠释,则"纳"、"水辁"合解,其句意皆与"流动"无关。此点至要,故先说明。

遗愚　怀悦本、杨成本、万历本、《津逮》本皆作"遗愚",是。按:遗,赠也,加也。"假体遗愚",意即大道假万物之体,赠之以器名也。《诗法》本作"为愚"、《说郛》本作"如愚",皆未达"道生万物"之旨,不可从。

超超　杨成本、万历本、《说郛》本、《津逮》本作"超超"。《诗法》本、怀悦本作"超之"。

返返　《诗法》本作"返之"。怀悦本作"友之"。底本、杨成本、万历本作"反之"。《说郛》本、《津逮》本作"返返"。

按:上列"超超"、"返返"两条,有叠字处即出现异文,而异文第二字皆为"之"字,值得注意。我以为这一现象的出现,与古人抄书习惯有关。古人抄书，对叠字第一字，正楷书写；第二字，为省事则以惯用符号代替。如"悠悠"可写成"悠々"或"悠ヾ"。这有"敦煌遗书"诸多残卷可证。宋以来刻书，据抄本翻刻，对叠字处理，时或出现差误。例如，《诗法》中《三造·一观》曰："观观不已，而至于道。"显然，此处"观观"乃"观之"之讹，讹在"之"字不是叠字符号而当作叠字符号处理了。"超越"、"返返"，《诗法》本误认叠字符号"々"为"之"，遂刻作"超之"、"返之"。《说郛》本、《津逮》本作"超超"、"返返"，即看破了这种翻刻中出现的差误。

　　千载　怀悦本、杨成本、万历本、《说郛》本、《津逮》本皆作"千载"，与题旨相符。《诗法》作"真宰"，不可取。

【注释】

　　[1]**流动**　萧统《解二谛义令旨》曰："世者，以隔别为义，生灭流动，无有住相。"又曰："又谘：圣人所见，见不流动；凡夫所见，自见流动……令答：不谓流不流各是一体，正言凡夫于不流之中横见此流。"

　　按：上引萧统文中的"流动"，佛经译述中通常作"流转"，如《瑜伽论》五十二曰："诸行因果相续不断性，是谓流转。"而熊十力《佛家名相通释》曰："流转即轮回义。"①两晋之际的竺法护译的《身观经》曰："循环三界内，犹如汲井轮。"《诗品》所描绘的"流动"，首句说的便是"汲井轮"——"若纳水輨"。

　　皎然《送胜云小师》云："少年道性易流动，莫遣秋风入别情。"足见唐人论"道性"仍沿用"流动"一词。

　　[2]**若纳水輨**　纳：容纳，指水輨纳水。水輨：戽(hù)水的农具，通称水车。輨，读guǎn。

　　[3]**转丸**　圆珠子。《鬼谷子》有《转丸篇》(今佚)，足见"转丸"是个

---

①熊十力著：《佛家名相通释》，中国大百科全书出版社1985年版，第39页。

语词。杜甫《送从弟亚赴安西判官》："应对如转丸,疏通略文字。"足见唐人亦沿用"转丸"一词。

[4]道 说。指自然之道,妙不可说。

[5]假体句 假体:假借形体。遗:给予。愚:指不能悟道的众人。在高人隐士看来,众人是愚者。这一句承接上一句说:万物都是不可知的道的假借体;无形的道化为有形的物,为的是让那些愚人看的。《淮南子·要略》:"假象取偶,以相譬喻。"按:"假象"即"假体"——有"象"必有"体",有"体"必有"象"。

[6]荒荒两句 坤轴:地轴,指大地。杜甫《南池》:"安知有苍池,万顷漫坤轴。"天枢:天宇,指天中央。《星经上·北斗》曰:"北斗星……第一名天枢,为土星。"天枢、地轴,取意转动不息。

[7]载要两句 载:语助词。要:求得。其:指代道的代词。端:端绪。符:符合。两句的大意是:如能求得道的端绪,则所作所为,皆可与道的运行相符合。

[8]超超两句 超超:玄妙超然的意思。陶潜《扇上画赞》:"超超丈人,日夕在耘。"(丈人,指荷蓧丈人,古隐士。)返返:往来不尽。《汉书·陈胜传》:"使者五反。"颜师古注:"反谓回还也。"可知古反、返通用。"返返冥无",极言返归虚无之道。"超超"、"返返"对举成文,取其声律美。

【译文】

妙道如纳水之辐、转丸之珠那样不停地流转,它假借万物为形体,显示出来给众人看看。

茫茫的大地、悠悠的天空,都在不停地运行;人们如求得了道的端绪,他们的作为便会符合大道流转的途径。

大道是神明的、无形的。古往今来,千年万世,它都这么不停地运行。

【评说】

试就《流动》一品,稍加解说。

1.有人说:"水辐,即水车也,纳置于水而流行不定也。转丸珠,言珠之圆转如丸也。"①我说:此解似是而非,没有说清"若纳水辐,如转丸珠"的句意。这两句,正确的理解应该是:"若纳水之辐,如转丸之珠。"句中"纳水"为定语,状"辐"的功能;"转丸"为定语,状"珠"的动势。"纳水"、"转丸",在古代各是一个语词。《国语·晋语六》"纳其室以分妇人",贾逵注:"纳,取也。"②解"纳水"为取水,词意明显。《鬼谷子》有《转丸篇》(今佚),"转丸"便成一个语词,意亦明白。

又,在"若纳水辐"句中,倘把"水辐"作为一个语词看待,则句中"纳"字势必成为动词。那么,"纳"解作"纳取"、"容纳"、"接纳"、"藏纳"等等,和"水辐"组合成句,其含义是什么?"藏纳水车"干什么?

"纳水之辐",辐运转则可"纳水",这才符合题旨——"流动"的要求。

2.辐,《玉篇》曰:"毂端铁也。"《说文》曰:"辐,毂端锎也。"段注:"毂孔之里,以金裹之,曰釭;毂孔之外,以金表之,曰辐。辐之言管也。"注引《方言》曰:"关之东西曰辐,南楚曰軑,赵魏之间曰铼鎋。"③按:"关之东西曰辐",自然包括"关中"在内,亦"曰辐"。《史记·货殖列传》曰:"关

①[唐]司空图著,郭绍虞集解:《诗品集解》,人民文学出版社1963年版,第43页。

②[春秋]左丘明撰:《国语》(下册),上海古籍出版社1988年版,第420页。(《国语》相传为左丘明所作。)

③[汉]许慎撰,[清]段玉裁注:《说文解字注》,上海古籍出版社1983年版,第725页。

中自汧、雍以东至河、华,膏壤沃野千里。"①句中的汧指汧阳(唐天宝元年改为"汧阳郡",乾元后复为"陇州"),"雍"指雍州(唐时京兆府属雍州),"河"指河曲、河中(唐沿用旧称),"华"指华州(唐时,华县、华阴、潼关、下邽镇属华州)。司空图长期生活于"雍"、"河"、"华"区域,习见汲水工具"轀",故以入之《诗品》。

人们应该明白,"轀"是方言,实际它就是"辘轳"——汲水的简单器械。唐人使用这种器械汲水,这在唐诗中便可找到例证:

(1)王维《早朝》:"柳暗百花明,春深五凤城。城乌睥睨晓,宫井辘轳声。方朔金门侍,班姬玉辇迎。仍闻遣方士,东海访蓬瀛。"②句中"睥睨",窥视也。

(2)卢象《同王维过崔处士林亭》:"映竹时闻转辘轳,当窗只见网蜘蛛。主人非病常高卧,环堵蒙笼一老儒。"③标题中的"崔处士",名崔兴宗,王维的内弟。"时闻转辘轳",即听到汲水辘轳转动的声音。

(3)杜甫《题衡山县文宣王庙新学堂呈陆宰》(节录):"有井朱夏时,辘轳冻阶戺。耳闻读书声,杀伐灾仿佛。"④句中"朱夏",因《尔雅·释天》曰:"夏为朱明",故称夏季为"朱夏"。"戺",井阶斜石。浦起龙曰:"凉井'辘轳'之畔,一'闻书声',而杀气渐衰息矣。"仿佛,"作稀微将止之义解"。⑤

(4)姚月华《楚妃怨》词:"梧桐叶下黄金井,横架辘轳牵素绠。美人初起天未明,手拂银瓶秋水冷。"⑥这是以词人佻色之笔来表述"辘轳"汲水的。

从以上四例看,唐时我国南、北方皆有用辘轳汲水的。司空图以

①[汉]司马迁撰:《史记》(第十册),中华书局1959年版,第3261页。
②[清]彭定求等修:《全唐诗》(上),上海古籍出版社1986年版,第291页。
③[清]彭定求等修:《全唐诗》(上),上海古籍出版社1986年版,第281页。
④[清]彭定求等修:《全唐诗》(上),上海古籍出版社1986年版,第541页。
⑤[清]浦起龙著:《读杜心解》,中华书局1961年版,第216页。
⑥[清]彭定求等修:《全唐诗》(下),上海古籍出版社1986年版,第1963页。

"纳水之辘"入诗,毫不稀奇。因用了一个方言词,使人费解罢了。

司空图的家乡确有"辘"这种汲水工具。后人有诗为之作证。

清乾隆时,画家黄钺(安徽当涂人)有《游王官谷经司空表圣墓下》五古二首,其一曰:

> 朝发解梁城,道走中条麓。
> 浅深陇麦黄,远近柿林绿。
> 村町共腰镰,妇子相刈熟。
> 山深冠盖稀,随我观不足。
> 我亦怪所见,井上幂车轴。
> 一轮侧立之,齿齿以机触。
> 中有斗附轮,挹注自相续。
> 策驴转如磨,日汲水千斛。
> 今年雨旸时,川原颇优渥。
> 阁置寂无声,惟便饮黄犊。
> 行行日渐高,已近王官谷。[①]

这诗中第九句至第十六句,写的就是"若纳水辘"的具体情况。

这是司空图以王官谷景物入诗(《诗品》)的实际证据。因此我说,这也是《诗品》为司空图所作的扎实的内证。

3.《流动》一品开头四句,写"纳水"之"辘"、"转丸"之"珠",皆显示大道运转不息——"流动"。"夫岂可道,假体遗愚",正表明大道无形,又无往而不在;大道运转不息,不过借宇宙万物之变化而显示出来。熊十力《佛家名相通释》曰:"据佛家言,凡世俗所计为实物者,皆是假有,故此即以假有而说名为世俗有。"[②]

开头四句重在点明:大道无形、流转不息。

---

①[清]黄钺撰,陈育德等校点:《壹斋集》,黄山书社1999年版,第368页。

②熊十力著:《佛家名相通释》,中国大百科全书出版社1985年版,第39页。

4.这一品中四句借"坤轴(地轴)"、"天枢"表述大道运转。天枢、地轴皆动;荒荒、悠悠,状枢、轴之运转至于永远无穷。

"载要其端,载同其符。"句中两"载"字,语助词,无实义。"要其端",谓抓住要领,求得大道运转之端绪。"同其符",谓掌握大道运转的自然法则,便可随之运转,与道两相符契。

中四句强调大道运转乃自然现象,修道者只有因顺自然,力求无为而自化。

5.这一品末四句,进一步强调大道运转的玄虚性。唯道集虚,大道无形,因而可以把大道运转说得玄之又玄:"超超神明,返返冥无。"——大道运转来自神明,人不可知;又返归冥无,无迹可寻,千年万世,永远如此! 这就把读者引入虚无缥缈的玄想境界中。这,看来好似玄深,实则空空如也。释者、道者之流,论道故弄玄虚,往往如此,司空图亦不例外。

《诗品》以"流动"喻诗创作,意在要求一首诗应有意脉流动、自成整体而又浑然无迹的特点。"好诗圆美流转如弹丸"(《南史·王筠传》引沈约语),即《诗品·流动》所描绘的实质。

附录一:司空图论诗杂著校注

与李生论诗书

文之难,而诗之[难]尤难[一]。古今之喻多矣,而愚以为辨于味[1]而后可以言诗也。江岭之南[2],凡(是)[足][二]资于适口[3]者,若醯[4]非不酸也,止于酸而已;若鹾[5]非不咸也,止于咸而已。华之人[三][6]所以充饥而遽辍[7]者,知其咸酸之外,醇美[8]者有所乏耳。彼江岭之人习之而不辨也,宜哉。诗贯六义[9],则讽谕、抑扬、淳蓄、温雅[10],皆在其间[11]矣。然直致所得[12],以格自奇[13]。前辈编集,亦不专工于此,矧其下者耶!王右丞、韦苏州,澄澹精致,格在其中,岂妨于遒举哉[14]?贾浪仙[15]诚有警句,视其全篇,意思殊馁[16],大抵附于蹇涩,方可致才[17],亦为体之不备[18]也,矧其下者哉!噫!近而不浮、远而不尽[19],然后可以言韵外之致[20]耳。

愚幼常自负,既久而逾觉缺然。然得于早春,则有"草嫩侵沙短,冰轻著雨销。"[21]又:"人家寒食月,花影午时天。"[22]又:"雨微吟足思,花落梦无憀。"[23]得于山中,则有"坡暖冬生笋,松凉夏健人。"[24]又:"川明虹照雨,树密鸟冲人。"[四][25]得于江南,则有"戍鼓和潮暗,船灯照岛幽。"[五][26]又:"曲塘春尽雨,方响夜深船。"[27]又:"夜短猿悲减,风和鹊喜灵。"[28]得于塞上,则有"马色经寒惨,雕声带晚饥。"[六][29]得于丧乱,则有"骅骝思故第,鹦鹉失佳人。"[30]又:"鲸鲵人海涸,魑魅棘林高。"[31]得于道宫,则有"棋声花院闭,幡影石幢幽。"[32]得于夏景,则有"地凉清鹤梦,林静肃僧仪。"[33]得于佛寺,则有"松日明金像,苔龛响木鱼。"[34]又:

"解吟僧亦俗,爱舞鹤终卑。"[35]得于郊园,则有[七]"远陂春早渗,犹有水禽飞。"[36]得于乐府,则有"晚妆留拜月,春睡更生香。"[37]得于寂寥,则有:"孤萤出荒池,落叶穿破屋。"[38]得于惬适,则有"客来当意惬,花发遇歌成。"[39]虽庶几不滨于浅涸,亦未废作者之讥诃也。[40]七言[八]云:"逃难人多分隙地,放生鹿大出寒林。"[41]又:"得剑乍如添健仆,亡书久似忆良朋。"[42]又:"孤屿池痕春涨满,小栏花韵午晴初。"[43]又:"五更惆怅回孤枕,犹自残灯照落花。"[44]又:"殷勤元(日)[旦]日,(欹午)[歌舞][九]又明年。"[45]皆不拘于一概也。

　　绝句之作,本于诣极[46],此外千变为状,不知所以神而自神也[47],岂容易哉?今足下之诗,时辈固有难色[48],倘复以全美[49]为工[十],即知味外之旨矣[50]。勉旃,某再拜[十一]。

【校记】

　　[一]"文之"二句　《唐文粹》、刘刊本作"文之难,而诗之难尤难"。《全唐文》作"文之难,而诗尤难"。宋本作"文之难,而诗之尤难。"按:就宋本、旧钞本看,可据《唐文粹》于"诗之"下增补"难"字。就文本出现年代看,《唐文粹》较早,亦通畅,今从之。就文句简明看,《全唐文》自有胜处。

　　[二]足　《唐文粹》、《全唐文》同,仍之。宋本、刘刊本作"是"。

　　[三]华之人　《唐文粹》、宋本同。《全唐文》作"中华之人"。

　　[四]在"川明"一联后,《文苑英华》(卷六八一)有"日带潮声晚,烟和楚色秋"一联。

　　[五]"戍鼓"一联　《文苑英华》无。

　　[六]饥　《唐文粹》、宋本、《全唐文》同。刘刊本作"悲"。按:《唐音统签》收录的《司空表圣诗集·塞上》作"雕声带晚悲"又注"本集作饥"。悲、饥皆属"支"韵,两可。

[七]《文苑英华》在"远陂"一联前有"暖景鸡声美,微风蝶影繁"一联。

[八]七言　宋本、旧钞本作"又七言"。《唐文粹》、《全唐文》作"七言",从之。

[九]"殷勤"二句　《唐文粹》、《全唐文》作"又:殷勤元旦日,歌午又明年"。宋本作"又:殷勤元日日,歌舞又明年"。按:合勘《唐文粹》、宋本,当为"又:殷勤元旦日,歌舞又明年"。"殷勤"二字上的"又"字,表示承上文而有下文。而上文为"七言"联语,下文为"五言"联语,足见作者信手写来,未加推敲。

[十]工　《唐文粹》、宋本同,仍之。《全唐文》、刘刊本作"上"。

[十一]某再拜　《唐文粹》、刘刊本亦有此三字。宋本无此三字。《全唐文》作"司空表圣再拜"。

【注释】

[1]辨于味　味:指诗的韵味。辨于味:指领会诗的韵律、意境、风格诸方面。

[2]江岭之南　江:长江。岭:五岭。按:这里说长江五岭之南,不仅指南方,也并指南方人。

[3]足资于适口　即很适合口味,也即偏嗜酸咸味的意思。

[4]醯(xī)　醋。

[5]醝(cuó)　盐。

[6]华之人　华:华山。这里所说的"华之人",指中原地区的人。

[7]以充饥而遽辍　以:用。遽辍:立刻停止不再用。这句话的大意是:用醋盐调味助餐,但不偏嗜酸咸味。

[8]醇美　深厚的美味。

[9]六义　《诗大序》说:"故诗有六义焉:一曰风,二曰赋,三曰比,

四日兴,五日雅,六日颂。"

[10]**讽谕、抑扬、淳蓄、温雅** 讽谕:托辞而含蓄地说明问题,谓之讽谕。这里说讽谕,指的是诗(或文学)的感染作用。抑扬:指诗的抑扬变化的情调。淳蓄:应作"淳滀"。淳,水静止不动;滀(chù),水聚积深厚。淳滀,指诗的清淡而含蓄的情调。温雅:指诗的温和而雅正的情调。

[11]**皆在其间** 指诗的讽喻、抑扬、淳滀、温雅的作用与情调皆在六义所包括的范围之中。

[12]**直致所得** 意即自然地写出诗来。

[13]**以格自奇** 格:风格。这句说前辈诗人各以其独特的风格自树一帜。

[14]**王右丞三句** 王右丞:王维,字摩诘,唐代诗人、画家,官至尚书右丞,故世称王右丞,有《王右丞集》。韦苏州:韦应物,曾任苏州刺史,故世称韦苏州,有《韦苏州集》。澄澹:指风格的情深淡远。精致:指语言的精工细致。道举:指风格的道劲挺拔。这三句的大意是:王右丞、韦苏州的诗具有诗思超脱、结构疏旷、语言闲雅而工饬的特色,而这种特色却无碍于他们具有道劲的另一特色。

[15]**贾浪仙** 贾岛,字阆仙,一作浪仙,范阳(今河北涿州)人,曾任长江主簿,世称贾长江,有《长江集》。《全唐诗》编其诗四卷。贾岛诗在晚唐有一定影响,所以司空图点名批评他。

[16]**意思殊馁** 馁:饿。这句说的是:贾岛的诗内容颇空虚。

[17]**附于蹇涩,方可致才** 附:依附。蹇:艰深。涩:枯涩。致才,显示才能。这两句是说:贾岛的诗大部分依靠雕琢字句和枯窘艰涩的味儿来显示他的才能。

[18]**体之不备** 体,即上文所说的"格"。司空图认为:诗应有"韵外之致",而贾岛诗的缺点就在这里。

[19]**近而不浮、远而不尽** 近而不浮,指诗的意境具体地呈现出

来,好似近在眼前,生动而不流于浮泛;远而不尽,指诗的意境很深远,能积极调动读者的想象,使人读来觉得它言已尽而意无穷。

[20]**韵外之致** 韵:就诗的语言说,指诗通过韵律所显示出的情调;就诗的意境说,指诗所流露出的神情。所谓"韵外之致",即"含不尽之意见于言外"的意思。

[21]**草嫩两句** 《早春》句,见《司空表圣诗集》卷一,《四部丛刊》本。

[22]**人家两句** 全篇已佚。原注:"上句云:'隔谷见鸡犬,山苗接楚田'。"

[23]**雨微两句** 《下方》句,见《司空表圣诗集》。

[24]**坡暖两句** 《下方》句。

[25]**川明两句** 《华下送文涓》句。

[26]**戍鼓两句** 《寄永嘉崔道融》句。

[27]**曲塘两句** 《江行》句。

[28]**夜短两句** 全篇已佚。

[29]**马色两句** 《塞上》句。

[30]**骅骝两句** 全篇已佚。

[31]**鲸鲵两句** 全篇已佚。

[32]**棋声两句** 全篇已佚。

[33]**地凉两句** 全篇已佚。

[34]**松日两句** 《上陌梯寺怀旧僧》句。

[35]**解吟两句** 《僧舍贻友》句。

[36]**远陂两句** 《独望》句。原注:"上句:'绿树连村暗,黄花入麦稀。'"

[37]**晚妆两句** 全篇已佚。

[38]**孤萤两句** 《秋思》句。

[39]**客来两句** 《长安赠王浧》句。

[40]虽庶几不滨于浅涸二句　滨：接近。不滨于：不至于。浅涸：肤浅、涸竭。未废：未能免掉。作者：作家、诗人。讥诃：嘲笑、呵斥。这两句是说：(我这些诗写得)虽然也许不至于肤浅干枯，但也难免要被诗人们嘲笑呵斥。

[41]逃难两句　《山中》句。

[42]得剑两句　《退栖》句。

[43]孤屿两句　《光启四年春戊申》句。

[44]五更两句　《华下》句。原注："上句：'故国春归未有涯，小栏高槛别人家。'"

[45]殷勤两句　《元旦》句。原注："上句：'甲子今重数，生涯只自怜。'"

[46]绝句之作，本于诣极　诣：造诣。诣极：造诣极深。这两句是说：写短小的绝句，一定要有极深的艺术修养。

[47]不知所以神而自神　诗的所谓"神"，即诗的自然而生动的最高境界。这句话是说：诗达到了极境，好像是天然生成的一样。

[48]时辈固有难色　意即：同时的诗人要想和李生的诗媲美，那是很不容易的。

[49]全美　即上文所说的"近而不浮，远而不尽"的有"韵外之致"的美。

[50]味外之旨　即"韵外之致"的意思。

【笺说】

这篇"论诗书"中，例句有"殷勤元旦日，歌舞又明年"，而注曰："上句：甲子今重数，生涯只自怜。"按甲子纪年推算，图出生于开成二年丁巳，8岁时值甲子年，"甲子今重数"，则作此诗时为68岁，即天祐元年。"论诗书"引例有《元日诗》，则其作年当在天祐元年(904)或稍后。

此文宋时已广为流传，因而文本有差异。司空图很欣赏自己的诗，在这篇文章里，他列举了己诗若干联。这联数，或作23，或作24，或作25，也有说是26的，疑不能定。读者应该看到：作者写这篇文章，颇有随意性。文章原以"五言"、"七言"为序，举己诗为例，然在"七言云"之后，忽然"又"举"五言"为一联，这一来，文章显得不整饬，随意漫笔书之。因而读者大可不必就联数执一偏之见。

与王驾[1]评诗[书][一]

足下：末伎之工[2]，虽蒙誉于贤哲，未足自（谓）信[二]，必俟推于其类[3]，而后神跃而色扬[4]。今之赞艺者[5]反是，若即医而靳其病也[6]，惟恐彼之善察，药之我攻[7]耳。以是率人以谩[8]，莫能自振，痛哉，痛哉[三]！且工之尤者，莫若（伎）[工][四]于文章。其能不死于诗[9]者，比他伎尤寡。岂可容易较量哉！

国初，上好文章，雅风[五]特盛。沈、宋[10]始兴之后，杰出于江宁[11]，宏（思）[肆][六]于李杜，极矣[12]。左丞、苏州趣味澄复，若清沇之贯达[七][13]。大历十数公，抑又其次[14]。元、白力勍而气孱，乃都市豪估耳[15]。刘公梦得、杨公巨源[八]，亦各有胜会[16]。浪仙、无可、刘（德）[得]仁辈[九]，时得佳致，亦足涤烦[17]。厥后所闻，徒褊浅矣。

河、汾蟠郁之气[18]，宜继有人。今王生者，寓居其间，沉渍[19]益久，五言所得，长于思与境偕[20]，乃诗家之所尚者，则前所谓必推于其类，岂止神跃色扬哉？经乱索居，得其所录，尚累百篇，其勤亦至矣。吾适又自编《一鸣集》[十]，且云撑霆裂月[21]，（劼）[劫][十一]作者之肝脾[22]，亦当吾言之无怍[23]也。道之不疑[十二]。

【校记】

[一]此文标题，宋本作"与王驾评诗"，旧钞本沿宋本加注："一本有书字。"《唐文粹》、《全唐文》作"与王驾评诗书"，从之。

[二]**自谓**　宋本同。《唐文粹》、《全唐文》、刘刊本作"自信"，从改。

[三]**痛哉痛哉**　宋本同。《唐文粹》、《全唐文》、刘刊本作"痛哉"。

[四]**伎**　《唐文粹》同。宋本作"彼"。《全唐文》、刘刊本作"工"，从之。

[五]雅风　宋本同。《唐文粹》、《全唐文》、刘刊本作"风流"，以"雅"字属上句。按：宋本上句为"国初上好文章"；《唐文粹》作"国初，主上好文雅"。

[六]宏思　宋本同。《唐文粹》、《全唐文》、刘刊本作"宏肆"，从之。

[七]清沆之贯达　宋本、刘刊本同，仍之。

[八]"刘公"句　宋本、《全唐文》亦皆同。《唐文粹》作"刘公梦得、杨巨源"，刘刊本作"刘梦得、杨巨源"。

[九]"浪仙"句　宋本同，仍之。刘刊本作"阆仙、无可、刘得仁辈。"

[十]"吾适"句　宋本作"吾适又自编《一鸣》所集"。《唐文粹》、《全唐文》等皆作"吾适又自编《一鸣集》"，从之。但宋本句亦通。

[十一]劼　宋本、《唐文粹》、《全唐文》、刘刊本皆作"劼"。按：《说文》："劼，慎也"，"劫，以力胁止曰劫"。《玉篇》："頡，固也"，"劫，强取也"。据句意，此处应作"劫"。

[十二]道之不疑　宋本亦有此句。《全唐文》原注："一本有道之不疑四字。"《唐文粹》、刘刊本无此句。

【注释】

[1]王驾　字大用，唐河中（今山西永济县）人，大顺进士，仕至礼部员外郎，自称守素先生，与司空图、郑谷为诗友。《全唐诗》存王驾诗六首。

[2]末伎之工　末伎：小伎。扬雄《法言·吾子》说："或问：'吾子少而好赋？'曰：'然。童子雕虫篆刻。'俄而曰：'壮夫不为也。'"元稹《上令狐相公诗启》说："尝以为雕虫小事（技），不足以自明。"这里的"末伎"即指自己的诗。工：功力，意即自己的诗有功力。

[3]推于其类　推：求、使。类：指志趣相同的人。推于其类：使志

趣相同的人知道。实意为：求助于朋友的批评。曹植《与杨祖德书》曰："世人之著述，不能无病，仆常好人讥弹其文，有不善者应时改之。"司空图《与王驾评诗书》一开头，即表白自己有"好人讥弹其文"的美德。

[4]神跃而色扬　神色欢愉。意即受知音者赏识，则非常喜悦。

[5]贽艺者　贽：亦作执。《玉篇》释"贽"字曰："执玉帛也。亦作挚。"贽艺者：从事文艺工作的人。

[6]若即医句　即医：就医。靳：不肯使知、掩盖。即医而靳其病：就医而掩饰病情。

[7]药之我攻　以药治我的病。

[8]率人以谩　率：领着，引导。谩：欺骗。率人以谩：使人欺骗自己。

[9]不死于诗　死：指文辞板滞不活。不死于诗：意即写诗不板滞，很灵活。

[10]沈、宋　沈佺期、宋之问，唐代诗人。佺期字云卿，相州内黄（今属河南）人，有《沈佺期集》。之问字延清，一字少连，汾州（今山西汾阳）人，有《宋之问集》。《新唐书·宋之问传》说："魏建安后迄江左，诗律屡变，至沈约、庾信，以音韵相婉附，属对精密。及之问、沈佺期，又加靡丽，回忌声病，约句准篇，如锦绣成文。学者宗之，号为'沈、宋'。"

[11]杰出于江宁　江宁，今南京。诗人王昌龄，江宁人，时称王江宁。《新唐书·文艺传》下说："工诗，绪密而思清，时谓王江宁云。"这句说的是：诗的艺术，发展到了王昌龄，才算有了杰出的成就。

[12]宏肆于李、杜，极矣　宏肆：宏伟雄肆。李、杜：李白、杜甫。白字太白，号青莲居士，有《李太白集》。甫字子美，曾任检校工部员外郎，故世称杜工部，有《杜工部集》。这两句说的是：诗到李白、杜甫，便成为那个时代的顶峰。

[13]右丞、苏州两句　澄夐（xiòng）：深远而清秀。清沇（yǎn）：清

潋如谷中泉流。贯达:通畅。这两句是说:王维与韦应物的诗,有清秀而深远的风味,它如同清潋的谷中泉流似的那么清丽朗畅。

[14]大历十数公,抑又其次 大历:唐代宗(李豫)年号。大历十数公:指大历时的诗人卢纶等。《新唐书·卢纶传》说:"(卢)纶与吉中孚、韩翃、钱起、司空曙、苗发、崔峒、耿湋、夏侯审、李端皆能诗齐名,号'大历十才子'。"十才子之名,后人记载不一,姑从《新唐书》说。卢纶字允言,河中蒲(今山西永济县)人,有《卢户部诗集》。吉中孚,鄱阳人,《全唐诗》存其诗一首。韩翃字君平,南阳人,有《韩君平集》。钱起字仲文,吴兴人,《全唐诗》为编诗四卷(《钱考功集》中,除起诗外,有其孙翃的作品在内)。司空曙字文明,广平(今河北永年附近)人,有《司空文明集》。苗发,壶关(今山西长治县境)人,《全唐诗》存其诗二首。崔峒,博陵(今河北定县)人,《全唐诗》为编诗一卷。耿湋字洪源,河东(今山西永济)人,有《耿湋诗集》。夏侯审,谯(今安徽亳州)人,《全唐诗》存其诗一首。李端字正己,赵州(今河北赵县)人,有《李端诗集》。这两句是说:大历诗人的诗作,又在王右丞、韦苏州的诗作之下。

[15]元、白两句 元、白,元稹、白居易。稹字微之,有《元氏长庆集》。居易字乐天,晚号香山居士,有《白氏长庆集》。勍(qíng):强。孱:弱。豪估:豪富的商估。这两句是说:元、白诗看来似乎强劲有力,其实如豪富的商估一样浅俗卑下。按:这是司空图的偏见。他以超然出世的思想来看元、白诗,自然格格不入。

[16]刘公句 刘公:刘禹锡,字梦得,中山无极(今属河北省)人,曾官"太子宾客",故亦称"刘宾客",有《刘宾客集》。杨公:杨巨源,字景山,河中(今山西永济)人,与元稹友善,《全唐诗》存其诗一卷。胜会:不同于别人的雅兴。

[17]浪仙三句 浪仙,见《与李生论诗书》注[十五]。无可:诗僧,亦称"可上人",范阳人,贾岛从弟。《全唐诗》为编诗二卷。刘德仁:《全唐诗》、《唐文粹》均作刘得仁。《全唐诗》存其诗二卷。佳致:美好的诗

思。亦足涤烦：读之也足以涤除烦闷。

[18]**河、汾蟠郁之气** 河、汾：黄河、汾水。这里指黄河、汾水之间的地区，即王驾寓居的地区。蟠郁之气：即郁郁葱葱的佳气。

[19]**沉渍** 沉浸。

[20]**思与境偕** 思：指诗的思想、情感。境：指诗所描绘的境地。思与境偕：即后人所谓情景交融。

[21]**撑霆裂月** 撑：支持、顶住。这句是说：自己的诗有顶住雷霆、撕裂月亮的动人力量。

[22]**劫作者之肝脾** 劫：夺取。作者：作家、诗人。这句是说：自己的诗有夺人心魂的力量。

[23]**无怍** 怍：惭愧。无怍：无愧。

【笺说】

此文末尾云："吾适又自编《一鸣集》，且云撑霆裂月，劫作者之肝脾，亦当吾言之无怍也。道之不疑。"按：《一鸣集》序末，署"有唐光启三年(887)，泗水司空氏中条王官谷濯缨亭记"。因此认为《与王驾评诗书》作于光启三年或四年。

此函明确指出："今之执艺者"乐于他人赞扬，害怕他人攻错，认为这好似讳疾忌医，是不正常的。相反，司空图对"国朝"许多诗人有所评议。其评议有卓识，如评王维、韦应物诗"趣味澄夐"，便简明扼要。但亦有偏见，如对元、白诗以"力勍而气孱，乃都市豪估耳"两句论定，欠公允。评诗而仅限于个人生活情趣，则必然失去历史的公正性。

"思与境偕"一语，就诗的创作说，颇有理论意义，值得"执艺者"深思。

与极浦[1]书

戴容州[2]云:"诗家之景,如蓝田日暖,良玉生烟,可望而不可置于眉睫之前也。"[3]象外之象,景外之景[4],岂容易可谭哉?然题纪之作,目击可图,体势自别,不可废也[5]。愚近作《虞乡县楼》及《柏梯》[6]二篇,诚非平生所得者。然"官路好禽声,轩车驻晚程"[7],即虞乡入境可见也。又:"南楼山最秀,北路邑偏清"[8],假令作者[9]复生,亦当以著题见许。其《柏梯》之作大抵亦然。浦公试为我一过县城,少留寺阁,足知其不怍也,岂徒雪月之间哉!佗归山后,"看花满[一]眼泪"、"回首汉公卿"[10]、"人意共春风"[11]、"哀多如更闻",下至于"塞广雪无穷"之句,可得而评也。郑杂事[12]不罪章指[13],亦望呈达。知非子狂笔[14]。

【校记】

[一]满 宋本作"浦",误。《全唐文》、刘刊本亦作"满"。

【注释】

[1]极浦 汪极字极甫,歙县人,大顺二年进士。"浦"即"甫"之误。

[2]戴容州 戴叔伦,字幼公,金坛人,官至容管经略使(容州管内经略使),有《戴叔伦诗集》。

[3]诗家之景四句 景:指诗家所描绘的景象。蓝田:陕西蓝田县,县北有骊山,产美玉。李商隐《锦瑟》:"蓝田日暖玉生烟。"这四句是说:诗家所创造的意境,其美妙只可想象,不可使之具象于眼前。

[4]象外之象,景外之景 指具有"含不尽之意见于言外"的艺术力量的诗篇。这种诗能触发人的想象,使人在自己的生活经验与欣赏

经验的基础上进行再创造,从而见到诗的具体境界。

[5]**然题纪之作四句** 题记之作:纪实之作。这四句是说:纪实之作,作者可就所见所闻,加以形象的描绘。这种纪实性的诗与那种"可望而不可置于眉睫之前"的想象之作是不同的,但也是不可缺少的。

[6]**《虞乡县楼》及《柏梯》** 《虞乡县楼》,全篇已佚;《柏梯》,已佚。

[7]**官路两句** 当即《虞乡县楼》句。

[8]**南楼两句** 当即《虞乡县楼》句。

[9]**作者** 指前代诗人。

[10]**看花两句** 全篇已佚。

[11]**人意句** 原注:"上两句杨庶子。"按:此注似应在"回首汉公卿"句下。全篇已佚。

[12]**郑杂事** 杂事:唐人称人官职,好用官称的别名,杂事,即侍御史的别称之一。《因话录》卷五曰:"御史台三院:一曰台院。其僚曰侍御史,众呼为端公。见宰相及台长,则曰某姓侍御。知杂事,谓之杂端。见台长,则曰知杂侍御。虽他官高秩兼之,其侍御号不改。见宰相,则曰知杂某姓某官。台院非知杂者,乃俗号散端。"郑杂事,即郑綮。《旧唐书·郑綮传》:"綮善为诗……王徽为御史大夫,奏綮为兵部郎中、知台杂,迁给事中,赐金紫。"因而司空图在这封信中称郑綮为"郑杂事"。王徽,大中十一年(857年)进士及第,年逾四十。有"人难言者必犯颜争之"的性格。大中末(858—859),已被推荐任"侍御史知杂……转考功员外"。黄巢起义,兵败,收复京师,僖宗命王徽为"御史大夫,权知京兆尹事",历时六年(880—885)。按:王徽推荐郑綮任"知台杂"当在这一时期中。

[13]**章指** 篇章要旨,在这里即指这封信中所谈的意见。

[14]**知非子狂笔** 许印芳《与极浦书跋》曰:"表圣自号知非子,此书自夸其诗,故云狂笔。"

【笺说】

此篇有"伫归山后"一语,实指"丁未岁归王官谷";篇末云"知非子狂笔",与《司空表圣文集序》开头称"知非子"相同。按:《序》作于光启三年(887),《与极浦书》当作于这年或稍后。极浦,或以为即汪极。汪极见《全唐诗》第六九〇卷:"汪极,字极甫,歙县人,大顺二年进士。"今按:极浦,或以为极甫之误,这种可能性是存在的,但并非定论。据文中"浦公试为我一过县城,少留寺阁,足知其不作也,岂徒雪月之间哉!"或者浦公乃图之家乡人。其中所引五个诗句:"回首汉公卿"、"人意共春风"二句,原标注为"杨庶子"之诗者,今未明所出;其他三句:"看花满眼泪"、"哀多如更闻"、"塞广雪无穷",分别为王维、杜甫、无可之诗句,在《与王驾评诗书》中这三个诗人都被加以评论。今人因不明所出,多有误解。这是司空图一篇重要诗学"论文",提出"象外之象,景外之景"等重要诗学命题,今人阐释者众,可参看,此处不赘。

题柳柳州集[1]后

金之精粗,(效)[考][一]其声,皆可辨也,岂清于磬而浑于钟哉[2]。然则作者为文为诗,格[二]亦可见,岂当善于彼而不善于此耶[3]!思[三]观文人之为诗,诗人之为文,始皆系其所尚,既专则搜研愈至[4],故能炫其工[5]于不朽,亦犹力巨而斗者,所持之器各异,而皆能济胜[6],以为勍敌[7]也。

愚尝览韩吏部[8]歌诗数百首,其驱驾气势[9],若掀雷抉电[10],撑抉于天地之间[四],物状奇怪[五],不得不鼓舞而徇其呼吸[11]也。其次皇甫祠部文集[外][六][12],所作亦为遒逸[13],非无意于渊密[七],盖或未遑耳[14]。今于华下[15]方得柳诗,味其深搜之致,亦深远矣。俾其穷而克寿,玩[八]精极思,则固非琐琐者轻可拟议其优劣[16]。又尝铺杜子美祭太尉房公文[17]、李太白佛寺碑赞[18],宏拔清厉,乃其歌诗也[19]。

张曲江五言沈郁,亦其文笔也[20],岂相伤哉!噫,后之学者褊浅,片词只句,不能自辨[九],已侧目相诋訾[21]矣。痛哉!因题柳集之末,庶俾后之诠评者,无(或)[惑][十]偏说,以盖其全工。[22]

【校记】

[一]效 宋本同。《全唐文》、刘刊本皆作“考”,据改。

[二]格 宋本同,《唐文粹》、《全唐文》作“才格”。

[三]思 宋本、刘刊本同。《全唐文》作“愚”,不从。

[四]“撑抉”句 《唐文粹》作“撑抉于天地之垠”。宋本作“挡抉于天地之间”。从《四部丛刊》初编本所录旧钞本《司空表圣文集》为宜。“撑抉”,《全唐文》作“奔腾”。

[五]怪 宋本、刘刊本同。《唐文粹》、《全唐文》作“变”。

[六]文集外 《唐文粹》、刘刊本作"文集外",从之。宋本、《全唐文》作"文集",无"外"字。按:据陆游于开禧丁卯(1207)《再跋皇甫先生文集后》文,知有"外"字为是。

[七]渊密 宋本同,仍之。《全唐文》、刘刊本皆作"深密"。

[八]玩 宋本同,仍之。《全唐文》、刘刊本皆作"抏"。

[九]自辨 《唐文粹》、刘刊本同。宋本、《全唐文》作"自办"。按:"辨"古通"办"。

[十]无或 宋本同。《唐文粹》、《全唐文》作"罔惑"。刘刊本作"罔或",按:"或"为"惑"之残字。

【注释】

[1]柳柳州集 柳柳州:柳宗元,字子厚,河东(今山西永济县)人。贞元进士,曾参加主张革新的王叔文集团。失败后,贬为永州(今湖南零陵)司马。后迁柳州刺史。在柳州五年,病卒于任所,终年47岁。世人称他为柳柳州。柳柳州集:原为刘禹锡所编,现存之《柳河东集》,明蒋之翘辑注。司空图所见之《柳柳州集》,当为刘禹锡所编。

[2]金之精粗四句 清:(声音)清越。浑:(声音)浑浊。"岂"字前宜增两字,作"精金岂清于磬而浑于钟哉?"意思才明白。开头四句,是个比喻。先说精金在磬、在钟,其声清越,再说有才能的作者为文为诗皆善:以前喻后,企图使人领会他的意思。下文"亦犹力巨而斗者"三句,也是比喻,说力巨而斗者,不论用什么武器,都能获胜,目的在于说明:有才能的作者,为文为诗皆善。据此,推知"岂"字前应增补"精金"两字。这四句的大意是:金之质地好坏,听其声即可辨别出来,精金难道在磬就声音清越,在钟声音便浑浊吗?意即用精金做成的磬或钟,声音都应该是好听的。

[3]然则作者三句 才格:才能、风格。这三句的意思是:有才能

的自具风格的作者,善为文,亦善为诗。按:这种说法有片面性。从文学史上看,诗文兼善的作者是有的,善于此而不善于彼的作者也是有的,不可以偏概全。许印芳在《题柳柳州集后序·跋》中,早已指出司空图的兼善论是偏见。他说:"首段议论,谓作者为文为诗,必当兼善,其实古来诗文,专工者多,兼善者少。如韩吏部根柢深厚,古文擅长,直起八代之衰,其视诗歌,仅同末技,故尝自道云,余事作诗人。盖以全力为古文,以余力为诗,而诗虽戛戛独造,自成一家,究不如其文汪茫浑涵,雄视百代。柳州之才与学,皆不逮韩,而诗文亦能兼善,古文较优,诗则边幅太狭,不及韩之瑰玮。李、杜二公,皆专工于诗,妙处非韩、柳所及,虽亦能为古文,而菁华既竭于诗,文笔遂少光焰。太白之文可读者多,子美之文可观亦少,且有拙涩累赘之病。其诗较太白,尤为登峰造极,诗愈工而文愈拙,物莫能两大,亦有数存焉尔。"

[4]**既专句** 专:专攻。搜研愈至:搜求、研究日益深入。许印芳说:"'既专'一语,意犹隐晦,宜增三字,作'既专攻他技',意始明透。"(见《题柳柳州集后序·跋》)

[5]**炫其功** 炫,《说文》:"炫,焰耀也。"段注曰:"光焰耀明也。"炫其功,即显耀其功绩。

[6]**济胜** 有利于获胜。

[7]**勍敌** 即强敌。

[8]**韩吏部** 韩愈,字退之,河阳(今河南孟县)人,唐代著名的散文家。韩氏郡望为昌黎,每自称昌黎韩愈。愈为贞元进士,曾任监察御史、国子博士等职。因为谏宪宗迎佛骨,贬为潮州刺史,后官至吏部侍郎。因此,后来有人称他为"韩吏部"。

[9]**驱驾气势** 驱驾:原意为驱马驾车,这里指遣词、造句、谋篇的本领。气势,指韩诗的雄健气势。

[10]**掀雷抶电** 掀:鼓荡。抶:迅速跳动。按:以急雷迅电比喻韩诗气势雄健,惊人耳目。

[11]**徇其呼吸** "徇"或作"狥"，加速也。徇其呼吸：使人呼吸急促。

[12]**皇甫祠部文集** 皇甫湜作，今本题《皇甫持正集》。各本在《皇甫祠部文集》下，原无"外"字，依《四库提要》二十九《皇甫持正集提要》引增，意谓文集以外的诗作。《四库提要》疑别有《诗集》，今佚。《全唐诗》只存皇甫湜诗三首。

[13]**遒逸** 遒劲俊逸。

[14]**盖或句** 遑：闲暇。未遑：未暇。这句大意是：皇甫湜的诗，虽有意于缜密，但他专攻古文，无暇专攻诗，故未达到缜密的地步。

[15]**华下** 指华州(今陕西华县)一带。

[16]**俾其穷而克寿三句** 俾：使。穷：指柳宗元贬谪后的困难处境。克寿：能寿。即能终其天年。《诗·大雅·荡》："靡不有初，鲜克有终"。笺曰："克，能也。"玩精极思：玩，即玩味之玩。玩精极思，即语言精警、思力深厚之意。这三句的意思是：柳宗元身处困境，如能假以天年，精益求精地致力于诗，则其诗艺术成就会更大些，则琐屑浅薄之徒便不能嗤点其优劣了。

[17]**杜子美句** 杜甫，字子美。《祭太尉房公文》，四部备要《杜工部诗集》卷二十，题作《祭故相国清河房公文》。仇兆鳌《杜少陵集详注》引张溍评此文曰："时含时露，用意婉至，此少陵第一首文，盖交遇知己，其情既笃，则其文自佳。"郭沫若《李白与杜甫》中有《李白杜甫年表》，其中"广德元年"(763)有言："八月四日房琯病卒于阆州僧舍，杜甫往吊。九月二十二日祭房琯，有文，甚沉痛。"①

[18]**李太白句** 《李太白集》卷二十八、二十九共载颂赞碑铭等二十九篇。赋载第一卷，书、表、序、文载二十六、二十七卷。太白之文，在太白生前便得到世人赞许。如任华《杂言寄李白》曰："古来文章有

---

① 郭沫若著：《李白与杜甫·李白杜甫年表》，见《郭沫若全集·历史编》(第四卷)，人民出版社1982年版，第517页。

能奔逸气,耸高格,清人心神,惊人魂魄,我闻当今有李白。《大鹏赋》,《鸿猷》文(按:指《明堂赋》)嗤长卿,笑子云。班、张所作琐细不入耳,未知卿、云得在嗤笑限否?"太白自己在《上安州裴长史书》中,转述安陆"郡督马公"的话,有"李白之文,清雄奔放……"检读李白之文,便知这不是自我吹嘘。后人评《大鹏赋》曰:"此显出《庄子》寓言,本自宏阔,太白又以豪气雄文发之,事与辞称,俊迈飘逸,去《骚》颇近。"评《明堂赋》曰:"从司马、扬、班诸赋来,气豪辞艳,疑若过之,论其体格,则不及远甚。"[①]

[19]**宏拔清厉两句**　宏拔:见识渊博出众。清厉:文思清新,语言峭拔。这两句的意思是:李、杜文思清新,见识博洽,语言峭拔,这和他们的诗歌特色是一样的。

[20]**张曲江两句**　张九龄,字子寿,韶州曲江(今广东韶关市)人,有《曲江集》。他的诗,特别是遭贬后的《感遇》诗,和陈子昂《感遇》诗精神相近。刘熙载《艺概》称赞他的诗"能超出一格,为李、杜开先。"但他的文,没有什么值得称道的。柳宗元曾指出"张曲江以比兴之隙,穷著述而不克备。"这两句的大意是:张九龄的五言诗,寄托深远,这也和其文的特色一样。

[21]**诋訾(dǐ zǐ)**　说人坏话。

[22]**因题四句**　提醒人们既重视柳宗元的文,也重视柳的诗,这是对的。但如司空图在上文说的,所有的作者都能"兼善",那就是片面的看法了。司空图的"兼善"论,与柳宗元的"偏胜"论恰相反。柳宗元在《杨评事文集后序》中说:"……故秉笔之士,恒偏胜独得而罕有兼者也。……文之难兼,斯益甚矣。"按:柳宗元的看法是正确的。古今作者,为文为诗,"偏胜独得"者多,诗文兼善者少,这是历史事实,谁也否认不了。

①[唐]李白著,[清]王琦注:《李太白全集》,中华书局1977年版,第11、56页。

【笺说】

"文人之为诗,诗人之为文",不管他以文著称,或以诗著称,他若有诗又有文,其诗和文必自有功力、自具特色,又有其共同性特征。这就是表圣此文的主要论点。表圣列举以诗著称的李白、杜甫、张九龄的"文",以文著称的韩愈、柳宗元、皇甫湜的"诗",认为他们诗、文皆善,有"全工"。后之评论者不可惑于"偏说"而不见其"全美"之功。这是触及作家、诗人创作个性特征的一篇短文,虽申论不详,但在文学风格上提出了新问题,值得注意。文曰:"今于华下方得柳诗",是知此文当作于昭宗大顺年间(889—890)。

陆游《渭南文集》卷三十《再跋皇甫先生文集后》:"司空表圣论诗有曰:'愚尝览韩吏部诗,其驱驾气势,掀雷决电,撑抉于天地之垠,物状其变,不得鼓舞而徇其呼吸也。其次,皇甫祠部文集外所作,亦为遒逸,非无意于深密,盖或未遑尔。'据此,则持正自有诗集孤行,故文集中无诗,非不作也。正如《张文昌集》无一篇文,《李习之集》无一篇诗,皆是诗文各为集耳。表圣直以持正诗配退之,可谓知之。然犹云未遑深密,非笃论也。"①按:四部丛刊本作"皇甫祠部文集所作",误。应作"皇甫祠部文集外所作"。所谓"文集外",意谓文集以外的诗作。司空图曰:"所作亦为遒逸",乃是称道皇甫湜的诗。

---

① [宋]陆游著:《陆放翁全集》(上),中国书店1986年版,第189页。

附录二:《二十四诗品》作者问题讨论文章

《诗家一指》与《二十四诗品》作者问题①

1995年3月16日《文汇报》第8版上有一篇报道,题为《〈二十四诗品〉作者是明代怀悦》,并说,陈尚君、汪涌豪两先生撰成《司空图〈二十四诗品〉辨伪》一文②,"指出《二十四诗品》的真正作者应为明代景泰间嘉禾(今浙江嘉兴)人怀悦"。这种新论的依据便是《诗家一指》(以下简称《一指》)。

这的确是惊人的新论,使研习中国文学史、中国文学理论批评史的人不得不注意。因而原来不受人注意的《一指》,此时却成了许多人觅求的对象了。

我们有幸,在几个月里,先后获得明人黄省曾编次的《诗家一指》③,明人史潜校刊的《虞侍书诗法》④(以下简称《诗法》),陈、汪两先

①本文原载《安徽师大学报》1996年第1期,与陶礼天合作。
②文载《中国古籍研究》第一卷。
③黄省曾(1490—1540),字勉之,吴县人。嘉靖辛卯(1531)乡试魁首,后累举不第。家庭藏书甚富,覃精艺苑,著述终生。《民国重修吴县志》列所著录目二十四目,内有《诗法》八卷,《诗家一指》列卷五。
④我们所见到的《虞侍书诗法》出自明人史潜校刊的《新编名贤诗法》卷下。史潜,字孔昭,金坛人。明正统元年(1436)进士(周旋榜三甲四十一名),官至河东盐运使。(山西蒲州,曾名河东郡,产池盐)(见《民国重修金坛县志》卷八、《明清进士题名碑录索引》)虞集(1272—1348),字伯生,号道园,祖籍四川仁寿,宋亡后随父侨居临川(属江西)。官至国子祭酒、奎章阁侍书学士。著有《道园学古录》。欧阳玄《雍虞公文序》曰:"一时宗庙朝廷之典册,公卿大夫之碑板,咸出公手。"伪托虞氏之名的《虞侍书诗法》料当出现在元代至正后期。

生所撰的《司空图〈二十四诗品〉辨伪》（节要）。我们阅读了这些资料及有关文献之后，便想对《一指》与《二十四诗品》作者问题发表些意见，向陈、汪两先生暨诸同行专家请教。

一、《一指》的真面目

为了说明《一指》的总体概况，先说一说《诗法》的总体概况是有益的。

这里，应该声明：《诗法》是伪托之作；作伪者以虞集（1272—1348）的官衔（奎章阁侍书学士）摆在《诗法》之前而称《虞侍书诗法》，企图增重书的声价，殊不知当时诗文声誉最大的虞集，怎么会在自己的著作前冠以官衔？应该说，麒麟皮下的马脚正由此处露出来了。同时，这也告诉人们，只有在虞集死后，作伪者才敢打着"虞侍书"的旗号行骗。

《诗法》开头便列示全书的六部分名目："三造、十科、四则、二十四品、道统、诗遇"，并有48字小引。此下按序分列子目："三造：一观、二学、三作"，依次加以阐释；"十科：意、趣、神、情、气、兴、理、境、事、物"，又依次加以阐释；"二十四品：雄浑、平淡……流动"，然后按《二十四品》顺序列示原文；"道统"、"诗遇"部分无子目，各有一大段阐释。

我们所见到的《一指》，全书约有六千字；开头有一段引言，此下标目："十科：意、趣、神、情、气、理、力、境、物、事"，依次阐释；"四则：句、字、法、格"，又依次阐释；"二十四品：雄浑、冲淡……流动"，在二十四目后，加有45字的"说明"，然后列示原文；"普说外篇"，自注"四段"，下列四段文章；"三造"，自注"三段中分关键、细义、体系"，此下列示二十六段文章。

这二十六段文章，正如陈、汪两先生所说"三造为摘录前人语录（所录以《沧浪诗话》、《白石诗说》最多，另有《六一诗话》、《后山诗话》、《蔡宽夫诗话》等十余种）"。

《一指》，除《三造》部分外，其它部分（引言、十科、四则、二十四品、普说外篇）是不是某个作者自撰的呢？有人说：除《三造》外，"其余均作者自撰"。事实如何呢？应该说《一指》抄录《诗法》，自"小引"第二字开始，抄至《道统》末一字为止，约3500字。只余《诗遇》部分约360字，在《一指》里被删掉。如果让我们把事实说得简明些，那就是：6000字的《一指》，抄自《诗法》的约3500字，抄自十余种"诗话"的约2500字。这里，说明一点，抄录、编排时有极小差异；说"抄录"，定性准确。举个例子为证吧，《一指》的引言，是由《诗法》的《小引》及《三造》部分凑合起来的。请看，《诗法》曰：

> 诗，乾坤之清气，性情之流至也。由气而有物，由事而有理，必先养其浩然，存其真宰，弥纶六合，圆摄太虚，触处成真，而道生矣。

三造
一观　　　二学　　　三作

> 一观，犹禅宗具摩醯眼，一视而万境归元，一举而群迷荡迹，超物象表，得造化先，夫如是始有观诗分。观要知身命落处，与夫神情变化，意境周流，亘天地以无穷，妙古今而独往者，则未有不得其所以然也。由之可以明《十科》，达《四则》，读《二十四品》，观之不已，而至于道。

> 二学，夫求于古者，必得于今；求于令（今）者，必失于古。盖古之时、古之人，而其诗似之。故学者欲疏凿神情，淘汰气质，遗其迷妄，而反其清真，未有不如是而得其所以为诗者。

> 三作，下手处，先须明彻古人意格声律，具于神境事物，解后（邂逅）郁抑，得其全理胸中，随寓唱出，自然超绝。若夫刻意创造，终亏天成；苟且经营，必堕凡陋。妙在著述之多，涵养之深耳。然又当求证于宗匠名家之道，庶几可横绝旁流矣。

再看《一指》曰：

> 乾坤之清气，性情之流至也。有气则有物，有事斯有理，必

先养其浩然,存其真宰,弥纶六合,圆摄太虚,触处成真,而道生于诗矣。/诗有禅宗具摩醯眼,一视而万境归元,一举而群魔荡迹,超言象之表,得造化之先,夫如是始有观诗分。观诗要知身命落处,与夫神情变化,意境周流,亘天地以无穷,妙古今而独往者,则未有不得其所以然。由是可以明《十科》,达《四则》,该《二十四品》,观之不已,而至于道。/夫求于古者,必法于今;求于今者,必失于古。盖古之时、古之人,而其诗如之。故学者欲疏凿情尘,陶汰气质,遗其迷妄,而反其清真,未有不如是而得其所以为诗者。/学下手处,先须明彻古人意格声律,其于神境事物,邂逅郁折(抑),得其全理于胸中,随寓唱出,自然超绝。若夫刻意创造,终亏天成;苟且经营,必堕凡陋。妙在著述之多,而涵养之深耳。然当求正于宗匠名家之道,庶几可以横绝旁流者也。(注:分段斜线是我们加的。)

我们认为,《一指》抄自《诗法》及多种诗话,还可以从版本刊刻年代方面得到证明:《诗法》由正统元年(1436)进士史潜校刊问世,时间当在正统年间(1436—1449)。

《一指》有嘉靖二十四年(1545)本,嘉靖三十一年(1552)本,万历五年(1577)本。

后者抄袭前者,便是无疑的结论。

二、《一指》抄撮中出现的差错

元明之际,文士中的下焉者,搜文摘句,编凑成书,依托名贤,刊行欺众,不是个别现象。《一指》抄撮前人之作,在当时视为常事。现在我们把它作为研究对象,便应从多方面加以考查;从抄撮有误方面,也可以看出它不受后人重视的原因。

(一)字句遗漏讹误

例一,《诗法》曰:"诗,乾坤之清气,性情之流至也。"按:"诗"字是全句的主语,有此一字,才晓得下面的两句是谈"诗"的。《一指》漏抄

"诗"字,则开头两句,使人不知所云。又按:元人刘将孙①《彭宏济诗序》曰:"天地间清气,为六月风,为腊前雪,于植物为梅,于人为仙,于千载为文章,于文章为诗。"马德华《唐诗品汇序》②曰:"天地元气之精英钟乎人,发而为诗。"元人揭傒斯③《诗法正宗》曰:"诗者,人之性情……"可知上引《诗法》云云,乃是元明之际的常语;然而脱一"诗"字,便乱人思路。

《诗法》曰:"……必先养其浩然……触处成真,而道生矣。"按:即朱子所谓"道从诗中流出",而《一指》讹作:"……而道生于诗矣",便成了主体与派生关系颠倒的怪话。

例二,《诗法》曰:"……由之可以……读《二十四品》,观之不已,而至于道。"而《一指》作"该《二十四品》"。按:"读"字较妥,表明已有《二十四诗品》在,读之可以"至于道"。又,《诗法》中论"观"一条,实际是谈提高观察识别能力,为此才提出读《二十四诗品》。若把"读"改作"该"(该,备也,皆也),那就不是"观"的问题,而是"作"的问题,并且"作"已达到非凡的高度,才能"该"兼多种风格。《一指》黄氏"编次"本在《二十四诗品》品目下注出诗人姓名的只有十二个,尚有十二目选不出适当的代表作家,足见《一指》的作者认识在"作"的过程中要"该《二十四品》"是办不到的。因而我们认为,应作"读","该"乃"读"的形近之误。

例三,《一指》中的《四则》标四字:"句、字、法、格"。看来"句"指句法,"字"指字法,"格"指格调,尚明确;"法"指什么?莫明其妙。细察"法"字条说明,乃知一说除病、二说选择道路。如此内涵,只标一"法"

---

① 刘将孙,字尚友,庐陵人,宋末举进士,入元后曾主讲临汀书院,官延平教授。

② 陈伯海主编,查清华等编撰:《历代唐诗论评选》,河北大学出版社2003年版,第535页。

③ 揭傒斯(1274—1344),字曼硕,龙兴富州(今属江西)人,官至翰林学士,总修辽、金、宋三史。有《文安集》十四卷(系门人所编)。

字,可谓概念不清。

就举这几个例子,说明字句讹误,概念不清,害人不浅。我们不想校勘《一指》,便不多说了。

(二)题目下,条文抄撮之错乱

《诗法》中的《十科》十条文字,都与子目相吻合;而《一指》的《十科》十条文字,竟有六条与子目不相符合,因而使人读来迷惑万分。这里,为节省文字,只举两个例子来说明问题。

例一,《诗法》的《十科》中第七条说"兴",文曰:"七兴,有所兴起而言也。故凡一事之感,一物之悟,皆兴起也,而其悲欢通塞,总属自然,非有造设,唯不尽所以尽之。"显然,此条句句论兴,正合子目(兴)的要求。

可是,上引一段文字,在《一指》中被抄在"理"的名目下,并在这段文字末尾补上一句:"兴,犹王家之疆理也。"这说的是什么"理"? 如果我们看不到《诗法》的"七兴"云云,那就只好被捺入闷葫芦里发呆了。

例二,《一指》的《十科》中,有"力"字一条,其条文恰恰抄自《诗法》的《十科》中对"理"的说明,不过删去了第一句:"理,犹王家之疆理也。"

以上两例,有个共同特点:张冠李戴,总不合头。这明显地告诉人们,《一指》作者对自己所标示的十个子目,在他自己的头脑里都没有形成明确的概念,因而使人读后大叹莫明其妙。

(三)抄撮成书,布局紊乱

《诗法》在书名下先列示:"三造、十科、四则、二十四品、道统、诗遇"六大部分,然后按次论述,纲举目张,并在《道统》中指出:"集之一指,诗也。《三造》所以发学者之关钥。《十科》所以别武库之名件。《四则》条达规律,指述践履。《二十四品》含摄大道,如载图经①,于诗未必

---

① 图经,指史书方志中的地图,有指示方向作用。

尽似，品不必有似。"这便道出如此布局的用心。

《一指》的《普说外篇》第一段，抄的就是《诗法》的《道统》全文（小有改动），其中自有"集之一指，诗也……品不必有似"一节。显然，这是就全书布局说的，照常理说，《三造》（一观、二学、三作）应列在第一部分。然而《一指》却把《三造》列在末尾部分。又《一指》的《三造》抄录二十六段前贤诗话，说是可分"关键、细义、体系"三大段，而实际对二十六段在排列上不加区分，使它们成了片断诗话的杂乱堆集。

《一指》，取"一指禅"义——万法归一，使人一生受用不尽①。我们说，诗家如果依靠学习《一指》来渡过迷津，可能一开始便进入了迷魂阵。

在这里，我们想提出一个疑问：《诗法》中的"集之一指，诗也……品不必有似"一节，说的既是全书的布局，那么，全书名称可能原来只标作《诗法》二字或《诗家一指》，只因坊间书商为牟利，在"虞侍书"去世后，便改书名为《虞侍书诗法》。我们以为这种可能性是存在的。如果让我们从《诗法》本身（《二十四品》不在其中）所流露的哲学思想看，"小引"所谓"由气而有物，由事而有理"等语，此乃宋元时大有争论的"气理"说或"理气"说，这是明显的理学家腔调。又，《道统》所谓"性之于心为空，空与性等；空非离性而有，亦不离空而性；必非空非性，而性固存矣。"这种"性空"观，也是明显的宋元理学家腔调。因此我们认为，《诗法》可能出自元人之手②。又，《诗法》处处流露理学色彩，《二十四诗品》处处流露禅学色彩，这也是我们应该加以辨别的。

---

①《五灯会元》卷四"金华俱胝和尚"条，文末曰："师将顺世，谓众曰：吾得天龙一指头禅，一生用不尽。"参见中国科学院哲学研究所、北大哲学系编《中国哲学史资料简编》（宋元明部分），中华书局1981年版。

②参见张少康、刘三富著：《中国文学理论批评发展史》（上），北京大学出版社1995年版，第450页。

三、《一指》中的《诗品》文本,值得珍视

在本文一、二部分里,我们据实指出《一指》原来是本论诗"杂钞",在抄录中还有些差错;在这一部分里,我们也据实称道《一指》抄录了《二十四诗品》,所选底本较好,为通行的明毛晋本(《津逮秘书》本)找到了前身,算是一大贡献。

《一指》抄录《诗法》,但不抄《诗法》中有讹漏的《二十四品》原文,而是另觅底本,择善而从,保存了可读性较强的《诗品》文本。为使读者明了实况,举两个例子。

例一,《诗法》本《二十四品·劲健》:

> 行神如空,行气如虹。巫峡千寻,走云连风。
> 敛真乳强,蓄微牢中。喻彼行健,是为存雄。
> 天地与立,神造攸同。期之已失,御之非终。

《一指》本《二十四品·劲健》:

> 行神如空,行气如虹。巫峡千寻,走云连风。
> 饮真茹强,蓄素守中。喻彼行健,是为存雄。
> 天地与立,神化攸同。期之以实,御之以终。

例二,《诗法》本《二十四品·含蓄》:

> 不著一事,尽得风流。语未涉难,已不堪悠。
> 是有真宰,与之沉浮。如绿满酒,花时返愁。
> 悠悠空尘,忽忽海鸥。浅深聚散,万类一收。

《一指》本《二十四品·含蓄》:

> 不著一字,尽得风流。语不涉难,已不堪忧。
> 是有真宰,与之沉浮。如渌满酒,花时返秋。
> 悠悠空尘,忽忽海沤。浅深聚散,万取一收。

《一指》在列出《二十四品》品目之后,加有一条"说明",文曰:"中篇秘本谓之发思篇,以发思者动荡性情,使之若此类也。偏者得一偏,能者兼取之,始为全美,古今李杜二人而已。"按:"中篇秘本"即"中秘书",作者在用词上厌常务新,改称"中篇秘本"而已。既见"秘本"《诗品》,当然喜而录之。欢喜之下,加条"说明",也使我们见到元末明初的《诗品》文本。又,"说明"中提到"全美",语本《与李生论诗书》:"倘复以全美为工,即知味外之旨矣。"这就是说,"说明"者提到《诗品》,就联想到司空图。这联想是基于两者理论一致呢,抑或两篇的作者是一人? 这,值得我们思忖一番。

我们说,《一指》所录《诗品》文本可视为毛晋本《诗品》的前身,这可以两种文本对照而异文较少为证。(1)两种文本中的《雄浑》、《纤秾》、《沉著》、《高古》、《典雅》、《洗炼》、《劲健》、《绮丽》、《含蓄》、《疏野》、《形容》等十一品,无异文。

(2)有异文的,见下列对照表:

品目 版本	《一指》本	《津逮秘书》本
冲淡	荏苒	苒苒
自然	过雨	过水
豪放	以强、晓看	以狂、晓策
精神	深杯	满杯
缜密	花间	花开
清奇	满竹、戴瞻	满汀、载行
委曲	自弃	自器
实境	似天、永然	自天、泠然
悲慨	日丧、欲死、荒苔	日往、若死、苍苔
超诣	莫至、道气、乔木	若至、道契、高木
飘逸	惠中	画中
旷达	行歌	行过
流动	返之	返返

照"异文表"看,其差异乃因"声近"、"形近"而造成的,因而我们以为,这两种文本可能来自同一祖本。又,我们认为有了《一指》所录的《诗品》,它改正了《虞侍书诗法》本《诗品》的许多讹漏,并为毛晋本《诗品》出世,表明自有来头。

四、《一指》、《二十四诗品》的作者问题

(一)《明史稿·艺文志》、《明史·艺文志》卷四文史类皆说"怀悦《诗家一指》一卷"

按:《明史·艺文志》采用《明史稿·艺文志》,在清康熙时,奉旨修史的王鸿绪总是有所见才写上"怀悦《诗家一指》一卷"的。怀悦是景泰年间(1450—1456)的嘉禾地方小名士、大富翁。而赵㧑谦于明洪武二十二年任琼山(今属海南省)教谕时撰《学范》,在所著《学范》的"作范"中曾引用过《诗家一指》[①]。这个事实告诉我们,一是赵所见的《诗家一指》乃是元代之物,二是怀悦在赵氏去世的二三十年后才出生。

矛盾如此,作何解释? 我们以为,在元、明两代,流传两种内容大同小异的《诗家一指》,一是无名氏的元人本,一是怀悦刊行的《诗家一指》。现在人们所知的嘉靖二十四年(1545)本、嘉靖三十年(1551)本不提撰者之名;万历五年(1577)本,题为范德机作,其实也是伪托。许学夷(1563—1633)《诗源辨体》、胡震亨(1569—1645?)《唐音癸签》在书中皆只提《诗家一指》,不注明作者,那是他们都明白《一指》的真正作者乃"无名氏"。许学夷说"《诗家一指》出于元人",比较可信。许撰《诗源辨体》"前后历四十年,十二易稿业乃成"(见恽应翼《许伯清传》),足见他落笔求真,慎之又慎。《明史·艺文志》说"怀悦《诗家一指》",可能是这个"富而好事者"(朱彝尊语)怀悦,刊刻过《一指》,留传

①赵㧑谦《学范》,著于洪武二十二年(1389),全书分六门:"一曰教范,言训导子弟之法;二曰读范,列所应读之书;三曰点范,皆批点经书凡例;四曰作范,论作文;五曰书范,论笔法;六曰杂范,论琴、砚、鼎彝、字画,印章之类。"(见四库存目杂家类)

后世,遂为王鸿绪等在《明史·艺文志》上留名。

这里,还要指出,史书著录书目,在书名前冠以人名,那人不一定就是"作者",他可能是"编者"、"校订者"、"刊行者"。以《明史·艺文志》"文史类"而论,既载有"怀悦《诗家一指》一卷",也载有"李东阳《怀麓堂诗话》一卷"、"徐祯卿《谈艺录》一卷"、"黄曾省《诗法》八卷"、"王昌会《诗话汇编》三十二卷。"这几条目录中,李、徐是"作者",黄、王是"编者"(黄书自署"黄省曾编次")。怀悦,只是《一指》的"刊行者",总不能说怀悦就是"作者"吧?

照我们看,见之于元末明初的《诗家一指》或被称作"怀悦《诗家一指》",都是伪托之作。作伪者心里明白那书的来历,怎敢署名! 对这样的伪托之作,大可不必追究它的真正作者是谁。说到底,他只是个文抄公而已。

(二)《二十四诗品》的作者不是怀悦,毋庸置疑

那么它的作者是谁? 摊开历史资料,人们会看到苏轼《书黄子思诗集后》中论述司空图诗和诗论的一段话。苏轼说:

> 唐末司空图,崎岖兵乱之间,而诗文高雅,犹有承平之遗风。其论诗曰:梅止于酸,盐止于咸,饮食不可无盐梅,而其美常在咸酸之外。盖自列其诗之有得于文字之表者二十四韵,恨当时不识其妙。予三复其言而悲之。①

按:"其美常在咸酸之外",即"味外之旨"、"韵外之致。"亦即司空图在《杏花》绝句中所说的"品韵"。"诗之有得于文字之表者",定语,修饰"二十四韵",表明它有共性。"二十四韵",古今论诗、论文者皆认为指《二十四诗品》。但近年有几位学者认为"二十四韵"乃是指《与李生论诗书》中所列举的二十四联。并说"唐宋人习称近体诗中一联为一韵,不以一首为一韵",以此来作为新论的理论支柱,进而认定《二十四

---

① [宋]苏轼著:《苏东坡全集》(上),中国书店1986年版,第559页。

诗品》的作者不是司空图。

怎么看待这个问题呢?我们认为:把"二十四韵"解作实指《二十四诗品》是正常的;如解作《与李生论诗书》中的"二十四联",那是经不住推敲,站不住脚的。试申述鄙见如下:

古体诗、近体诗的标题中,常有"二韵"、"三韵"、"二十韵"乃至"百韵"等等,题中的"韵"字,通常指"韵脚",有时也指"韵部"(亦称"韵目")。

"韵"指"韵脚"的实例很多,只举两个示意吧。如杜甫《寄李白二十韵》、杜牧《赠李处士长句四韵》,前一例全诗四十句,用了二十个韵脚字,从头到尾押韵(即诗人们口头语"一韵到底"),故称"二十韵"。后一例是一首七律,八句,用了四个韵脚字,故称"四韵"。

"韵"指"韵部"的实例,相对说来少些,但也大有实例在。我们讨论《书黄子思诗集后》中"二十四韵"问题,那么就用苏轼诗标题中"韵"指"韵部"的实例来说明问题吧。

例一,《伯父送先人下第归蜀诗云:"人稀野店休安枕,路入灵关稳跨驴"。安节将去,为诵此句,因以为韵,作小诗十四首送之》。按:题中的"韵"字指"韵部",即以"人稀野店休安枕,路入灵关稳跨驴"十四字为"韵目",写成十四首五言绝句(组诗),顺序排列,整整齐齐。

例二,《江月五首》并引。小引说:"杜子美云'四更山吐月,残月水明楼。'此殆古今绝唱也。因其句作五首,仍以'残月水明楼'为韵。"按小引中的"韵"字指"韵部",明确无疑。这是五首五古(组诗),每首八句,四韵脚。

例三,《访张山人得山中字二首》。按:这是两首五律,前一首用"山"字韵(韵脚字:还、间、菅、山,属删韵部)。后一首用"中"字韵(韵脚字:公、东、风中,属东韵部)。可以说,诗人在标题中,在"得山中字"后加"为韵"两字,也不是多余的。

"韵"指"韵脚"或"韵部"(韵目),乃是唐宋诗人的共识,让我们再举两例以见"韵"指"韵部"(韵目)的普遍性。

例一,唐元结《乱风诗》中有《至乱》一题,小序曰:"古有乱王,肆极凶虐,乱亡乃已,故为《至乱》之诗二章,二韵十二句。"按:小序中所谓"二章"即二首;所谓"十二句"即每首六句(三联);所谓"二韵"即第一首中三个韵脚字(王、荒、忘)属"阳韵"部;第二首中三个韵脚字(思、为、之)属"支韵"部。所谓"二韵",指两首诗各用一个韵部的字押韵成诗。

例二,宋刘攽《与孙巨源、苏子瞻、刘莘老广陵相遇,苏请赋为别,各用其字为韵,每篇十韵》。刘攽字贡父,孙洙字巨源,苏轼字子瞻,刘挚字莘老,所谓"用其字为韵"云云,即指用"贡"、"源"、"瞻"、"莘"为韵目(韵部),各写二十句、十韵脚相叶的诗。标题中的前一"韵"字指"韵部"(贡属送韵部、源属元韵部、瞻属盐韵部、莘属真韵部),后一"韵"字指"韵脚",这是极其明确的。

以上所举的苏轼诗、元结诗、刘攽诗都是组诗,就内容看,每一组诗自有共同主旨;就表达形式看,整齐统一,排列有序,有相对完整性。

我们在举了一批实例之后,可以回到问题本身来了——说《书黄子思诗集后》中的"盖自列其诗之有得于文字之表者二十四韵"实指二十四首诗,是每首从一个韵部中选字押韵的诗,这是极为正常的。又,我们不能忽视"诗之有得于文字之表者"这一定语,它限定了"二十四韵"的特性,即对"品韵"或"味外之旨"的体会。根据这一要求,在司空图名下,要找出这二十四首诗,只有《二十四诗品》足以当之。

说《与李生论诗书》中的"二十四联"就是《书黄子思诗集后》中所谓"二十四韵"为什么站不住脚?道理在这里:

(1)我国古体诗、近体诗乃至上溯到古乐府、"三百篇",没有不押韵的:"押韵"成了我国诗歌不可动摇的传统。正因为古体诗、近体诗联与联之间押韵,这才可以说"一联为一韵"。如果联与联之间不押韵,那就不成其为诗,也便不能说"一联为一韵"。试问:《与李生论诗书》中的二十四联、联与联之间押韵吗? 答案只有三个字:不押韵。既不押韵,当然说不上什么"二十四韵"。

我们知道,中国诗中有所谓"集句诗",专取已有的诗中一句或一联,凑合成另外一首诗。但我们认为,任凭什么高手,也无法把《与李生论诗书》中的"二十四联"凑成一首押韵(准许转韵)的诗。

这里顺带提一下,"不以一首为一韵"的说法有片面性。因为如果"韵"指"韵部",则"一首为一韵"的实例大量存在,不必多说。

(2)我们还要指出,《与李生论诗书》中所列举的联数,随版本不同而不同。见之于《文苑英华》本的作二十三联(修订本作二十五联),见之于《唐文粹》本的作二十四联,见之于《唐诗纪事》本的作二十五联,而《后村诗话》却说:表圣尝"自摘其警联二十六。"这里,我们不禁要问:上列四种书籍俱在人间,陈、汪两先生为什么只提"二十四联"而舍弃其它三种说法? 回答是,若提其它三个数字便不能以"二十四联"来取代"二十四韵",那么他们的新论也就缺了一根支柱。二十三联、二十四联、二十五联、二十六联四说并存,到目前为止,还没有人敢说哪一种说法最正确,存疑吧。

(3)有人提示说:《与李生论诗书》中的二十四联,来自司空图所写的二十四首诗,把这二十四首诗看作"二十四韵",情况如何呢? 事实告诉人们:这二十四首诗,从内容方面看,它们写"早春"、"秋思"、"塞上"、"山中"、"江行"、"退栖"、"独望"、"元旦"等等,还有全篇已失,只剩一联的七题,它们各有主旨,没有共同点,更谈不上共同显示"味外之旨"或"韵外之致",毫无组诗的内在特性;从形式方面看,它们是由五律十一首、七律三首、五绝二首、七绝一首、再加七联凑成"二十四"首诗的,在表现形式上毫无组诗那种整齐、统一的外在特征。人们翻开《司空表圣诗集》,便知这二十四首诗原是散乱排列的,毫无组诗迹象。

现在我们可以郑重地说一句:认定《与李生论诗书》中的"二十四

联"就是《书黄子思诗集后》中所说的"二十四韵"是经不住推敲的,因而也是无说服力的。

五、结束语

明人毛晋(1599—1659)编《津逮秘书》,收录了《诗品二十四则》,署名"唐司空图表圣撰,明毛晋子晋订。"又加跋语:

> 此表圣自列其诗之有得于文字之表者二十四则也。昔子瞻论黄子思之诗,谓表圣之言美在咸酸之外,可以一唱而三叹……可以得表圣之品矣。

这段跋语,明白地告诉人们,毛晋认同苏轼的说法,认为《书黄子思诗集后》中的"二十四韵"实指《二十四诗品》。又,与毛晋同时的郑鄤(1594—1639),曾作《题诗品》,也认同苏轼的说法,以为"二十四韵"实指《二十四诗品》。

我们还要提请注意:"明毛晋子晋订"一语中的"订"字。毛晋是个大藏书家,专收宋椠本、精抄本古籍;他见到的《二十四诗品》至少有两种,才能互相比较,加以订正。他说《二十四诗品》"唐司空图表圣撰",也必有所见而云然。我们不能排除他见到署名司空图撰的宋元椠本或抄本《二十四诗品》的可能性。因此,我们认为:在尚未发现新的可靠证据之前,苏轼、毛晋等姑妄言之,我们姑妄听之。

为作进一步讨论参考,提一下四库馆臣对《二十四诗品》作者问题的看法是有益的。《四库全书总目提要》曰:

> 《诗品》一卷,唐司空图撰。图有文集,已著录。唐人诗格传于世者,王昌龄、杜甫、贾岛诸书,率皆依托;即皎然杼山《诗式》,亦在疑似之间;惟此一编,真出图手。

馆臣的话表明,他们始而怀疑,终则肯定:"诗品一卷,唐司空图撰。"他们凭什么肯定呢？又曰：

> 其《一鸣集》中有《与李秀才论诗书》谓："诗贯六义，讽谕、抑扬、渟蓄、渊雅，皆在其中，惟近而不浮，远而不尽，然后可言意外之致。"又谓："梅止于酸，盐止于咸，而味在酸咸之外。"其持论非晚唐所及，故是书亦深解诗理。凡分二十四品，曰雄浑……曰流动。各以韵语十二句体貌之。①

啊，四库馆臣乃是从司空图赏诗辨味颇有能力角度来肯定《二十四诗品》是他撰的。是的，撰《诗品》必然牵涉到作者的赏诗能力、写诗能力、思想状况、宗教信仰、生活情趣，以及造成作者这些个人特点的社会环境、社会根源等方面。今人探究《诗品》的作者问题，正是从以上几方面切入而加以说明的。考据之学也须与"知人论世"相结合才好，因为"作者"也是一个社会成员嘛。

---

① [清]永瑢等撰:《四库全书总目》(下)，中华书局 1965 年版，第 1780—1781 页。

《二十四诗品》是明人怀悦所作吗？ ①

去年（1995）秋，我和陶礼天同志合撰《〈诗家一指〉与〈二十四诗品〉作者问题》②，指明所谓"《二十四诗品》的真正作者应为明代景泰间嘉禾人怀悦"③一说，查无实据，不可信。我们根据托名元人虞集的《虞侍书诗法》与明人黄省曾"编次"的《诗家一指》两相对照，指明"怀悦，只是《诗家一指》（内载《诗品》）刊行者"，而不是作者。

今年（1996）六月，北京大学张健博士寄来"怀悦本"《诗家一指》，读后，证明我和陶礼天的判断符合实际。十月，又读到《寻根》1996年第4期上刊载的《〈二十四诗品〉不是司空图所作》一文，两位作者认为：《二十四诗品》的作者是明人怀悦，而不是司空图。这就促使我再度握笔，来参加讨论。我打算写两篇短文来表述我的看法，一曰《〈二十四诗品〉是明人怀悦所作?》，二曰《再论〈二十四诗品〉作者问题》。这里发表的是第一篇。

一

先简略地说一下"怀悦本"《诗家一指》版本情况。这本小书计32页，每半页6行，每行12字，中缝除"前序"、"后序"外，无字、无鱼尾纹。所谓"前序"实乃魏骥④撰于成化二年（1466）八月的《诗家一指序》；"后序"即怀悦写于成化二年九月的《书〈诗家一指〉后》。正文第一页第一行上半曰："诗家一指"，第二行下半署"嘉禾怀悦用和编集"。正文约

①本文原载《安徽师大学报》1997年第1期。

②见《安徽师大学报》1996第1期，又见本书。

③见《〈二十四诗品〉作者是明代怀悦》，载1995年3月16日《文汇报》第8版。

④魏骥（1374—1471），字仲房，萧山人。永乐乙酉（1405）进士，南京礼部尚书致仕。卒年九十八，谥文靖。有《南斋前后集》二十卷，见《千顷堂书目》卷十八。《明史》有传。

六千字，楷体。

现在，节录怀悦《书〈诗家一指〉后》如下：

> ……余生酷好吟咏，然学而未能……一旦偶获是编，其法以唐律之精粹者采其关键以立则焉……足可为学吟者之矩度。自是日阅数四，稍觉有进。今不敢匿，命工绣梓，与四方学者共之，庶亦吟社中之一助耳。……

魏骥在《诗家一指序》中说：

> 嘉禾怀氏用和号铁松者以书抵余，自言近得诗法一编，乃盛唐诸贤之作，择其精粹，订为诗格，名之曰《诗家一指》，欲绣诸梓，以便四方学者，乞文以弁其首。

我们据此断定：怀悦，只是《诗家一指》的刊行者，而不是作者。我说这是铁证，其它任何辩驳都改变不了这个事实。

二

提出"《诗家一指》的作者是怀悦"说的根据何在？持此说者曰：

> 《诗品》系明人据《诗家一指》伪造……《一指》作者，万历本称范德机（即范梈），许学夷称元人，皆不确。明高儒《百川书志》、清黄虞稷《千顷堂书目》及《明史·艺文志》皆著录此书，作者为明人怀悦。[1]

我以为这是经不起推敲、站不住脚的证据。请看，《百川书志》卷十八曰：

> 《诗家一指》一卷

---

[1] 陈尚君、汪涌豪撰：《〈二十四诗品〉不是司空图所作》，载《寻根》1996年第4期。

　　皇明嘉禾怀悦用和编集

　　这分明说:《诗家一指》的作者不是怀悦,引用者何以竟无视"编集"两字?

　　《千顷堂书目》、《明史·艺文志》记载:

　　怀悦《诗家一指》一卷

　　这记载并未肯定怀悦就是《诗家一指》的"作者"。我们曾指出:"史书著录书目,在书名前冠以人名,那人不一定就是'作者',他可能是'编者'、'校订者'、'刊行者'。……怀悦,只是《一指》的'刊行者'。"[1]应该说,这判断是符合实际的。

　　　三

　　持"《诗家一指》作者是明人怀悦"说的论者,认为《二十四诗品》不是司空图所作,还举了几条似是而非的理由:

　　一说"《诗品》以道家思想为主旨,处处表现出对道家学说的由衷赞许和自觉认同,而司空图一生中儒家思想始终占有主导地位。"因此他们认为这是"显而易见的悖向",从而"认为该书不是司空图所作。"[2]

　　我以为"司空图一生中儒家思想始终占有主导地位"的提法有偏颇。司空图终生走的是"穷则独善其身,达则兼济天下"的人生道路,他始而要求"达",也开始"达"起来了,可是偏碰上黄巢起义,天下大乱,使他的政治道路"穷"而不通,于是自称"居士"、"禅客",以禅宗思想来抚慰自己受创的心灵。儒家思想、禅宗思想在司空图后半生的思想领域里兼而有之。他的死就是这种思想矛盾的总结。这在《司空表

────────────

　　[1]祖保泉、陶礼天撰:《〈诗家一指〉与〈二十四诗品〉作者问题》,载《安徽师大学报》1996年第1期。

　　[2]陈尚君、汪涌豪撰:《〈二十四诗品〉不是司空图所作》,载《寻根》1996年第4期。

圣文集》、《司空表圣诗集》里完全可以找到证明。不妨举个小例,司空图诗《漫书》曰:

> 乐退安贫知是分,成家报国亦何惭。
> 到还僧院心期在,瑟瑟澄鲜百丈潭。

“报国”与“禅隐”,在司空图思想里是互补的。

关于这个问题,我在《司空图的诗歌理论》小册子里写了一节“思想概观”,言之较详,此处不再繁说①。我想提问:一个人的所谓“主导思想”能是绝对排它的? 陶潜有隐逸思想,写了《归去来辞》、《桃花源记》,是事实;可是偏又写了《闲情赋》,“竟想摇身一变,化为‘啊呀呀,我的爱人呀’的鞋子”(鲁迅语),也是事实。我们不能只肯定前者而否定后者吧? 鲁迅说:

> 我总以为倘要论文,最好是顾及全篇,并且顾及作者的全人,以及他所处的社会状态,这才较为确凿。②

二说“《诗品》中某些描写,应属江南风物”,证据何在? 因何不举实例? 有个朋友半真半假地问我:“《诗品》中写的‘碧桃满树,风日水滨。柳阴路曲,流莺比邻’,‘玉壶买春,赏雨茅屋。坐中佳士,左右修竹’等,视为‘江南风物’,可不可?”我也半真半假地回答:这些景物别处也有,例如,司空图的家乡(包括王官谷)就有。请看司空图诗:“移取碧桃花万树,年年自乐故乡春。”《携仙箓九首》)“禅客笑移山上看,流莺直到槛前来。”(《移桃栽》)“垂杨合是诗家物,只爱敷溪道北生。”《力疾山下吴村看杏花十九首》)据此,我只想说,《诗品》描写“江南风

①参见《司空图的诗歌理论》第一部分,上海古籍出版社1984年版,或台北《国文天地》杂志社1991年版,第9—17页。

②鲁迅撰:《且介亭杂文二集·“题未定”草(七)》,见《鲁迅全集》(第六卷),人民文学出版社2005年版,第444页。

物"说是不能成立的。

请再看：

> 如有佳语，大河前横。（《沉著》）
> 太华夜碧，人闻清钟。（《高古》）
> 登彼太行，翠绕羊肠。（《委曲》）
> 缑山之鹤，华顶之云。（《飘逸》）
> 孰不有古，南山峨峨。（《旷达》）

这能说，写的是"江南景物"？人们看得清楚，说《诗品》描写江南
风物，意在由此证明《诗品》是"嘉禾怀悦"写的。事实证明，这么说是
无济于事的。

三说"《诗品》多有用唐宋诗文处。如'月出东斗'，用苏轼《赤壁
赋》'月出于东山之上，徘徊于斗牛之间'。"此乃经不住推敲的说法。

说《诗品》中"有用唐宋诗文处"，在句中夹个"宋"字，目的在于证
明《诗品》不是晚唐人司空图写的。但我不得不说，经过一番调查之
后，我可以肯定：《诗品》中的语词皆出自晚唐以前的典籍、文章（包括
释子们的文章）。例如，高古、冲淡、自然、精神、委曲、含蓄、疏野、劲健
等，见于皎然《诗式》；雄浑，见于沈亚之《为韩尹祭韩令公文》；洗炼，见
于《宋书·顾觊之传》；豪放，见于《魏书·张彝传》；实境，见于释窥基《因
明入正理论疏》，等等。

四说"月出东斗，用苏轼《赤壁赋》'月出东山之上，徘徊斗牛之
间'"，恰恰显露了论者的牵强附会。"东斗"一词出自《云笈七签》，
文曰：

> 中斗之中，五斗位者，阳明为东斗，丹元为南斗，阴精为西
> 斗，北极为北斗，天关一星以为中斗。[1]

---

① [宋]张君房纂辑，蒋力生等校注：《云笈七签》，华夏出版社1996年版，第
120页。

　　按:《云笈七签》是宋真宗时道教徒根据皇家"秘阁"所藏的道书撮要编纂成书的,其原件乃是前代遗留下来的。

　　"东斗"标示"东方"。"斗牛"即"北极星、牵牛星"的简称;北极星居正北位,牵牛星紧邻北极星,故称"斗牛",亦称"牛斗",表示"北方"。"南箕北有斗,牵牛不负轭。"汉代人已把"斗牛"的方位说得明明白白。今人何苦要以"月出东山之上,徘徊斗牛之间"来诠释"月出东斗"?

　　关于司空图《与李生论诗书》中所举的联数问题、"近体诗中一联为一韵,不以一首为一韵"问题,在我和陶礼天合撰的《〈诗家一指〉与〈二十四诗品〉作者问题》一文中,已经阐述了我们的看法,这里不再啰唆。

再论《二十四诗品》作者问题①

小 引

自1994年秋以来,关于《二十四诗品》的作者问题,学术界展开了讨论。事情是这样开始的,1994年秋,在中国唐代文学研究会第七届年会上,陈尚君、汪涌豪二先生合作撰文《司空图〈二十四诗品〉辨伪(节要)》,提出:《二十四诗品》的作者是明代嘉禾人怀悦。1995年3月16日,上海《文汇报》第8版,有篇报导,题为《〈二十四诗品〉作者是明代怀悦》,文中说:陈、汪二先生在《司空图〈二十四诗品〉辨伪》中"指出:《二十四诗品》的真正作者应为明代景泰间嘉禾人怀悦。"1995年9月,在中国古代文学理论研究会年会上,陈、汪二先生又提出他们的新论断,引起了热烈讨论。北大张健先生据所撰《〈诗家一指〉的产生时代与作者》一文②,在会上指出:清阮元文选楼刻《天一阁书目》著录此书云:"《诗家一指》一卷,刊本,明怀悦编集。叙曰:余偶获是编……可为学者之矩度,今不敢匿,命工绣梓,与四方学者共之。"因而张先生断定,怀悦"其实只是出资刻之而已"。照我看,这是言之有据的论断,可信。1995年秋,我和陶礼天同志合撰《〈诗家一指〉与〈二十四诗品〉作者问题》③,以《虞侍书诗法》、黄省曾本《诗家一指》相对照,指出:"怀悦,只是《诗家一指》的刊行者。"

今年(1996)10月,陈、汪二先生在《寻根》杂志上发表《〈二十四诗品〉不是司空图所作》④,仍说《诗家一指》(包括《二十四诗品》)的"作者为明人怀悦"。这便促使讨论一波又起。

---

①本文原载《江淮论坛》1997年第1期。
②见《北京大学学报》1995年第5期。
③见《安徽师大学报》1996年第1期,又见本书。
④见《寻根》1996年第4期。

一

面对陈、汪二先生的《〈二十四诗品〉不是司空图所作》，我计划写两篇小文说明我的看法，一曰《〈二十四诗品〉的作者是怀悦吗？》，投《安徽师大学报》，二曰《再论〈二十四诗品〉作者问题》，投《江淮论坛》。岂好辩哉，不得已也。

为便于讨论，这里对《虞侍书诗法》、怀悦本《诗家一指》作些介绍。通过介绍，自会澄清一两个问题。

（一）《虞侍书诗法》（以下简称《诗法》），见于明人史潜校刊的《新编名贤诗法》卷下。民国重修《金坛县志》曰：史潜，字孔昭，金坛人，明正统元年（1436）进士（三甲四十一名），官至河东盐运使①《新编名贤诗法》自署"前进士河东盐运使"，可知此书刊于史氏退休之后，时在明顺天年间（1457—1464）。

《新编名贤诗法·凡例》曰：此编"博采唐元名人诗法、诗评，旧未分类，今厘为上、中、下三卷，庶便观览，故总名目曰《名贤诗法》。"这便对"新编"出自"旧编"和所收录的皆"唐、元名贤诗法、诗评"作了明确交待。"卷下"所收录的《虞侍书诗法》当然被视为元人之作。虞侍书，乃虞集的官称，他确是元代的著名人物。

虞集（1272—1348），字伯生，号道园，祖籍四川仁寿。宋亡后随父侨居江西临川郡崇仁县。入仕元朝，为大都路②儒学教授、国子祭酒，元文宗时官奎章阁侍书学士，迁升侍读学士，是文宗的近臣。著有《道园学古录》。欧阳玄《雍虞公文集序》曰："一时宗庙朝廷之典册，公卿大夫之碑板，咸出公手。"③我们检读《道园学古录》，便知道这不是溢美之辞。

———————

①山西蒲州，曾名河东郡，有解池，产池盐。

②元代大都路，辖今北京市、河北省涿县、怀来以及霸县北境。

③[元]欧阳玄撰：《欧阳玄全集》（下），四川大学出版社2010年版，第618页。

　　冠以"虞侍书"官衔的《诗法》，全书约四千字：开头有48字小引，此下列子目曰："三造：一观、二学、三作"，依次加以阐释；曰"十科：意、趣、神、情、气、兴、理、境、事、物"，又依次加以阐释；曰"二十四品：雄浑、平(冲)淡……旷达、流动"，然后按《二十四诗品》目次列示原文(因存本缺页，缺：缜密、疏野、清奇、委曲、实境、悲慨、形容，计七品)；曰"道统"；曰"诗遇"——末两部分无子目，各有一大段阐释。全书概貌如此。

　　这里，我要说明的是：

　　(1)《诗法》前冠以"侍书"官衔，古无先例，虞集自己不会轻薄如此。这正暴露它是伪托之作。然而伪托之书的出现，当在虞集死后，即1348年后。

　　(2)《诗法》，除"二十四品"部分外，其余五部分(三造、十科、四则、道统、诗遇)，在思想上处处显示出理学色彩。而"二十四品"(即《二十四诗品》)则具有"释迦其表，老庄其实"(范文澜语)的禅宗思想。由此可知，《诗法》非出自一人之手。又，元代程朱理学流行，由此亦可知《诗法》出自元人之手。明人许学夷(1563—1633)《诗源辨体》(卷三五)说：《诗家一指》，出于元人。中有十科、四则、二十四品。这便透露出《诗家一指》"出自"《诗法》的关系。

　　(3)《诗法·三造·一观》曰："由之可以明十科、达四则、读二十四品，观之不已，而至于道。"据此可知，在"读"之前，必有《二十四诗品》这个客观存在。因此，我说，在元代早有《二十四诗品》流行于世了。

　　我这样说，还有一个佐证：明人赵㧑谦于洪武二十二年(1389)任琼山(今属海南省)教谕时，撰《学范》，在该书"作范"部分中曾引用《一指》，足见《一指》在明初已流行于塾师、学子之间，其来源必在元代。

　　(4)《诗法·四则》第二条，有曰："字法病在炼，在浮，在常，在暗弱，在生强，在无谓，在枪棒，在嘴爪，在不经。"按：句中所谓"枪棒"、"嘴爪"乃方言土语，令读者索解为难。这种现象在虞集《道园学古录》中是绝对没有的。

(5)《诗法·二十四品》中有错乱、有无可索解的句子。例如,列在《精神》一品的末两句"离形得似,庶几斯人",实为《形容》一品的末两句。《精神》一品押"灰"韵,《形容》一品押"真"韵,能诗能词的虞集,一读便知错乱所在。然而事实就存在这种错误。又《劲健》品中有这样的句子:"敛真乳强,蓄微牢中",后一句不可解。这,难道都归咎于手民、归咎于失校? 如果这么看问题,那么我要问:为什么此书的"三造"、"十科"、"四则"、"道统"、"诗遇"部分全无失校问题? 答案是:《一指》的作者不是虞集,而是某一元人。刊行者无力校勘,又要牟利,只好这么抛出去。

(二)怀悦本《诗家一指》,自署"嘉禾怀悦用和编集",刊于成化二年(1466)九月。陈田辑撰的《明诗纪事》乙签卷二十一曰:"(怀)悦字用和,嘉兴人,以纳粟官通判。有《铁松集》。"又,"用和辑友朋倡和之作为《士林诗选》,四库录入存目。"朱彝尊在《静志居诗话》中,介绍了怀悦家的水庄台榭、交往之后,小有微辞:"当日以纳粟入官,盖富而好事者。"

怀悦本《一指》分"总论"、"十科:意、趣、神、情、气、理、力、境、物、事";"四则:句、字、法、格";"二十四品:雄浑、冲淡……飘逸、流动";"外篇四段";"三造三段",计六部分。正文外,前冠永乐乙酉(1405)进士魏骥(1374—1471)所写的《诗家一指序》,末有怀悦自作的《书〈诗家一指〉后》。《一指》的全书概貌如此。

这里,我要指明的是:

(1)《一指》全文约六千字,自"总论"第一句起,至"外篇四段"的第一大段,抄自《诗法》,约三千五百字,如说有差异,只是个别字更换了同义词而已。此下还剩有二千五百字,则杂抄宋、元人诗话若干条。我称之为"杂抄",乃是因抄得没有条理。

(2)从校勘角度说,我曾就《二十四诗品》,以《虞侍书诗法》本、怀悦本《一指》、据杨成本又加校正的黄省曾本《一指》、《说郛》本、《津逮》本等五种元、明本《二十四诗品》，以黄本为底本，互相参校；应该忠实地宣告，怀悦本是最差的本子，其错误有时令人吃惊。例如第一首《雄浑》，全首押"东"韵，韵脚句"横绝太空"错成"太虚"，也不加校正。

（3）怀悦《书〈诗家一指〉后》说：

> 余生酷好吟咏，然学而未能……一旦偶获是编……日阅数四，稍觉有进。今不敢匿，命工绣梓，与四方学者共之。

这里，怀悦自己说，他只是《一指》的刊行者。此乃铁证，今人大可不必为他争什么著作权了。

至于为怀悦争著作权所持的理由，我在《〈二十四诗品〉的作者是怀悦吗？》一文中已作反驳，这里不再啰唆。

二

《二十四诗品》的作者，自明末及今，流传本皆题"唐司空图"或"唐司空图表圣撰"。明人凭什么肯定《二十四诗品》（以下简称《诗品》）的作者是司空图？ 在明人郑鄤（1594—1639）的《题诗品》和毛晋（1599—1659）的《津逮》本《诗品跋》中，不约而同地提到了苏轼《书黄子思诗集后》中涉及司空图诗和诗论的一段话；这段话，就是郑、毛两位肯定《诗品》作者为司空图的依据。兹录苏轼这段话如下：

> 唐末司空图，崎岖兵乱之间，而诗文高雅，犹有承平之遗风。其论诗曰：梅止于酸，盐止于咸，饮食不可无盐梅，而其美常在咸酸之外。盖自列其诗之有得于文字之表者二十四韵，恨当时不识其妙。予三复其言而悲之。①

在当前的争论中，对苏轼这段话的理解，成了肯定与否定《诗品》

---

① [宋]苏轼著：《苏东坡全集》（上），中国书店1986年版，第559页。

的作者为司空图的分水岭。现在,我来说一说对苏轼这段话的理解。

(1)"梅止于酸,盐止于咸,饮食不可无盐梅,而其美常在咸酸之外"数语,是根据司空图《与李生论诗书》开头一节撮述的。

(2)在《与李生论诗书》中,有曰:"愚幼尝自负,既久而逾觉缺然。然得于早春,则有'草嫩浸沙短,冰轻著雨销。'又'人家寒食月,花影午时天。'……"他一口气举了十八、九联之后说"虽庶几不滨于浅涸,亦未废作者之讥诃也";接着又举了五、六联,以"皆不拘于一概也"结束。

《与李生论诗书》中,司空图列举了多少联呢? 可以说是23—26间的不定数。根据北宋、南宋人编校的书籍和著录便如此(详见下文)。如果说,《与李生论诗书》所列举的联数,就是24,那是只取一点,不计其余的偏见。

(3)苏轼说"盖自列其诗之有得于文字之表者二十四韵,恨当时不识其妙。"这是个完整的句子,理解时不容割裂。试解如下:

"盖自列其诗之有得于文字之表者"句中,"其"为指示代词,"其诗"即今语"那个诗",加重语气而已。"其诗"后的"之"为结构助词,使"有得于文字之表者"与前面"其诗"相连。构成短语,用来规定后面的"二十四韵"的共同特性。

这里要特别点破的是:"其诗"的"诗",是泛指众家之诗,而不是专指司空图的绝句、律诗。句中的"有得",乃是司空图欣赏众家诗而有所得。"有得于文字之表"即体会到的诗之诸多妙境,如雄浑、冲淡等等。"二十四韵"即二十四首诗——《二十四诗品》。

正因为《诗品》用象征手法描绘诸多妙境,又有浓郁的玄思禅味,使人难于理解,这才有下一句"恨当时不识其妙"。

如果说,"其诗"专指司空图的绝句、律诗,那就无异于说,司空图"有得"于自已所写绝句律诗的诸多妙境。这是不顾实际的说法,事实是司空图的绝句、律诗并没有显示那么多妙境。苏轼就说过,司空图的某些诗"寒俭有僧态"。《蔡宽夫诗话》说:"司空图善论前人诗,……

皆切中其病。及自评其作,乃以'南楼山最秀,北路邑偏清',为假令作者复生,亦当以着题见许。此殆不可晓。当局者迷,固人情之通患。"这便指明司空图的诗与他的诗论不相称,诗非卓秀而论则超群。一句话:司空图的诗并不显示那么多妙境!

我认为,以上解释是忠实于苏轼原文的,因此我承认《二十四诗品》的作者是唐末人司空图。

然而,为怀悦争《诗品》著作权的论者说:

> 今检苏轼语见《书黄子思诗集后》……"自列其诗……二十四韵"应指司空图自己所作诗二十四联。《与李生论诗书》在陈述论诗主张后,即举己作为证,如"得于早春则有'草嫩侵沙短,冰轻着雨销'"之类,恰为二十四联。①

这里,不得不指出,这种说法是经不住推敲的,完全站不住脚的。让我申诉如下:

(1)司空图《与李生论诗书》中所列举己作的联数,就宋代说,因版本不同而有差异。宋太宗时由李昉(925—996)、徐铉(917—992)、扈蒙(917—986)、宋白(936—1020)等人编集,苏易简(960—996)、王祐(宋史本传记载不详)等续修,成书于雍熙三年(986)的《文苑英华》本《与李生论诗书》录23联。南宋周必大(1126—1204)等对《文苑英华》又加以考订校正,《与李生论诗书》校正为25联。宋真宗时,姚铉(968—1020)编《唐文粹》②,收录《与李生论诗书》,为24联。又,死于南宋亡国前十年的诗人刘克庄(1187—1269),在其《后村诗话》中说:表圣尝"自摘其警联二十六"。由此可见,《与李生论诗书》中的联数,在宋代有四种之多。而造成这种纷乱在于刻本或抄本《与李生论诗书》在

①陈尚君、汪涌豪撰:《〈二十四诗品〉不是司空图所作》,载《寻根》1996年第4期。

②《宋史·姚铉传》:铉卒后,其子"以其书上献,诏藏秘阁"。

正文里有些夹注,有时夹注又成了正文。这夹注来自作者抑或编集者、校订者,都不得而知,但有一点是可以揣知的,那就是他们心中并没有"二十四联"这个成见。今人为怀悦争著作权而对"二十四联"情有独钟,这就不能不是偏见。为了以"二十四联"来取代苏轼所说的"二十四韵",那就只好取其一点不计其余来作为论据了。

(2)"二十四联"能等同"二十四韵"吗?答曰:这要有分析地看待问题。说"唐宋人习称近体诗中一联为一韵",这里有个前提条件:一定是一首押韵的诗。例如杜牧《寄内兄和州崔员外十二韵》,此诗五言二十四句,十二个韵脚字:情、兄(xīng)、明、声、行、枨(chéng)、城、名、盈、生、倾、平。如果就此诗中取一联,称其为诗中"一韵",当然可以。或者如杜甫《八阵图》:"功盖三分国,名成八阵图;江流石不转,遗恨失吞吴。""图"、"吴"相叶,这才说一联为一韵。如果脱离联与联之间押韵这个条件,乱凑若干联,也来套用"一联为一韵",那就令人吃惊了!就以《与李生论诗书》中的联语来说吧,"草嫩侵沙短,冰轻着雨销"和"人家寒食月,花影午时天"——"销"、"天"怎么相押?一句话,《与李生论诗书》中自摘的二十几联,只能称"联",不能称"一联为一韵",因为那些联与联之间根本不押韵。

我只懂得这么点音韵常识,但我以为我的说明是符合唐宋人用韵实情的。

(3)有人这么辩解:那"二十几韵"指的就是"联语"所从出的那"二十几首诗"。那么,我反问:究竟多少首,谁敢肯定? 又,请不要忘记:"二十四韵"前的定语——"其诗之有得于文字之表者"。

"其诗之有得于文字之表者二十四韵",意味着这"二十四韵"是组诗,它们既要表现出"有得于文字之表"的妙境,又要有组诗常有的外形一致的特点。就《与李生论诗书》中那二十几联所从出的诗(实存17首)说,它们皆不表达"有得于文字之表"的妙境,也没有较为统一的形式。举三个小例:一是《独望》(远坡春草绿,犹有水禽飞),写虞乡县南门外的景色,是作者青年时期的作品。二是《光启四年春》(孤屿池痕春涨满,小阑花韵午晴初)归王官谷次年春作,写隐居旧庐情怀,作者时年五十二。三是《秋思》(孤萤出荒池,落叶穿破屋)乃是发抒"风波一摇荡,天地几反覆"的国之将亡的哀思,作者时年六十八。据此可知,那二十几首诗,论题旨,确未表达"有得于文字之表"的妙境。论外在表现形式,那二十几首是由五律11首、七律3首、五绝2首、七绝1首,再加上失题残联7—5联凑成的。其杂乱即目可见,半点组诗形式也没有。

写到这里,我应该郑重地总结一句:以带问号的"二十四联"来凑合苏轼所说的"二十四韵",其论据是经不起检验的。

三

为怀悦争《诗品》著作权的论者说:

> 《四库提要》指王昌龄《诗格》为伪托,皎然《诗式》在疑似间,谓此书(注:指《诗品》)真出图手,举证仅"持论非晚唐所及","深解诗理"而已。[①]

显然,他们对四库馆臣所说的"《诗品》一卷,唐司空图撰。……唐人诗格传于世者……惟此一编,真出图手……其持论非晚唐所及,故是书亦深解诗理"(《四库全书总目提要》)等语是弃置不顾的。可是,我觉得四库馆臣的"深解诗理"一语可以触发我们从写《诗品》的主观、客观条件方面来考虑问题。《诗品》,已是客观存在,它的出现,必有其主观条件和社会条件。这条件是:

(1)《诗品》是四言诗,其作者当是个成熟的诗人,又是个深解诗理的行家,否则提不出"二十四品"。

---

① 陈尚君、汪涌豪撰:《〈二十四诗品〉不是司空图所作》,载《寻根》1996年第4期。

（2）《诗品》中写了那么多畸人、幽人的生活风貌,表明它的作者有隐逸生活体验。

（3）《诗品》中,充满禅味,"禅"的本义即"静虑",认定"人性本净",为此,要求在思想上"离一切相,是无相;但能离相,性体清净"（《坛经》）。《雄浑》曰:"超以象外,得其环中";《冲淡》曰:"素处以默,妙机其微";《高古》曰:"泛彼浩劫,窅然空踪"等等,都是"离一切相"的超越物质的、人文社会束缚的调子。这表明《诗品》的作者,在宗教信仰上皈依禅宗。

（4）《诗品》是在某些社会条件下才能出现的作品。诗歌大繁荣,诗的风格百花齐放,这才促使《诗品》的作者从而表述诗的风貌、意境,多达二十四种。有这个历史土壤,才有《诗品》这丛花朵。

（5）《诗品》的二十四品目,有一些见之于中晚唐人的著述,见之于皎然《诗式》的多达八目,这表明,唐人撰《诗格》、《诗式》之类的风气大兴之后,《诗品》的作者受到了触动,从风而起。钱锺书说:"一个艺术家总在某些社会条件下创作,也总在某种文艺风气里创作";"风气是创作里的潜势力,是作品的背景"。[1]此乃见道之言,值得弄文论诗者深思。

以上五条,一把它联系起来,便可以看出《诗品》本身必带有时代烙印和作者的思想烙印。下面,让我就此加以申述:

（1）《诗品》的主导思想是"释迦其表,老庄其实"[2]的禅宗思想。这种禅家、道家在思想上两相契合的中国化了的佛教思想,是到晚唐时期才完成的。这就是说,《诗品》身上带有"晚唐"烙印。又,《诗品》受皎然《诗式》的影响极为明显,品目"高古"、"冲淡"、"自然"、"精神"、

---

[1] 钱锺书撰:《中国诗与中国画》,见《七缀集》（修订本）,上海古籍出版社1994年版,第1、2页。

[2] 范文澜著:《中国通史简编》（修订本）第三编,人民出版社1965年版,第613页。

"委曲"、"含蓄"、"疏野"、"劲健"等都先见之于《诗式》。皎然生卒年不详,但为中唐人,则有据可查。又,"雄浑"一词,始见之于沈亚之《为韩尹祭韩令公文》,亚之卒于公元831年之后,时在中唐、晚唐之交。由此可以断定《诗品》为晚唐人作品。

(2)在晚唐诗人、诗论家中既对唐诗众家有鉴赏、有评论,且有禅宗思想又有隐逸生活经历的是谁呢?除司空图外,无第二人。这,我们把司空图的诗文和《诗品》两相对照,就可以看出两者在思想上同一根源。我戏称这种两相对照为验血认亲法。请看:

第一,司空图自称"居士"、"禅客",还为佛教活动写了些文章。他曾作《偈》曰:

> 人若憎时我亦憎,逃名最要是无能。后生乞汝残风月,自作深林不语僧。

这是禅意十足的诗,让我把它与《诗品》的禅言相对照作几句解释。《偈》的第一句表示超越是非之分的人生态度,亦即《诗品》所说的"道不自器,与之圆方"。这也正是禅者自我解脱的思维方式,也是他们的处世哲学。第二句表示无营无待,对一切物质的、超物质的,都不执着,深悟"浓尽必枯,淡者屡深"的自然之道。第三、四句表述排除一切纷扰,"自家修清净"(《坛经》语)。这也即是《诗品》所说的"素处以默"、"蓄素守中"。《偈》的表达方式与《诗品》的表达特点如出一辙,语言模糊,而中心意念却又清晰,正有超以象外、不落言诠的禅味。

应该说:这两者思想密合,虽只一例,并非偶然。

第二,司空图的诗是他生活感情的记录,而有些诗所反映的生活情思,却升华为《诗品》中某种意境的一部分——也就是说,《诗品》带有司空图生活经历、生活感受的烙印。请看:

> 茶爽添诗句,天清莹道心。只留鹤一只,此外是空林。(《即

事二首》之一）

这是司空图记录自己隐逸生活的一点一滴。

> 素处以默，妙机其微；饮之太和，独鹤与飞。（《冲淡》）

为了创造"冲淡"境界，那个主人公由"饮茶"而变作"饮太和"之气；那"鹤一只"伴主人公在"空林"里养"道心"又化作"独鹤"与主人公一同飞空而任意逍遥。一写实，一虚构，其生活底子则一。又，

> 林鸟频窥静，家人亦笑慵。旧居留稳枕，归卧听秋钟。（《即事九首》之一）

这是司空图在王官谷与僧人毗邻而居的独有的生活感受。他自己说"凡闻钟梵，遽脱羁愁"。山寺钟声可以使他澄心静虑，忘却一切。

> 月出东斗，好风相从。太华夜碧，人闻清钟。（《高古》）

为了创造"高古"混茫境界，作者把自己的生活感受幻化为"畸人"的活动境界，实写与虚构有别，那生活底子则一。实写、虚写的"钟声"，都来自"华山"，这就透露了作者与华山的感情牵连。这作者是谁？答曰：司空图。

> 洞天真侣昔曾逢，而岳（注：华山）今居第几峰？峰顶他时教我认，相招须把碧芙蓉。（《送道者二首》之一）

这是司空图借"送道者"所发抒的超脱之情。

> 畸人乘真，手把芙蓉。泛彼浩劫，窅然空踪。（《高古》）

为了创造"高古"境界而虚构"畸人"神态，竟和司空图所送的"道

者"或"真侣"一模一样！根源何在？在于受作者生活底子的支配。

这里，我还要指明一点：庄周笔下的"真人"、"畸人"都是遁世无闷、乘风御气的仙人；而《诗品》里的"畸人"、"幽人"、"可人"，却都是在旷达的外衣下隐藏了一颗经受过创痛之心的人。请注意：

"畸人"偏偏要经历人间"浩劫"，然后让他在清风明月之夜，默然地伫立在华山，倾听远处的钟声，其处境何等凄凉！

> 晴雪满汀，隔溪渔舟。可人如玉，步屧寻幽。载瞻载止，空碧悠悠。……（《清奇》）

"可人"在雪野里漫步，对着悠悠的碧空出神，那冷如秋月的眼神，正是内心孤寂的流露！

这里，人们不能忽视一点：畸人、可人，都是作者虚构的伤心人；而虚构他们那个作者乃是实际存在的经历了"浩劫"的伤心人。此人是谁？答曰：司空图。

根据上述实例，我们说《诗品》本身带有作者司空图思想情感的烙印，不是无稽之谈。

第三，司空图的诗论，如"韵外之致"、"味外之旨"、"象外之象"、"景外之景"等都带有禅意，教人可以意会而不可以言传：人们展开形象思维去探研这些观点，觉得它涵藏深广，可又有点模糊，说不清。

《诗品》有禅意是许多人所公认的。《禅外说禅》的著者张中行先生就《诗品》一口气举了十六个品目中的禅意句。我为节省篇幅，仅举两例：

例一：《坛经》说："离一切相，是无相；但能离相，性体清净。"《诗品·雄浑》说："超以象外，得其环中。持之匪强，来之无穷。"这是教人理解诗的象征特质，就此展开想象，不必作单一的执着的解释；可以会意，各求胜处。试看古今名篇，被历代论者各作各的诠释，就是实情。这，有禅味吧？我是俗子，一解释，就落言诠了，奈何！

例二:《老子》四章:"挫其锐,解其纷,和其光,同其尘。"王弼注:"挫锐而无损,纷解而不劳,和光而不污其体,同尘而不渝其真。"(第五十六章,在"挫其锐"下注"含守质也";在"解其纷"下注"除争原也";在"和其光"下注"无所特显则物无所偏争也";在"同其尘"下注"无所特贱则物无所偏耻也"。)按这几句玄言,意在教人不分亲疏、利害、荣辱、贵贱,因为万物同源于道,它们都是道的假体而已。《诗品·形容》说:"俱似大道,妙契同尘。"这是教人理解,诗写各种事物的形容,只要形似神似,就是好诗。这,作者写得多么有禅味!

司空图的诗论观点有禅意,而《诗品》品评诗的风貌有禅味,两者如此类似、融通,且又都是出自思想深处的。这,透露了一个消息:它们是一条藤上两个瓜。

四

基于以上考查和分析,我认为《诗品》的作者是司空图。《说郛》、《津逮丛书》收录《诗品》皆署"唐司空图撰"或"唐司空图表圣撰"是可信的。

现在,我想简明地说一下《诗品》流传的迹象:唐末司空图撰成之后,宋苏轼就读过《诗品》;元代有《虞侍书诗法》中的"二十四品"流传于世;明初至万历以前,除赵㧑谦《学范》引用《一指》外,尚有三种"二十四品"夹在《一指》中存世(成化二年的怀悦本、成化十六年的杨成本、嘉靖二十四年的黄省曾本);再加上署名范德机的"万历"本、明末的《津逮》本、《说郛》本。事实就这么明明白白地摆在那里。

然而,为怀悦争《诗品》著作权的论者说:

> 追溯文献,我们发现从梁开平二年(908)司空图去世,直到明万历年间(1573—1620)的约700年间,从无人说到司空图著此书,也未有人经见或引录此书。(陈尚君、汪涌豪《司空图〈二十四诗品〉辨伪》节要)

此乃故作惊人语。自司空图去世至明万历间,除苏轼见过《诗品》外,有元、明万历前刻本至少五种尚在人间。这证明所谓"约700年间,从无人说到此书"是主观臆断。至于说自宋至明,《诗品》未曾被人"引录",这提法就有片面性:此书已被刊行了,还不足以证明它的存在?非必被"引录"才算真的存在?应该说,文章被人"引录",固然可以证明其存在,不被"引录",也未必不存在。这才是正常的道理。

元、明时期流传的《诗品》,有些不署作者之名,为什么?让我们先看一个事实再说明。高儒《百川书志》记载:

> 杜陵诗集 一卷 元杨仲宏作 律止四十三首此不知何人首著一格凡五十一格
> 诗林要语 一卷 元清江子范梈述
> 诗话源流 一卷 元人著 有正论家数诗解诗格
> 诗家一指 一卷 皇明嘉禾怀悦用和编集
> 诗家指要 一卷
> 木天禁语 一卷

> (高儒曰:)以上六种,俱相出入,当削其重复,定成一集,以便观览,不然则纷无定格矣。①

这一事实告诉人们:元、明(特别是明)人编撰诗话之类,辗转抄袭,习以为常;对诗话之类作品,不署作者名或乱署名,也随随便便,不加考究。以《诗品》而论,连标目在内,才1200字的短篇,被夹在《诗法》、《一指》之类的书中出现,不署"司空图作",在当时也不足为怪。何况这类书多流行县学乡塾间,村夫子和学童何力研究及此。

这一事实也告诉人们:光靠"目录"来断定某书的作者为何人,有时可靠,有时不可靠。一旦失于考查,便会大上其当。

临了,我想说明两点:一是历史老人对我们恩赐不够,我拿不出

---

① [明]高儒撰:《百川书志》,上海古籍出版社2005年版,第282页。

《诗品》的唐写本或宋刻、宋抄本来证实我的考查、分析;讨论嘛,我说理一通,敬候通人指点。二是说《诗品》的作者"不是司空图",这要有确凿证据;在拿不出确证之前,不宜断然剥夺司空图的著作权。

关于《二十四诗品》作者问题的讨论

——答张灿校友问①

今年(2005年)四月下旬,接到"七八级"中文系毕业的校友张灿的信,说他听过我讲授《文心雕龙》,因而在中学教学之余,很注意研习中国古代文学理论。近几年,他很关注《二十四诗品》作者问题的讨论。为此,他看了一些讨论文章(包括拙著《司空图诗文研究》在内),提出三个问题,盼望我助他解惑。鉴于我年为一日之长,便握笔略表愚见。

问一:在中国古籍中,署名"唐司空图撰"的《二十四诗品》存世的有几种,何处可觅?

问二:有一位论者说:"唐宋人习称近体诗中一联为一韵,不以一首为一韵。"您如何看待这种言论?

问三:苏东坡《书黄子思诗集后》一文中有:"司空图……盖自列其诗之有得于文字之表者二十四韵。"这句中的"二十四韵",为什么应解作《二十四诗品》?

答问一:我见到的《二十四诗品》署"司空图撰"的有:

> 吴永编辑《续百川学海》壬集收录《二十四诗品》,刻于明代万历末年(约在1616—1619),署"唐司空图撰"。(安师大图书馆藏)
>
> 陶珽编《说郛》(重编本)收录《二十四诗品》,时在万历末年,署:"唐司空图。"(安师大图书馆藏)
>
> 贺复征编辑《文章辨体汇选》,时在天启末年。卷四二九,收录《二十四诗品》,署"唐司空图撰"。(见《四库全书》影印本,安师大图书馆藏)

①本文原载《安徽师范大学学报》2005年第6期,原题为《答张灿校友问——讨论〈二十四诗品〉作者问题》。

冯可宾辑《广百川学海》,时在天启年间(1621—1627年),收录《二十四诗品》,署"唐司空图撰"。(安师大图书馆藏,拙著《司空图诗文研究》第105—106页,注较详,可参阅。)

毛晋编辑《津逮秘书》,时在明崇祯年间(1628—1644年),收录《诗品二十四则》,刻成约在崇祯五年(1632年),署"唐司空图撰"。(安师大图书馆藏)

以上五种明刻本《二十四诗品》,皆常见的书,容易查阅、互校。又,我有缘曾见:

无名氏编刊《虞侍书诗话》,收录《二十四诗品》,无作者姓名。(见《北京大学学报》1995年第五期。张健博士寄赠)

怀悦刊本《诗家一指》,刻于明成化二年(1466年),其中收录《二十四诗品》,无作者名。(我得《诗家一指》扫描本,张健博士寄赠)

黄省曾编《名家诗法·诗家一指》,刻于明嘉靖二十四年(1545年),收录《二十四诗品》,无作者名。(我得《诗家一指》扫描件,张少康教授寄赠)

梁桥编撰《冰川诗式》,卷之九收录《二十四品》(即《二十四诗品》),此书刻于明嘉靖二十四年(1545年)。无作者姓名。(见《四库存目丛书》集417,安师大图书馆藏)

附白:

正当"《二十四诗品》作者是明代怀悦"这一"新论"企图奋翅高飞之时,张健觅得元人所刻《虞侍书诗法》中的《二十四品》(即《二十四诗品》),公之于世。元人已见《二十四诗品》,这好比一颗金弹,射中奋翅高飞的"新论",使之落羽坠地。世人因此看破,"新论"实乃"伪论"。张健之功不可没。

答问二:有位论者说:"唐宋人习称近体诗中一联为一韵,不以一首为一韵。"我以为,此乃半截子理论,他们说对了一半,也说错了一半。就"一联为一韵"说,在一首一韵到底的近体诗中,一联确为一韵。因为从全诗中抽取"一联",与上联或下联至少两韵相叶。这算是说对了,有事实可证。如果丢掉"一首一韵到底的近体诗"这个前提,而东拉一联,西扯一联,上下两联不押韵,这就与"一联为一韵"中"韵"字不相干,真的说错了。(这一问题,我在《司空图诗文研究》第93—94页中说得较详备,请参阅。)

他们为什么要宣扬这种半截子理论?不难看出,其目的在于以说对了的一半来遮掩说错了的一半。他们偏心认定的《与李生论诗书》中的"二十四联"是互不叶韵的嘛!

"不以一首为一韵",此乃片面之说,不可信。我原以为这是唐宋人"探韵赋诗"、"分韵得×字"作诗的常识问题,不必多说。现在看来,提问的人不只你一个。我愿就此多举实例作解答。兹举唐宋人诗例各三个,并加按语。

例一,唐中宗(李显)有《九月九日幸临渭亭登高得秋字并序》

> 陶潜盈把,既浮九醖之欢;毕卓持螯,须尽一生之兴。人题四韵,同赋五言。其最后成,罚之引满。
> 九日正乘秋,三杯兴已周。泛桂迎尊满,吹花向酒浮。长房萸早熟,彭泽菊初收。何藉龙沙上,方得恣淹留。

《唐诗纪事》云:"时景龙三年(709年)也……是宴也,韦安石、苏瑰诗先成;于经野、卢怀慎最后成,罚酒。"[1]

按:此诗《序》中所谓"人题四韵",正以"一联为一韵"作为一条规律,要求与会者每人题诗八句,两句一韵,每首四韵(首句入韵在外)。这是写诗的常识,是我说"他们说对了一半"的实际情况。

但此诗标题中所谓"得秋字",即要求在这首诗中必用一个"秋"字为韵脚;又,"秋"字在韵书中属"尤部"("尤部"在《切韵》、《平水韵》中

---

[1] [宋]计有功撰:《唐诗纪事》(上),上海古籍出版社1987年版,第8页。

皆独为一部),亦即要求在这首诗中的其余韵脚字(周、浮、收、留)必属"尤部",否则便犯了出韵的毛病。这也是一条规律,是"得×字"作诗用韵的另一"半截子"实际情况,不容否定。由此可知,"分韵得×字"作诗,就标示着分得一个韵脚字,便该完成一首诗。推而广之,得十个字或二十个字,就该完成十首或二十首诗。

这样的例子太多了。以《奉和九日幸临渭亭登高应制》为实例,据《全唐诗》中华书局本第三册、第四册所载,有二十人各得×字各完成一首诗。兹按次简示如下:

> 阎朝隐(得筵字)、韦元旦(得月字)、李　适(得高字)
> 苏　颋(得时字)、韦嗣立(得深字)、卢藏用(得开字)
> 岑　羲(得涘字)、薛　稷(得历字)、马怀素(得酒字)
> 萧至忠(得余字)、李迥秀(得风字)、杨　廉(得亭字)
> 韦安石(得枝字)、窦希玠(得明字)、陆景初(得臣字)
> 郑南途(得日字)、李　咸(得直字)、赵彦伯(得花字)
> 于经野(得樽字)、卢怀慎(得还字)

请注意,这么多实例说明:唐人"不以一首为一韵"的说法是有片面性的。一首诗押一个韵部的几个字,读起来才有韵律美,这有什么不妥呢?又,"分韵得×字",如果有人只把分得的某字看成是个"韵脚字",而不同时涉及其相应的"韵部",因而大叫"不以一首为一韵",这只怪他自己的理解有片面性,岂有它哉!

例二,唐明皇(李隆基)《春晚宴两相及礼官丽正殿学士,探得风字》,诗曰:

> 乾道运无穷,恒将人代工。阴阳调历象,礼乐报玄穹。介胄清荒外,衣冠佐域中。言谈延国辅,词赋引文雄。野霁伊川绿,郊明巩树红。冕旒多暇景,诗酒会春风。

此诗有序,点明写于"开元十三年三月二十七日"。

按:"风"属"东部",韵脚字:穷、工、穹、中、夽、红、风七字,皆在"东部"(《平水韵》一东)"探得风字"韵,既指韵脚"风",又兼指"韵部""一东"。明明白白,不用多说。

例三,王维《瓜园诗》,并序:

> 维瓜园高斋,俯视南山形胜,二三时辈,同赋是诗,兼命词英数公,同用园字为韵,韵任多少。时太子司仪郎薛璩发此题。遂同诸公云。

> 余适欲锄瓜,倚锄听叩门。鸣驺导骢马,常从夹朱轩。穷巷正传呼,故人傥相存。携手追凉风,放心望乾坤。蔼蔼帝王州,宫观亦何繁。林端出绮道,殿顶摇华幡。素怀在青山,若值白云屯。回风城西雨,返景原上村。前酌盈尊酒,往往闻清言。黄鹂啭深木,朱槿照中园。犹美松下客,石上闻清猿。

按:小序淡雅、简明。友朋"同用园字为韵,韵任多少",这又是一种唱和规矩,即要求写同一题材,只限韵部、不限韵脚数。故录之示例。

又,这首诗十一个韵脚字在《切韵》中分属"魂"部与"元"部,在《平水韵》中,"魂"部并入"元"部。

例四,苏轼《伯父送先人下第归蜀诗云:"人稀野店休安枕,路入灵关稳跨驴。"安节将去,为诵此句,因以为韵,作小诗十四首送之》:

> 索漠齐安郡,从来著放臣。如何风雪里,更送独归人。
> 瘦骨寒将断,衰髯摘更稀。未甘为死别,犹恐得生归。
> 日上气暾江,雪晴光眩野。记取到家时,锄櫌吾正把。
> 月明穿破裘,霜气涩孤剑。归来闭户坐,默数来时店。
> 诸兄无可寄,一语会须酬。晚岁俱黄发,相看万事休。
> 故人如念我,为说瘦崃崃。尚有身为患,已无心可安。
> 吾兄喜酒人,今汝亦能饮。一杯归诵此,万事邯郸枕。

东阡在何许，寒食江头路。哀哉魏城君，宿草荒新墓。
临分亦洒然，不为穷途泣。东阡时一到，莫遣牛羊入。
我梦随汝去，东阡松柏青。却入西州门，永愧北山灵。
乞墙何足美，负米可忘艰。莫为无车马，含羞入剑关。
我坐名过实，欢哗自招损。汝幸无人知，莫厌家山稳。
竹笥与练裙，随时毕婚嫁。无事若相思，征鞍还一跨。
万里却来日，一庵仍独居。应笑谋生拙，团团如磨驴。

按：（一）此诗标题中所谓"先人下第"，指苏洵（1009—1066）中年时曾"举进士、又举茂才异等，皆不中"。（见《宋史·文苑（五）》《苏洵传》）

"安节"，苏轼侄儿。《侄安节远来夜坐》诗："落第汝为中酒味，吟诗我作忍饥声。"（见《苏东坡全集·前集》卷十三）据此可知苏安节落第归蜀，东坡"作小诗十四首送之"。

据此诗第一首"索漠齐安郡"句，可知此诗作于谪居黄州时。检王宗稷编《东坡先生年谱》，知此诗作于元丰四年（1081年）冬，时年四十六。因躬耕于齐安郡东坡，遂自号"东坡居士"。

（二）全诗以两句七言诗（十四字）分别作为十四首的韵脚字，"作小诗十四首"。这恰恰表明可以一首为一韵。此处"韵"字，正标示着一首诗的特定韵脚字与其所属韵部的密不可分的关系。这是明明白白的，无可疑。有人说"不以一首为一韵"，那是因为他只理解诗有韵脚字，而忽略了特定韵脚字与所属韵部的关系。

例五，苏轼《泛舟城南，会者五人分韵赋诗，得"人皆苦炎"字四首》。

请让我节约篇幅，不录原诗（七律四首），只摘出其韵脚字：

第一首：鳞（首句入韵）、蘋、人、驯、春。（五字皆属《平水韵》十一真）

第二首：皆、斋、霾、淮、埋。（五字皆属《平水韵》九佳）

第三首:土、数、苦、缕、鼓(五字皆属《平水韵》七虞)

第四首:厌(平声)、簷、帘、炎、痁。(五字皆属《平水韵》十四盐)

按:此诗标题中"得'人、皆、苦、炎'字四首",清清楚楚地表明了"一首为一韵",不必多说。

例六,陆游《秋怀十首,以"竹药闭深院,琴樽开小轩"为韵》、《杂兴十首,以"贫坚志士节,病长高人情"为韵》、《入秋游山赋诗,略无缺日,戏作五字七首识之。以"野店山桥送马蹄"为韵》、《杂感五首,以"不爱入州府"为韵》。

按:上录四题,均见中华书局版《陆游集》第三册。为节省篇幅,我不想多说了。

上列六例,该可以证明:唐宋人"不以一首为一韵"的说法是不符合实际的,不可信!

答问三:让我抄示苏东坡《书黄子思诗集后》论及司空图诗、诗论的一段原文,以便按原文字句加以诠释。《书黄子思诗集后》曰:

> 唐末司空图崎岖兵乱之间,而诗文高雅,犹有承平之遗风。/其论诗曰:梅止于酸,盐止于咸。饮食不可无盐梅,而其美常在咸酸之外。/盖自列其诗之有得于文字之表者二十四韵,恨当时不识其妙。予三复其言而悲之。(引文中斜线是我加的,以示原文进展层次——答问者)[1]

让我试译引文:

> 唐末,司空图生活在兵连祸结的境况下,而所写的诗文却超然淡雅,犹有国家太平时的风味。
> 他论诗,曾比喻说:梅子(核果),只有酸味;盐,只有咸味;人们饮食中不能不用盐酸醋,而人们品尝食物时,那醇厚的美味自在酸咸之外,别饶风味。

---

[1] [宋]苏轼著:《苏东坡全集》(上),中国书店1986年版,第559页。

　　大略地说,他列示已领悟的、诗文外在风貌的诗篇共二十四首(即"以一首为一韵"的"二十四韵")。可惜哟,与他同时人却不理解那"二十四韵"的奥妙所在! 我今再三反复地阅览他的诗论,为他感到不被理解的悲痛。

　　按:这段文章,文脉清楚:首先简评司空图诗文,有超脱的"高雅"倾向;继而指明司空图论诗,着意追求"味外之味";末后说司空图着意描绘多种"味外之味"便有结晶之作《二十四韵》。文脉一线贯穿,不容割裂。

　　要清楚地理解上面的引文,我以为关键在于"盖自列其诗之有得于文字之表者二十四韵"一句。试详解之。

　　(一)从语法角度说

　　这是个复杂句。如简化为单句,应是"盖自列二十四韵"。在这一单句中插入的"其诗之有得于文字之表者"是相当于词组的短语,作修饰语用,这便使单句变成了复杂句。

　　据一般古汉语书所说的规律,这个句子的词序本应作"盖自列其有得于文字之表之诗二十四韵"。其中"诗"是中心词,"有得于文字之表"是"诗"的修饰语。原句用结构助词组成的"……之……者"格式帮助把较长的修饰性定语后置,使修饰语所表达的内容更为突出。如果把"……之……者"格式破坏掉,读作"盖自列其诗",则这个句子的序词关系便无法说清了。

　　(二)从词义角度说

　　"盖",王氏《经传释词》卷五:"盖者大略之词。"我译作"大略地说"。

　　"其诗之有得于文字之表者",古汉语学家说,"翻译时可让修饰语回到中心词前边"。因此我译为"已领悟到的、诗文外在风貌的诗篇"。

　　这里,加两条附注,会把问题说得更明白些:

　　(1)引用苏轼语中的"有得于"与司空图《与李生论诗书》中的"得

于"(凡十二见)不是等同的语词。"有得于",谓有心得、有领悟,可用语言文字表达出来。"得于"皆表述若干联语得自某种场合,皆指时、地。这两者差异是明显的,不容混淆。

(2)"文字之表"的"表",《说文》曰:"表,上衣也。"段注曰:"若出行接宾,皆加上衣。"《玉篇》:"表,上衣也,威仪也。"据此,我译"文字之表"为"诗文的外在风貌"(类似今人所谓"文学风格")。

"二十四韵"的"韵"字,我在"答问二"中已列举数十例证明"可以一首为一韵"。据此我说:"二十四韵"应解作二十四首诗。又结合修饰语"其诗之有得于文字之表者"作解,这二十四首有共同特色,是组诗,因而我以为只有《二十四诗品》是其真身。

苏轼说:"司空图……盖自列……二十四韵",这"韵"不得窜改为"联"。持"一联为一韵"论者最大的硬伤在于联与联之间全不押韵。因此,我直率地说一句:此论乃指鹿为马也。

(三)从文献资料角度说

(1)王尧臣、欧阳修等主撰的《崇文总目》卷十一载目"司空图《一鸣集》三十卷"。欧阳修参与主撰的《新唐书》卷六《文艺志(四)》载目"司空图《一鸣集》三十卷"。

按:这两条记载,从旁表明,与欧阳修交往颇密、比欧阳修迟生三十年的苏轼,能见到"司空图《一鸣集》三十卷",是极为正常的事。但此书南宋之后亡佚,因此谁也拿不出证据,证明此书中有或没有《二十四诗品》,只好存疑,待考。

(2)南宋中期,有位曾任"国子监学录"的王晞,为《林湖遗稿》(高鹏飞诗稿)撰序,序文中提到了"二十四品",惹人注意。文曰:

> 予阅南仲诗,词体浑厚,风调清深,脱弃凡近……其始其终,绝无蔬笋气味,无斧凿痕迹,可见其能参高妙之格,极豪逸之气,包冲淡之趣,兼峻洁之姿,得藻丽之妙;诚能全十体、该二

十四品、具十九格,非浅陋粗疏者所能窥也。

《序》末署曰:"时嘉泰甲子秋九月望后三日国子监学录致仕王晞平父序。"(见《四库全书》集部四、南宋高翥《菊磵集》附录)

注:①我在《〈菊磵集原序〉〈林湖遗稿序〉考释》(见《学术界》2000年第6期)中,对王晞及《序》文有考证,皆可信,兹不赘述。

②"嘉泰甲子"即公元1204年。嘉泰,南宋宁宗(赵扩)年号。"九月望后三日"即九月十八日。"国子监学录",官名,位九品,是协助"学正"掌管学规的训导员。"致仕",退休。《宋史·职官十》:"咸平五年(1002),诏文武官年七十以上求退者许致仕。""王晞平父"即王晞字平父(fǔ)。

③《序》中所谓诗之"十体"、"二十四品"、"十九格",皆见于唐人评诗之作:

李峤(644—713)《评诗格》:"诗有十体"。①

司空图(837—908)《诗品二十四则》。②

皎然(生卒年不详,主要生活年代当在公元766—804年间)《诗式》,把诗分为五格,以十九字概括了诗体的分别。王晞所谓"十九格"指"十九字"。③

按:王晞的《序》文写得如何,我不必多嘴。我引此《序》的目的在于他提到了"二十四品",证明了《二十四诗品》在南宋中期是客观存在,而且它的作者只可能是唐末的司空图。查五代至北宋,存在的诗话著作四十多种,没有人提及《二十四品》,但这也无碍于司空图《二十

①详见[日]弘法大师原撰,王利器校注:《文镜秘府论校注》,中国社会科学出版社1983年版,第146—155页。

②详见《全唐诗》卷六三四。《二十四诗品》之《校正》《解说》,见祖保泉《司空图诗文研究》,安徽教育出版社1998年版,第107—131页、第165—244页。

③详见罗根泽《中国文学批评史》(第二册),上海古籍出版社1984年版,第41—45页。

四品》的存在呀!

王晫所见的《二十四品》,上可与苏轼所说的"盖自列其诗之有得于文字之表者二十四韵"相印证,证明苏轼所说"二十四韵"即"二十四品"的可信性;下可与南宋中后期陈振孙所说的司空图《诗格》尤非晚唐诸子所可望也"(见下文)相牵挂,从旁证明陈氏之言有实据。并且我以为还可以向下延伸,证明元人《虞侍书诗法》中的《二十四品》部分、明刻诸本《诗家一指》中的《二十四品》部分,其目次一致,诗句基本相同,这表明它们的祖本相同,皆来自宋人,其证明人有三位,不是孤证。明毛晋《津逮秘书》中的《诗品二十四则》,署名司空图撰,其依据来自宋人,这在毛晋《诗品跋》中说的清清楚楚。清代诸刻《二十四诗品》,皆署作者为司空图,无疑问。

(3)南宋陈振孙(1183—1261?)《直斋书录解题》卷十六记载:

> 《一鸣集》十卷(原注:案《文献通考》作三十卷)唐兵部侍郎虞乡司空图表圣撰,图见《卓行传》,唐末高人胜士也。蜀本但有杂著,无诗。自有诗十卷别行。《诗格》尤非晚唐诸子所可望也。其论诗以梅止于酸,盐止于咸,咸酸之外,醇美乏焉。东坡尝以为名言。自号知非子,又曰耐辱居士。(见《四库全书》本,馆臣称录"永乐大典本","乾隆四十二年七月恭校上。")

按:上列引文,标点符号是我加的。自问:对"诗格"一词,凭什么加书名号? 自答:凭我对《直斋书录解题》书名的理解而加的。请看我对这书名的诠释:

书名中的"直斋",来自陈振孙的雅号。陈振孙,字伯玉,号直斋。

书名中的"书录",指陈氏对所见、所藏旧有书籍五万多卷,分别作目录,记卷数版本。

书名中的"解题",乃是陈氏针对各种书籍,指出作者、品题其得失,故称曰"解题"。

基于以上书名诠释,应知对"书录"为名目的"诗格"标示为《诗格》是完全正确的,经得起检验的。

检验的途径何在? 在于晚唐诸子的诗歌创作实绩、诗论著作实绩。晚唐杜牧、温庭筠、李商隐、韦庄诸公的诗词成就,远在司空图之上,这是毋庸争议的事实;而司空图诗论及其《诗格》之作,又远胜于晚唐诸公,这也是毋庸争议的事实。这就保证了标示司空图《诗格》的正确性。

又,请看《直斋书录解题》品题杜牧诗曰:

> 牧才高,俊迈不羁,其诗豪而艳,有气概,非晚唐人所能及也。[①]

这是从诗创作角度肯定了杜牧在晚唐诗坛上的突出地位,同时也排除一种误解。误解者把所谓"诗格"解作"诗之品格",说直斋特别赏识司空图的诗,故赞扬之曰"诗格尤非晚唐诸子所可望也"。我说,如把"诗格"标明为《诗格》,这种望文生义的误解便不存在了。

我还要提醒一下:"其诗……非晚唐人所能及也"、"《诗格》尤非晚唐诸子所可望也"两条品题,前后相隔仅29行417字,由此也可引人思忖直斋这两条品题是各有所指的,否则,作何解释? 人们不能栽诬直斋思维紊乱啊!

那么,司空图《诗格》何处寻? 答曰:先要明白,此处《诗格》是"《诗格》之类"的"类别之名"。唐人写(或伪托)品评诗歌的笔札之文,多用"诗格"两字为书名,如王昌龄《诗格》、李峤《评诗格》、炙毂子《诗格》、皎然《诗式》、《诗评》、孙郃《文格》、伪托的《魏文帝诗格》等等,在当时书籍分类,皆归之于"《诗格》之类"。唐时日本留学中国的弘法大师著《性灵集》,集中《书刘希夷集献纳表》曰:"此王昌龄《诗格》一卷,此是

---

①[宋]陈振孙撰:《直斋书录解题》,上海古籍出版社1987年版,第483页。

在唐之日,于作者边偶得此书。古代《诗格》等,虽有数家,近代才子,切爱此格。"①据此可以证明唐时《诗格》之名已成为"《诗格》之类"的类别之名。

《直斋书录解题》说司空图《诗格》,正是用"《诗格》之类"的类别之名。今人披览《新唐书》卷六十《艺文志》丁部,见所列书目,自李充《翰林论》起,至孙郃《文格》终,计二十六目,正属《诗格》之类。这就证明北宋人沿用唐人"《诗格》之类"为一类,类列一些书目。降及后世,《四库全书》有"诗文评类",也有明显的"《诗格》之类"的实际内涵。

其次,我来探寻司空图《诗格》的踪影。

北宋苏轼说:司空图"盖自列其诗之有得于文字之表者二十四韵"。南宋王晫说:诗有"二十四品"。陈振孙说:司空图"《诗格》尤非晚唐诸子所可望也"。人们可以看到"二十四韵"、"二十四品"、"诗格之类"三个不同名称。现在可把这三个名称组合起来,当是"二十四韵"属于"诗格之类"的著作,即"二十四品"。检传世的《二十四诗品》乃是其正式名称。因而我说《二十四诗品》的作者是司空图。

(4)让我再举个鲜明的实例。《四库总目提要》曰:

> 《诗品》一卷,唐司空图撰。图有文集,已著录。唐人诗格传于世者,王昌龄、杜甫、贾岛诸书,率皆依托;即皎然杼山《诗式》,亦在疑似之间;惟此一编,真出图手。其《一鸣集》中有《与李秀才论诗书》谓:"诗贯六义,讽谕、抑扬、渟蓄、温雅,皆在其中,惟近而不浮,远而不尽,然后可言意外之致。"又谓"梅止于酸,盐止于咸,而味在酸咸之外。"其持论非晚唐所及。故是书亦深解诗理。凡分二十四品:曰雄浑……曰流动,各以韵语十二句体貌之。所列诸体毕备,不主一格。②

---

① [日]弘法大师原撰,王利器校注:《文镜秘府论校注》,中国社会科学出版社1983年版,第18页。

② [清]永瑢等撰:《四库全书总目》(下),中华书局1965年版,第1780—1781页。

按：馆臣之言，使我理解，一是"诗格"既是专书之名，又是"诗格之类"的类别之名，由此可证陈振孙所谓司空图"诗格"是取其类别之名而说的。陈氏是有所见而加上评语的，而馆臣们是经过慎重辨识之后才说"惟此一编，真出图手"的。结合陈氏"所见"与馆臣的"辨识"，我说东坡所说的"二十四韵"是指《二十四诗品》，乃是有证据的合理推论，不是凭空臆说。二是馆臣撰这条《提要》，不存成见，态度客观，唯凭识力，辨别真伪。他们面对旧有的王昌龄《诗格》、杜甫《杜陵诗律》、贾岛《二南密旨》、皎然《诗式》、司空图《诗品》等著作，只凭识力说话，毫无为谁争著作权的私心。馆臣说："是书（《诗品》一卷）深解诗理"，是可以与司空图的其它诗论相印合的，也与司空图的历时多年的赏诗经历相符合的。司空图自白："侬家自有麒麟阁，第一功名只赏诗。"（见《司空表圣诗集》第三卷）他赏诗日久而面广，自有心得，领悟到诗的风格二十四种，遂撰《二十四诗品》，这是很自然的事。因此，我认同馆臣判断"惟此一编，真出图手"，乃是理性决定，不是盲从。

最后，我还想说几句，如果只从"《二十四诗品》，唐司空图撰"的文本角度看，我拿不出宋刻元刻，可以作证。但这不足以排除王晫、陈振孙之"所见"、四库馆臣的"辨识"。对已经亡佚的古籍，难道只有找出它，才承认它曾真的存在？这种思维方式，太霸道！

又，我对四库馆臣"辨识"的认同，只是我的看法，不等于就是这次大讨论的结论。因而一再声明：讨论到现在，人们不宜断然剥夺司空图对《二十四诗品》的著作权。我的理性促使我只该把问题说到这个地步为止。

对所问三题，我回答如此。既是辩论，说话难免有"辩"的口气，不谦逊，请谅解。倘若你有不以为然之处，盼你提出来，我们共同研讨。

对宋元人关于《二十四诗品》记载的诠证①

唐末司空图撰《二十四诗品》,宋、元两代,有人见过此诗,则是有案可查的。因为这牵涉到当前关于《二十四诗品》作者是谁的争论,特作札记,以表愚见。

一

苏轼在《书黄子思诗集后》一文中论及司空图,曰:

> 唐末司空图,崎岖兵乱之间,而诗文高雅,犹有承平之遗风。其论诗曰:"梅止于酸,盐止于咸,饮食不可无盐梅,而其美常在咸酸之外。"盖自列其诗之有得于文字之表者二十四韵,恨当时不识其妙。予三复其言而悲之。②

这是《二十四诗品》为司空图所作的关键性证据,但要加以诠释,才会明白。上列引文,只是全文(343字)中的一小段(84字),为避免断章取义,今先就全文三大段加以诠释,以见其贯串全文的主旨,然后再就关键性的句子细加剖析,以见其真义。

(1)全文首段("予尝论书"至"钟王之法益微")"论书",指明"钟王之法""妙在笔画之外"。按:此与论诗时所谓"象外象"类通。

次段("至于诗亦然"至"予三复其言而悲之")论诗,谓"至于诗亦然";"亦然"者,谓"书艺"、"诗艺",其法类通,表明诗法应重视"象外象"。不过,论诗又可换一说法"味外之旨"。此段纵论汉魏至唐的著名诗人,他们的作品各有鲜明的风格特征;论及唐末司空图,说他生当乱世而诗文"高雅",他论诗有"味外之旨"(亦即"象外象")观点,且有

---

①本文原载《成都大学学报》2000年第3期。

②［宋］苏轼著:《苏东坡全集》(上),中国书店1986年版,第559页。

论诗之作《二十四诗品》,可惜当时人不识其妙。

末段("闽人黄子思"至"独评其诗如此")论黄子思诗,魏黄诗之"佳句妙语",正有司空图所谓"美在咸酸之外"("味外味")的妙处。

显然,贯串《书黄子思诗集后》的全文主旨,在于"象外之象"、"味外之旨"。因此,我认为诠释上引一小段文字及其关键性句子,不得违背全文主旨。

(2)理解引文,其关键问题在于:"盖自列其诗之有得于文字之表者二十四韵"一句中的"二十四韵",凭什么可解作实指《二十四诗品》?我的答复是:一凭古汉语语法规律,二凭唐宋人作诗用韵的习惯差异。下面就此详加诠释。

第一条,"盖自列其诗之有得于文字之表者二十四韵"一句,是内含"短语"的复合句;如摘出短语"其诗之有得于文字之表者",便成简单句,既"盖自列二十四韵"。下面,让我援引经传注疏及杨树达《词诠》诸语法术语来诠释所讨论的复合句。

句首"盖"这个虚词,唐以前的经学家们已诠释明白。《孝经》第二章"盖天子之孝也"。孔传云:"盖者,辜较之词。"刘炫云:"辜较,犹梗概也。孝道既广,此才举其大略也。……皇侃云:略陈如此,未能究竟是也。"①王引之《经传释词》释"盖"字,即据上引孔传语而断定:"盖者,大略之词。"②今人杨伯峻《古汉语虚词》曰:"盖,作副词,表传疑……用在句首,表示全句内容都难以肯定。""若是判断句,'盖'便兼起系词作用。"③

按:"盖自列"云云,正是"盖"用在句首而又有所判断的句子。论诗的意境、风格,谁敢断言只有"二十四"种?故句首加"盖"字,表示"略陈如此"。所谓判断,则断定那"二十四"则韵语只是表述"其诗之

① [清]阮元校刻:《十三经注疏》(下册),中华书局1980年版,第2546页。
② [清]王引之著:《经传释词》卷五,岳麓书社1984年版,第106页。
③ 杨伯峻著:《古汉语虚词》,中华书局1981年版,第44页。

有得于文字之表者"。这个短语作"定语"用,是明确无误的。又,以"盖"为首的这一句,确实兼起收束上文的作用。这一收束,乃是把诗人各自的"味外味"提升到"意境论"的理论高度。请看,《四库简明目录》说:

> (司空)图论诗欲有味外之味,故是书(笔者注:指《二十四诗品》)所论亦妙契精微。凡分二十四品,各以四言韵语,写其意境。平奇浓淡,无体不备。①

显然,四库馆臣的这条说明与上引一段《书黄子思诗集后》语是完全合拍的,有异曲同工之妙。

短语中的"其"字,《词诠》曰:其,"指示形容词,与今语'那'相当"。可知短语中"其诗"可解作"那诗"或"那个诗的"。

短语中的第一个"之"字,《词诠》曰:"连词,与口语'的'相当"。现代人把"连词"改称为"结构助词"。具体说,在"其诗"与"有得于文字之表者"间加"之"字,使句子变成短语,当定语用。所谓"有得于文字之表者",相当于"论书"时说的"妙在笔画之外",引申说来,便指诗的思想内容之外所显示的意境、风格。

短语中的"者"字,《词诠》曰:"指示代名词,兼代人物。代人可译为'人',代物可译为'的'"。具体说,"者"在这里"代诗",可译为"诗的"。

句中"二十四韵"的"韵"字,即"韵语",四库馆臣则直接指明:"各以韵语十二句体貌之。"

既是"韵语",必然涉及平仄、韵脚、韵部以及韵的运用诸问题。下面举实例来说明问题。

例一,陆龟蒙《和袭美〈寒日书斋即事三首〉,每篇各用一韵》(仅录

---

① 《四库简明目录》,上海古籍出版社1985年版,第872页。

标题,诗从略)①

按:"袭美",皮日休。"每篇各用一韵"的"韵",指"韵部",明确无疑,因为"一韵"如指一个"韵脚"字,那便不能成诗。

又,皮氏原作为七律三首,三首的"韵脚"字分别为:"忙、床、香、罡","家、华、花、霞","渔、书、疏、鱼"。陆氏的和诗"韵脚"字分别为:"妨、床、香、尝","砂、华、芽、差","虚、书、渔、庐"。显然,陆氏和诗,每首只就同一"韵部"另选"韵脚"字和之。

据此可知,"韵",可以用来指"韵部"。

例二,《蔡宽夫诗话》曰:"唐末有章碣者,乃以八句诗平侧(仄)各有一韵,如:'东南路尽吴江畔,正是穷愁暮雨天。鸥鹭不嫌斜雨岸,波涛欺得送风船。偶逢岛寺停帆看,深羡鱼翁下钓眠。今古若论英达算,鸱夷高兴固无边',自号变体,此尤可怪者也。"②(亦见《渔隐丛话》前集十四、《诗人玉屑》二)

按:所引诗一、三、五、七句押"翰韵"(畔、岸、看、算),二、四、六、八句押"先韵"(天、船、眠、边);蔡氏所谓"平仄各一韵"实指"先韵"、"翰韵",至为明确。

据此可知,"韵",可以用来指"韵部"。

例三,《开岁半月,湖村梅开无余,偶得五诗,以"烟湿落梅村"为韵》(仅录标题,诗从略。)③

按:这五首五古的"韵脚"字分别为:"烟、边、偏、仙","立、湿、执、集","塈、缚、作、落","梅、堆、催、猜","村、樽、浑、言"。题中所谓"韵",一指"烟、湿、落、梅、村"五字必作"韵脚"字分别入诗;又指这五字分别所属的五个"韵部"("先韵"、"缉韵"、"药韵"、"灰韵"、"元韵")。

① [清]彭定求等修:《全唐诗》(下),上海古籍出版社1986年版,第1579页。
② 郭绍虞辑:《宋诗话辑佚》(下册),中华书局1980年版,第387页。
③ [宋]陆游著:《陆游集·剑南诗稿》(第三册),中华书局1976年版,第1069—1070页。

唐、宋以来,诗人们"探韵赋诗"、"分韵得×字",所谓"韵",莫不兼指"韵脚"、"韵部"两方面。

据此可知,"韵",可以用来既指"韵脚",又指"韵部"。

这里,我要强调指出,前引苏轼"盖自列其诗之有得于文字之表者二十四韵"句中的"二十四韵",当然可以解作每首一韵到底的二十四首诗——即《二十四诗品》,这有什么不妥?应该说,这样的诠释,是符合唐、宋人用语习惯的。因此,我说《二十四诗品》的作者是司空图,丝毫不错。

(3)唐时《切韵》流行,宋时"平水韵"(即刘渊《韵略》)流行,这是常识,不用多说。就《二十四诗品》用韵情况看,则完全按《切韵》行事。这里有显著的实证:例一,《缜密》的"韵脚"字为"知、奇、晞、迟、痴、时"六字,就《切韵》看,全属"支韵",无纷歧;就"平水韵"看,"晞"属"微韵",其余五字属"支韵"。例二,《飘逸》的"韵脚"字为"群、云、缊、垠、闻、分"六字,就《切韵》看,全属"文韵",无纷歧;就"平水韵"看,"缊"属"元韵","垠"属"真韵",其余四字属"文韵",六字兼跨三个韵部,颇有纷歧。显然,如此用韵实例,也有力地证明《二十四诗品》的作者是唐人。

《二十四诗品》用韵的时代特征是自然流露的,这一铁的事实,证明了它绝不是明人的伪托之作。同时也从侧面证明,宋人苏轼见过《二十四诗品》,这没有什么值得大惊小怪的。苏轼颇为《二十四诗品》未被"当时"人赏识而有所"恨"哩!

二

元好问在《陶然集诗序》中有这么几句:

古律歌行,篇章操引,吟咏讴谣,词调怨叹,诗之目既广,而《诗评》、《诗品》、《诗说》、《诗式》亦不可胜读。大概以脱弃凡近、澡雪尘翳、驱驾声势、破碎阵敌、囚锁怪变、轩豁幽秘、笼络今古、移夺造化为工。钝滞、僻涩、浅露、浮躁、狂纵、淫靡、诡诞、琐碎、陈腐为病。①

序说:杨鹏,字飞卿,汝海(今河南临汝县)人。在金为官,金亡后"客居东平(今山东东平县)将二十年,有诗近二千首,号《陶然集》"。又说:"岁庚戌(公元1250年),东平好事者求此集刊布之……故以集引见讬。"文末署"重九日遗山真隐序"。这便把作序年月日交代得清清楚楚。

这里要诠释的问题是:引文"《诗评》、《诗品》、《诗说》、《诗式》亦不可胜读"句中的书名,实指哪几种书? 我拟就此作如下说明。

(1)作者是在"古律歌行",各种诗体"笼络今古"的广阔历史背景下,提到"《诗评》、《诗品》、《诗说》、《诗式》"的,我们作诠释时应顾及到自古代下及宋代的诗歌理论批评著作。有人怀疑:所提四种书名,只泛指"诗格"、"诗话"之类作品,因而说"亦不可胜读"。我以为,书名号虽是现代人加的,但《诗品》、《诗式》当时有专书流行,当然应加书名号;而另两种"诗评"、"诗说"是联串提出的,岂能不加书名号? 何况这两种当时也有专书流行。我以为作者特举这四种诗歌理论批评著作,用来代表古今有关"诗格"、"诗话"之类的书。应该说,这样理解才是正常的。

(2)引文中,"《诗评》、《诗品》"并提,实指谁家著作?《诗评》,最早的诗歌评论著作,当指钟嵘《诗品》。经查《梁书·钟嵘传》、《南史·丘迟传》、《文镜秘府论·四声论》等,提及钟嵘《诗品》,莫不称为"《诗评》"。又,唐人撰的《隋书·经籍志》载:"《诗评》三卷,钟嵘撰。或曰《诗品》。"宋人撰的《新唐书·艺文志(四)》载:"钟嵘《诗评》三卷"。元人撰的《宋史·艺文志(八)》载:"钟嵘《诗评》一卷。"(《宋史》完成于1345年)足见

①陶秋英编选,虞行校订:《宋金元文论选》,人民文学出版社1984年版,第447页。

唐宋人称钟嵘《诗品》为《诗评》,乃是常事。《陶然集诗序》撰于1250年(即南宋理宗淳祐十年),称钟嵘《诗品》为《诗评》,丝毫不足为怪。

上面的诠释是符合史实的,因此,我认为:"《诗评》《诗品》"并列,且置《诗评》于首位,则《诗评》当指钟嵘《诗品》;那么,并列第二的"《诗品》"则必是司空图的《二十四诗品》无疑。此外,当时别无《诗品》行世。[①]

(3)有人问:《陶然集诗序》仅提《诗品》名称,未标作者,怎么能说是司空图的《二十四诗品》? 答曰:只要不排斥元好问能正确理解《书黄子思诗集后》中所论"唐末司空图"一节,便自然明白《二十四诗品》的作者为司空图。

让我在这里举两个旁证。一是元人诗话《虞侍书诗法》,收录了《二十四诗品》,足证元代有这本书传世。二是元人揭傒斯(字曼硕)撰《诗法正宗》,这本书指出"若欲真学诗,须是力行五事",其中提及"唐司空图教人学诗"问题,在论述中,揭氏多侧面涉及《二十四诗品》,据此可知《二十四诗品》的作者为司空图。

为说清问题,录《诗法正宗》一节,然后加以诠注。

> 四曰诗味。唐司空图教人学诗须识味外味,坡公尝举以为名言,如所举"绿树连村暗"、"棋声花院静"、"花影午天时"等句是也。人之饮食为有滋味。若无滋味之物,谁复饮食也。为古人尽精力于此,要见语少意多;句穷篇尽,目中恍然,别有一番

[①]《旧唐书·李嗣真传》作者据"所闻",谓嗣真"著《明堂新礼》十卷、《孝经指要》、《诗品》、《书品》、《画品》各一卷。"《新唐书·艺文志》、《通志·艺文略》据此列"李嗣真《诗品》一卷"。按:此书在宋时已名存实亡。宋人所著的《崇文总目》、《郡斋读书志》、《遂初堂书目》、《直斋书录解题》等,皆未著录,足见宋时已不见此书。据此可知《陶然集诗序》所提到的流行读物《诗品》,非指名存实亡的"李嗣真《诗品》"。(附:明吴永辑《续百川学海》有李嗣真"《续画品录》一卷"。陶珽补辑《说郛》卷八十七有李嗣真"《后书品》一卷"、卷九十有李嗣真"《续画品录》一卷"。至于李氏《诗品》,宋时已不存在,故只字不提。

境界意思,而其妙者意外生意,境外见境,风味之美悠然甘辛酸咸之表,使千载隽永,常在颊舌。……若学陶、王、韦、柳等诗,则当于平淡中求真味,初看未见,愈久不忘。……则淡非果淡,乃天下至味,又非饮食之味可比也。①

这段综述,就其资料来源看,当然来自司空图论诗和苏东坡评司空图诸语。这里,不妨一一指出其来源,有利于我们对问题的探讨。

就"味外味"说,出自司空图《与李生论诗书》;而"坡公尝举以为名言"则指东坡《书黄子思诗集后》论司空图一节。

就"目中恍然,别有一番境界意思"说,来自司空图《与极浦书》:"诗家之景,如蓝田日暖,良玉生烟,可望而不可置于眉睫之前也。象外之象,景外之景,岂容易可谈哉?"《二十四诗品》则曰:"意象欲出,造化已奇。"

就"而其妙者意外生意,境外见境,风味之美悠然甘辛酸咸之表"数语,来自东坡"而其美常在咸酸之外。盖自列其诗之有得于文字之表者二十四韵。"

就"当于平淡中求真味,初看未见,愈久不忘"、"淡非果淡,乃天下至味"看,《二十四诗品》有曰:"浓尽必枯,淡者屡深"、"落花无言,人淡如菊"。东坡在《书黄子思诗集后》中,则曰:"寄至味于淡泊"。

又,在"五曰诗妙"中,揭氏曰:"不犯正位,切忌死语"。按此语与《二十四诗品》"语不欲犯,思不欲痴"相近。

又,揭氏在"真学诗当力行五事"论述的结尾,说:"能养性以立诗本,读书以厚诗资,识诗体于原委正变之余,求诗味于盐梅姜桂之表,运诗妙于神通游戏之境,则古人不难到,而诗道昌矣。"②按"立诗本"不可不"养性",这是《二十四诗品》随处强调的问题,其所谓"惟性所宅,真取弗羁"、"饮真茹强,蓄素守中"、"俱道适往,著手成春",等等,皆是

---

①王大鹏等编选:《中国历代诗话选》,岳麓书社1985年版,第1056页。
②王大鹏等编选:《中国历代诗话选》,岳麓书社1985年版,第1057页。

显例。司空图在仕途上因世乱而退隐,他要在诗歌中创造一个超脱凡尘的世界来安慰自己孤寂的心灵,要进入这一世界,求诸己则必"养性";反映在诗创作上,则描绘幽冷境界;反映在诗论上,则有《二十四诗品》等。《禅外说禅》的作者张中行先生有言:"以禅入诗……可以举唐末的司空图为代表。"张先生就《二十四诗品》列举十六例证明其语句"富于禅意"。这便一语道破:司空图以"入禅"为"养性"途径。

根据以上诠释,我应该归结两句:揭氏只有在读过《二十四诗品》的条件下,论"诗本"、"诗味"、"诗妙"才有那么多两相契合的言论。这里透露了消息:"司空图"是《二十四诗品》的作者。

关于《陶然集诗序》提及的"《诗说》、《诗式》",我亦应有所交待,以示元氏所言有据。据文献记载,"《诗说》、《诗式》",当理解为实指皎然《诗式》、姜白石《诗说》。诠释如下。

经查论诗之作,时至宋金元之交,名为《诗式》的,只有皎然之作,不去细说。《诗式》取名,"从两汉及唐人名篇丽句摘而录之,差以五格,括以十九体,此所以谓之式也"(卢文弨跋《诗式》五卷本语)。

《诗式》在《中序》中明白道出,重视"禅者之意"融之于诗,于是大倡"高""逸",为司空图《诗品》导夫先路。《陶然集诗序》中"大概以脱弃凡近、澡雪尘翳、驱驾声势"诸语,是隐隐就《诗式》、《诗品》而发的。《诗式》的第一个小标题便是"明势",要求"气胜势飞,合沓相属",更何况这两种诗论皆宣扬"脱弃凡近"的"禅者之意"。因此,我认为,认定《陶然集诗序》中《诗式》为皎然之作,毫无疑问。

引文中《诗说》一书,在宋金元之交,虽不只一种,但较早有抄本、刻本流行的,乃是姜白石的《诗说》(或名《白石诗说》)。《白石诗说》撰于"淳熙丙午"(1186年),《序》及全部《诗说》条文约1400字,颇便传抄。理宗宝庆初年(1225年),钱塘书肆主人陈起"刊《江湖集》以售"(见《瀛奎律髓》卷二十),便据传抄本把《白石诗说》辑入《江湖集》(亦称《江湖小集》)所附录的诗评中。元好问撰《陶然集诗序》时在1250

年秋。元氏博学,广交游,诗友中多中原人,但也有"南朝辞臣北朝客",有出使"与宋人议和"的才士,有来自临安而常住金国长春宫的道士等,因而他对南宋诗坛情况,时有所闻①。他在《陶然集诗序》中提到《诗说》(《白石诗说》),乃是有所见而云然。

姜白石是位词人,可在当时也负有诗名。他写诗早年学江西派,后来又深受晚唐诗的影响,因而有人评他的诗:"古体黄陈家格律,短章温李氏才情。"②其《诗说》之作,就是他摆脱"江西派"束缚在诗论上流下的痕迹。

《白石诗说》强调诗贵"自得"、"要自悟"、"一家之语,自有一家风味",同时认为"不知诗病,何由能诗"? 于是反对"俗"、"狂"、"露"、"轻"等诗病。请看《诗说》第一条:

> 大凡诗自有气象、体面、血脉、韵度。气象欲其深厚,其失也俗;体面欲其宏大,其失也狂;血脉欲其贯穿,其失也露;韵度欲其飘逸,其失也轻。③

再请看《陶然集诗序》提及"《诗评》、《诗品》、《诗说》、《诗式》亦不可胜读"之后,便继以"大概"云云。这个"大概"的内容,明显地隰括了《诗式》、《二十四诗品》、《诗说》的主要见解。因此,这可视为元好问曾见过《二十四诗品》、《白石诗说》的有力内证。

《白石诗说》在当时确是一部颇有理论价值的诗话,当今流行的几部《中国文学理论批评史》皆有较详明的论述,用不着我来多话。

可是我还该附白几句:南宋时期,另有《诗说》三种,皆非《陶然集诗序》中提到的"《诗说》"。分述如下:

---

①详见[金]元好问撰,施国祁注:《元遗山诗集笺注》,人民文学出版社 1989 年版,第 190、358、468 页诗题、注释。

②[宋]项安世撰:《平庵悔稿》卷七,《谢姜夔秀才示诗卷,从千岩萧东夫学诗》。转引自钱锺书著:《宋诗选注》,人民文学出版社 1958 年版,第 241 页。

③[宋]姜夔著,郑文校点:《白石诗说》,人民文学出版社 1962 年版,第 28 页。

（1）《晦庵诗说》，此书为后人据《朱子语录》辑出。郭绍虞先生在《宋诗话考》中指出："此书后出，未见以前藏书家著录，虽题'宋陈文蔚等录'……未必是陈文蔚等辑录刊行也。"①

（2）孙奕《履斋诗说》，今存本为日本人近藤元粹辑。郭绍虞先生说：孙奕"宁宗时尝官侍从，有《履斋示儿编》。此即就《示儿编》中卷九及卷十两卷中论诗之语别录出者。……《四库总目提要》于《示儿编》条，谓是书'征据既繁，时有笔误……皆失于考订'。"②

（3）吴陵《诗说》，郭绍虞先生指出："是书亦未见著录。惟严羽《沧浪诗话》附《答继叔吴景仙书》有云：'我叔《诗说》，其文虽胜，然只是说诗之源流，世变之高下耳。'"③

按：据上述可知，《晦庵诗说》辑成后未刊行；《履斋诗说》当时未为专著印行；吴陵《诗说》，乃有名无实，且所论内容与《陶然集诗序》无关。故我断言，《陶然集诗序》中提及的"《诗说》"，乃指《白石诗说》。为防止有人见有关书目而生疑，特附白如此。

三

为诠释《陶然集诗序》一节引文，我泛览了《全元文》、《元诗选》、《元遗山诗集笺注》、《中州集》等书，发现元好问《琴辨引》末段有下列几句：

> 司空表圣最为通论，云："四海之广，岂无赏音？固应不待五百年。"请以此为之引。④

按，以上所引司空图的三句话，是今见的各种版本的《司空表圣文集》中找不着的、无可稽核的语句。据此可以推知：元好问所读的《一

---

① 郭绍虞著：《宋诗话考》，中华书局1979年版，第179页。
② 郭绍虞著：《宋诗话考》，中华书局1979年版，第183页。
③ 郭绍虞著：《宋诗话考》，中华书局1979年版，第215页。
④ 李修生主编：《全元文》（第一册），江苏古籍出版社1998年版，第306页。

鸣集》,当是宋人所说的"《一鸣集》三十卷";因此,这也提醒我们:在讨论《二十四诗品》作者问题时,仅凭残存的《司空表圣文集》、《司空表圣诗集》刻本,一口咬定"《二十四诗品》不是司空图所作",又从而否定前贤有关《二十四诗品》的记述,这种立论态度是否实事求是,便值得怀疑。前贤已矣,不能起而辩明问题,但他们有文章传世,后人可以冷静地就他们的有关文章加以理解、诠释,使问题趋于明白。

我对所引《陶然集诗序》一节的诠释是否正确,不敢自是。但可以宣告:我无意曲解原文,坚持己见——传统的说法是宋元人提出的,我谈不上有"己见",只是就文诠释而已。诠释如有失误,愿听各方明教。

《菊磵集原序》、《林湖遗稿序》考释①

在《二十四诗品》作者问题的讨论中,有人寻出南宋王晞《林湖遗稿序》,序中有"该二十四品"一句,惹人注意。束景南先生撰《王晞〈林湖遗稿序〉与〈二十四诗品〉辨伪》(载《中国诗学》第五辑第45—47页。以下简称"束文"),经束先生论证,判断王晞《序》为伪托之作。我读"束文",觉得所举证据多有不实,伪托之作的判断不可靠。特就来历相同的《菊磵集原序》、《林湖遗稿序》加以考释,聊表愚见。

上 篇

一、《菊磵集原序》、《林湖遗稿序》的来历

为便于说明问题,交代一下《菊磵集原序》《林湖遗稿序》的来历是必要的。《四库全书》集部四收录南宋人高翥《菊磵集》。此集前有元人姚燧撰于元贞元年(1295)的《菊磵集原序》,原序后又有高氏后裔清康熙间高士奇的《后序》。《后序》曰:

> 菊磵公……淳祐元年(1241)卒于湖上,年七十有二,葬葛岭谈家山……余十四岁从先君子归姚江……自是住深柳读书堂者两月。堂为先曾祖讲学之所……高氏家祠在堂之西偏,规模弘敞,堂室门庑毕具,族人子弟肄业其中。堂后楼五楹,藏当年诰勒书籍,旧刻菊磵、南仲两公诗稿及姚承旨、王学录原序,缺略不全。询诸父老,云自明嘉靖间遭倭寇焚掠,散失殆尽,亦无从得其遗本补辑之。若节推(高选)、县尉(高迈)之诗,仅存数首。又有质斋、遁翁,谱失其名,诗亦清迥。余恐残板久复漶漫,洗而录之。顷在都门,从御史大夫徐公(徐乾学)所藏宋板

①本文原载《学术界》2000年第6期。

书籍中,得"菊磵诗"一百有九首,合向之所录三十二首,又于他集中得十三首。项同年朱竹垞从宋刻《江湖集》中搜示四十七首,统计重出者十二首,前后凡五七言近体诗一百八十九首。窃念先贤遗稿忍使湮没不传,遂并南仲(高鹏飞)、节推、县尉之诗同付剞劂,而附质斋、遁翁诗于卷尾。

高士奇这段叙述的核心在于"堂后楼五楹,藏当年诰勅书籍,旧刻菊磵、南仲两公诗稿及姚承旨、王学录原序,缺略不全"几句。我们要考查的问题,这几句已点出了题目:《菊磵集》可是真的?"南仲诗"——《林湖遗稿》可信吗?"姚承旨原序"(即姚燧《菊磵集序》)是真的吗?"王学录原序"(即王晞《林湖遗稿序》)是真的吗?

为什么有这些疑问?问题在于"菊磵、南仲两公诗稿及姚承旨、王学录原序"的录存者、刊布者皆是晚生数百年的高士奇一人,旁证较少;他的叙述可靠与否,值得逐项考查。待考查后自然会得出结论。

二、今见的《菊磵集》,确为高翥所作

关于高翥的生平,在元人姚燧《菊磵集原序》、清人高士奇《菊磵集后序》中有记载,《四库提要》从而有简要说明。《提要》曰:

> 《菊磵集》一卷,宋高翥撰。翥字九万,号菊磵,余姚人,孝宗时游士也。

所谓"游士",姚氏《原序》曰:

> 讳翥,号菊磵,世居越之余姚;少颖拔不羁,抗志厉节,好读奇书,厌科举学……隐居教授,师道尊严……萧然游憩,操觚咏歌。凡所交皆硕士。既而游钱塘,越金陵,浮洞庭、彭蠡……耄年耽西湖之胜……遂卒于寓舍,葬杭之葛岭谈家山。

高翥的具体生卒年代,高士奇《后序》曰:

淳祐元年(1241)卒于湖上,年七十有二。

据此可知:高翥生于孝宗乾道六年(1170)。

今见的《菊磵集》存"五七言诗一百八十九首"(见《四库》本)。这"一百八十九首"诗是怎样搜求、编辑成书的,上引高士奇《后序》已经说明,不赘。这里,我要补充说明的是:徐乾学、朱彝尊两位当时有声名的学者曾从旁协助高士奇搜寻"菊磵诗",足见徐、朱两位是《菊磵集》成书的知情人。又,高士奇撰《后序》时,徐、朱两位都健在,这表明高士奇不敢牵扯徐、朱两位来作伪骗人。因此我认为,今存的高翥《菊磵集》,虽是经后人之手辑录而成,但所录来自宋本、元抄本(即姚序所说的"家传"本),可信。

还有一点旁证。姚《序》说,高翥的侄儿高鹏飞,痛惜高翥叔父"文墨外遗,十亡八九,残编缀之,断简拾之,仅存百七十章,成集而家传焉。今曾孙师鲁者持其集属予序……于是书其要于卷首。"姚《序》中所记的"一百七十章(首)",与高士奇所录存的"一百八十九首"这两个数字,共同证明一个问题:从元高师鲁到清高士奇,搜寻高翥诗,搜来搜去,两种本子数字极其相近。这也从旁证明今见本《菊磵集》是可信的,而不是高士奇伪造的。

三、"南仲诗稿"——《林湖遗稿》,仅存十九首

据宋王晞《林湖遗稿序》、元姚燧《菊磵集原序》、清高士奇《后序》记载:高鹏飞,字南仲,南宋光宗"绍熙壬子,治《诗》领乡荐,其后屡屈廷试,遂弃仕进,隐居林湖,日与士大夫讲明正学"("正学"指"理学"——笔者),并以吟咏自娱。曾为族叔高翥辑录散失诗稿,"成集而家传焉"。由此可知他有重视家族先贤遗稿的美德。在今见的《菊磵集》中,有《喜南仲侄来》一律,诗曰:

自从清晓到黄昏,闲坐闲眠深闭门。

犹子雨中来息担，老夫灯下起开樽。

故山坟墓何人守，旧宅园亭几处存？

问答恍然如隔世，若非沉醉定消魂。

这首诗反映了他们叔侄之间的亲情，也透露了他两人年龄差距不太大，否则为叔的不必"灯下起开樽"以示款待；为侄的已能主持家务、关注家族，这才能与叔父对饮答问。为叔的自称"老夫"而为侄的尚可"雨中来息担"，暗示叔侄都在壮年，不过叔叔年长几岁罢了。

高翥此诗作于何年，无可考。

"束文"说："绍熙壬子，高翥方二十三岁，时高鹏飞领乡荐，当亦二十来岁，同高翥年龄相差不多，这同高翥在高鹏飞面前自称'老夫'相矛盾。"——请容我问一句：凭什么判定高翥此诗作于绍熙壬子（1192年）？高翥已是壮年，在侄儿面前称"老夫"，有何不妥？欧阳修虚龄三十九便称"醉翁"，你没奈何吧？应该说，所谓"相矛盾"的大前提是束先生强加的。

高鹏飞诗，今存十八题，计十九首，附录在《菊磵集》后。在"高鹏飞"名下，注《林湖遗稿》。显然，这"注"是编辑者加的。

这十九首诗，就题材看，不外"湖上"、"咏梅"、"晚兴"、"游鄞江"、"深夜风雨怀故人"之类，表明其作者安于生活在"林湖"（地在余姚西境），偶尔到过"鄞江"（今宁波境南），生活圈子较狭小。从诗的抒情角度看，"最喜今朝雨，川原足暮耕"（《窗轩》）、"对人不敢语，仰面数归禽"（《孤吟》）、"原草正肥黄犊饱，汀苹未老白鸥闲"（《文亭渡阻风》）、"松荫满径归来晚，醉看岩花笑白头"（《晚兴》）等，显示一点村夫子的闲情逸趣。王晞在《序》中夸高鹏飞诗"脱弃凡近"、"绝无蔬笋气味"，似是溢美之辞。

高氏后裔，如高师鲁、高士奇有意录存先贤遗稿，可借此宣扬诗书门第，人们可以理解。如果从文学史角度看，这十九首诗何足道哉。

　　高鹏飞的十九首诗,是由高士奇录存、刊布的。到目前为止,没有人怀疑这十九首诗是托名高鹏飞的伪作,我就不再饶舌了。

四、姚燧《菊磵集序》疑点可解

　　高士奇在《后序》中说:他见过"旧刻菊磵、南仲两公诗稿及姚承旨、王学录原序",我们有什么证据证明他不曾见过"旧刻"? 没有,我们只好听之而已。

　　今传本《丛书集成·牧庵集》(即姚燧的诗文集)中不见《菊磵集序》,这是否意味着所谓"姚承旨原序"是伪托之作? 我以为这不足以断定姚《序》是假的,因为《牧庵集》乃是后人缀辑成书的,多残缺。《四库提要》指出:

> 　　刘昌辑《中州文集》,所选(姚)燧诗,较《元文类》多数首,文则无出《(元)文类》之外。(刘)昌跋称《牧庵集》五十卷,今所得乃录本,多残缺,视刻本仅十之二。

　　显然,我们不能根据残缺本一口断定姚燧《菊磵集原序》是假的。

　　我认为姚燧《菊磵集序》可信,依据有三:

　　甲、姚《序》明确交待此《序》是应高翥的曾孙高师鲁的请求写的,又说:"予与高氏斯文久契,序可得而辞乎?"这也侧面表明:写此序,出于人情酬应而已。《序》末写明"元贞元年春三月",是年姚燧五十八岁(见《牧庵集·附录〈年谱〉》)。又,高翥卒年为淳祐元年,享年七十二。按通常二十五岁左右有下一代计算,元贞年时,高师鲁年在五十左右。姚《序》提及高师鲁以长者口气出之,乃是当然的。

　　乙、姚《序》末署衔"荣禄大夫翰林学士承旨",与刘致所撰姚燧《年谱》记录基本相符。《年谱》曰:

> 　　至元三十一年甲午　　先生五十七岁
> 　　……书遣直省舍人札哈勒台,以朝请大夫翰林学士召,与

高道凝同赴。

> 元贞元年乙未　　先生五十八岁
> 与道凝同修《世皇实录》。

附白两点:一是我之所谓"基本相符"指元贞元年姚氏已有"翰林学士"衔,而此衔后加"承旨"二字则后几年的事。不过我以为《原序》原是手抄稿,在传抄中加了"承旨"二字。在传世旧籍中,这类事何止一端!二是《元史·姚燧传》中提及"侍读高道凝",《牧庵集》诗词标题中亦提及"高侍读"。这位"高侍读"与余姚高氏家族有无关系,待考。

丙、姚《序》叙高翥生平、家世较具体,这是根据高翥的后裔提供情况(或材料)才能如此。这也表明姚《序》的可信性。

以上四部分,算是"上篇",所论无对立面,只是我的一孔之见。下文将讨论王晞《林湖遗稿序》的真伪问题,因有判定王晞《序》为伪托的意见在先,因而行文不得不从对立面说起,标为"下篇"。

下 篇

一、关于高鹏飞"领乡荐"问题的讨论

"束文"说:

> 《序》称"绍熙壬子领乡荐"亦不实。康熙、乾隆、光绪诸《余姚县志》"选举表"中,载有各年乡贡之人,而于绍熙壬子之下,独无高鹏飞,可见均不信《序》中之说。

上引一条,看来好似举出了否定王晞《序》的有力证据,实际乃是对"领乡荐"与"乡贡"理解有差误。请看史实,《宋史·选举一》:

> 自仁宗命郡县建学,而熙宁以来,其法浸备……初,礼部贡

举，设进士、九经、五经、开元礼、三史、三礼、三传、学究、明法等
科，皆秋取解，冬集礼部，春考试。合格及第者，列名放榜于尚
书省。……

　　景德四年……每秋赋，自县令佐察行义保任之，上于州；州
长贰复审察得实，然后上本道使者类试……诸州解试额多而中
者少，则不必足额。……

　　（元祐）四年，乃立经义、诗赋两科，罢试律义。凡诗赋进
士，于《易》、《诗》、《书》、《周礼》、《礼记》、《春秋左传》内，听习
一经。

又，《宋史·选举二》曰：

　　绍兴元年，当祀明堂，复诏诸道类试。

这里，先解释几个词语：

"领乡荐"——领，受也；"领乡荐"，即士子受到了州县的推荐去应
试（省试）。

"乡贡"——由州县荐举，经省试合格者称乡贡。

"取解"——解，送也。"秋取解"，即秋季各州向礼部上报选拔乡贡
名单。

"类试"——乃"类省试"的简称。宋周密《齐东野语·二李省试》
条："李壁季章、埴季永，同登庚戌科，己酉赴类省试。"可知"类试"是宋
代考试的名目之一。

现在，再说明高鹏飞"绍熙壬子，治《诗》领乡荐，其后屡屈廷试"的
问题，同时说清"束文"对"领乡荐"的误解。

高鹏飞于"绍熙壬子"受到州县的荐举，理由是他"治《诗》"符合当
时规定的"听习一经"条例；但他在类省试中不合格，当然没有"乡贡"
头衔，后世修《余姚县志》也当然不列他的姓名。宋徐铉《稽神录·赵
瑜》曰："瑜应乡荐，累举不第"，生当宋元之际的方回，有《滕元秀诗集

序》，曰："绍兴二十九年己卯，以《书经》领乡荐，屡上南宫，不第。"这都可以视为高鹏飞"屡屈廷试"的先例。"绍熙壬子"与"其后"相呼应，表明屡遇廷试之年，高鹏飞皆屈不能伸——参加廷试而不第。

我检阅了光绪《余姚县志》卷十九《选举表》，所列高氏家族的，在"乡贡"栏中有"宣和五年癸卯，高选"（原注："康熙志题'乡举'、乾隆志题'举人'"）；"绍兴十八年戊辰，高选"（原注：王佐榜，武当军节推）；"隆兴元年，高鬶"（原注：累征不起）。又，《余姚县志·选举表》乡贡栏自绍熙元年庚戌（1190）至绍定五年壬辰（1232），历时42年，期间只有"开禧元年乙丑"（1205）有"赵彦悈"一人，其余全为空白。"束文"所谓"于绍熙壬子之下，独无高鹏飞"，流露出耸人听闻的神情。何必呢？

二、王晞《序》末那样署名，可疑吗？

"王学录原序"末，署曰："时嘉泰甲子秋九月望后三日国子监学录致仕王晞平父序。"这就是关于王晞的直接资料。又，《宋会要辑稿》第一五三册《食货》六二记载："（乾道）四年二月二十一日，前监镇江府户部大军仓王晞言：乞依行在省仓监官体例、任满推赏。户部下司农寺指定：欲依绍兴十八年五月二十一日已降指挥，比附行在省仓监官体例，与减二年磨勘推赏施行。从之。"同书第一四七册《食货》五四所载，与引文全同，只"王晞"误作"王睎"①。）但"仓监官"王晞是不是"学录"王晞，待考。

现在，我们来考查"王学录原序"的署名："嘉泰甲子"即南宋宁宗嘉泰四年（1204）。

"国子监学录"，官衔。《宋史·职官五》曰："凡诸生之隶于太学者，分三舍。始入学，验所隶州公据，以试补中者充外舍。斋长、谕月书其行艺于籍，行谓率教不戾规矩，艺谓治经程文。季终考于学谕，次学

---

① [清]徐松辑：《宋会要辑稿》（第七册），中华书局1957年版，第5979、5741页。

录,次学正,次博士,然后考于长贰。岁终校定,具注于籍以俟复试,视其校定之数,参验而序进之。"

"学录"主管什么?《宋史·职官五》曰:"职事学录五人,掌与正(学正)录(学录)通掌学规。"

"学录"为几品官?《宋史·职官八》曰:"国子太学正(学正)录(学录),武学谕,律学正……为正九品。"

据上述,可知王晞是个国子监里的教辅工作人员,位九品,相当于今时的正科级干部。

"致仕"在宋代有规定,《宋史·职官十》:"咸平五年,诏文武官年七十以上求退者,许致仕。"王晞《序》末称"致仕",表明他在嘉泰四年时(1204)已是七十以上的老人了。

"王晞平父":表明王晞字平父("父"通"甫",男子之美称也)。

王晞《序》末署名,未提乡贯,我们也难于考查。我曾因《序》中"集诗数百以示予,而请予序以遗子孙"句,揣度王晞与高鹏飞乡贯有关,于是遍查南宋时绍兴府所辖八县(会稽、山阴、嵊、诸暨、余姚、上虞、萧山、新昌)旧志,也不见"王晞"的名字。我们无法断定他的籍贯。

王晞《序》那样署名,有什么破绽吗?我以为所署官衔、名字,皆符合当时文人作序作记署名的常情。这只要翻阅多产作家苏轼、陆游的诗文集,便可取证。

然而,"束文"说:王晞是"王氏中有声望者";王晞《序》末那样署名,"宋人亦无此用法"。恕我直言,这是夸张失实的判断。王晞,九品微官,算不上有声望,此乃事实,不必多说。至于署名"宋人亦无此用法",那就让我举几个实例以见问题的真相。试就陆游《渭南文集》举例:

甲、《云安集序》,文末曰:"且属通判州事承议郎山阴陆某为序。(乾道七年)十月二十六日序。"

乙、《范待制诗集序》,文末署"淳熙三年上巳日,朝奉郎成都府路安抚司参议官兼四川制置使司参议官山阴陆某序。"

丙、《王侍御生祠记》,文末署"乾道七年三月十五日,左奉议郎通判军州主管学事、兼管内劝农事陆某记。"

丁、《铜壶阁记》,文末署"(淳熙)四年四月乙卯,朝奉郎主管台州崇道观陆某记。"

按:上列类似的例子清楚地表明"宋人亦无此用法"的判断站不住脚。附带说一下:宋人为他人写序作记,署名带官衔与否,视情况而定,权衡在于作者,别人不能硬性规定。

三、王佐与《赠王佐时思庵》诗,全不相干

"束文"中,有这样一段考证,令人惊诧。文曰:

> 陆游《渭南文集》卷三十四《尚书王公佐墓志铭》云:"公(王佐)娶同郡高氏,早卒。"《林湖遗稿》中亦有《赠王佐时思庵》诗。据此,疑王晞与王佐为同宗同辈人,可见高王二家关系甚密,载之二家宗谱,故高氏后裔冒用王氏中有声望者作序以相鼓吹也。

按:这段考证的要害在于把"王佐"和"王佐时"视为一人,更进而把"王佐"和高鹏飞、王晞联系起来。这种张冠李戴的考证,怎不令人惊诧! 容我申述如下:

(1)人们读《尚书王公佐墓志铭》,不应忘记"惟公讳佐,字宣子,会稽山阴人。"他没有"时思庵"这个雅字。又根据古人名字连署的习惯,《赠王佐时思庵》的受赠者姓名"王佐时"字"思庵"。此乃常识,不赘。

(2)据《尚书王公佐墓志铭》,王佐于绍兴二十九年、三十年,亦即三十四、三十五岁时,官"起居郎,遇事直前献纳","除中书门下省检正诸房公事,兼权户部侍郎。"淳熙六年,王佐五十四岁,因平乱有功,"徙公知扬州、平江,遂知临安府",是宋孝宗所依靠的重臣。如果说,《赠

王佐时思庵》诗受赠者是王佐,而作者是"绍熙壬子,以治《诗》领乡荐"的青年举子高鹏飞,竟敢在诗题中对王佐直呼其名,岂非怪事！可以断言,这是社会礼俗不容许的。

(3)王佐生于靖康元年(1126),卒于绍熙二年(1191),享年六十六。这有陆游《尚书王公佐墓志铭》可据。而高鹏飞《赠王佐时思庵》诗,如果作于绍熙壬子(1192),则王佐已死一年,怎会有诗相赠？如果把高鹏飞作赠诗之年向上推移,则越暴露对王佐直呼其名的荒唐性。

归总一句话:王佐不是王佐时,明乎此自然不会有如此荒唐事。

(4)"疑王晞与王佐为同宗同辈人"。请问,靠"疑"来判断问题行不行？我以为,猜测的事不经证实,是不能肯定的。王佐"娶同郡高氏"是事实,但不能凭这点事实作为大约六十年后王晞为高鹏飞诗稿作《序》的证明。何况王晞与高鹏飞是不是"同郡"还得不到证实。

四、凭空揣测的提问

"束文"中有这样一段提问:

> 奇怪的是,宋以来历经战乱焚掠,质斋、遁翁、高翥、高鹏飞的诗稿十亡八九,高士奇说高氏家祠藏的《菊磵集》已只有三十二首,质斋、遁翁诗仅存二三首,而何以独姚燧、王晞二序能完好一直留存下来？

请注意,这段因"奇怪"而产生的提问,其依据摘自高士奇《后序》,不过两者意图恰恰相反。《后序》叙亲见亲闻,目的在于使人相信;而"束文"提问,只是凭空揣测,目的在于使人生疑,进而否定"姚燧、王晞二序"的存在。读者在"可信"与"生疑"之间,不得不加以辨别。我的辨别如下:

(1)《菊磵集》抄存"旧刻"残遗三十二首,后经徐乾学、朱彝尊帮助成书,可信。

（2）《林湖遗稿》只剩十九首小诗，附录在《菊磵集》后，此乃余姚高氏家传抄本，我们凭什么生疑而否定其存在？

（3）"束文"提问的潜在大前提不真实。请看，高士奇《后序》说，高氏家祠藏书，"自嘉靖间遭倭寇焚掠，散失殆尽"——殆，几乎也。"殆尽"即有少量还存在。而"束文"暗暗认定"姚燧、王晞二序""历经战乱焚掠"而被焚或只剩残稿，从而提出疑问。显然，这提问的大前提，无实据，不可信。相反，高士奇说，据"旧刻"残余，录存了"两公诗稿及姚承旨、王学录原序"，我们仅凭张冠李戴、误解史实的考证加以否定，斥之为"伪"，行吗？照我看，不行。

"束文"为什么提出奇怪的提问？让我一语道破，只因王晞《序》中有"该二十四品"一句触犯了他的主观愿望，于是撰文斥王晞《序》为伪托，姚《序》跟着遭殃。

五、对王《序》评高诗的失常"理解"

王晞《林湖遗稿序》评高鹏飞诗曰：

> 予阅南仲诗，词体浑厚，风调清深，脱弃凡近。……其始其终，绝无蔬笋气味，无斧凿痕迹，可见其能参高妙之格，极豪逸之气，包冲淡之趣，兼峻洁之姿，得藻丽之妙，诚能全十体、备四则、该二十四品、具一十九格，非浅陋粗疏者所能窃也。

"束文"就上引王《序》评语大加训斥而有失常的判断，文曰：

> 此说荒谬绝伦，令人笑倒。……如此不可能之大话，唯有出自无知之高氏后裔吹捧高氏先贤之口，才可理解。作序者之对"二十四品"等诗说如此之一无所知，也只能证明此说是出自无知之高氏后裔盲目抄袭搬用他人之说。

面对以上两条资料，我这么思忖：

（1）王《序》为高诗吹嘘，夸张太过，是可以理解的。应人之请为之作序,因而吹捧几句,虽在大家,亦所难免,如杨万里于嘉泰元年撰《周子益训蒙省题诗·序》说:"《训蒙》之编,属联切而不束,词气肆而不荡,婉而庄,丽而不浮,骎骎乎晚唐之味矣!"杨万里对《训蒙》读物不得不如此吹捧,王晞对"南仲诗"吹捧几句,何必大惊小怪。应该说,这也属于人之常情。

(2)说王《序》吹捧高诗,有"搬用他人之说"的缺点,这只表明作序人诗论水平问题。试检旧籍,可知王《序》搬弄的是唐人李峤《评诗格》、皎然《诗式》、司空图《二十四诗品》以及流行于宋的作诗应讲究"字、句、意、趣"的所谓"四则"(或称"四体"。参见陆文圭《跋陈元复诗稿》)。我以为,这正反映"王学录"的诗学水平,不足为怪。

(3)我所大惑不解的是:这篇被判为"荒谬"的序文,束先生凭什么能断定它不是王晞之作,而是"出自无知之高氏后裔之口"?

"束文"曾说南宋王佐"娶同郡高氏",并进而经数百年演变,而有"高氏后裔冒用王氏中有声望者作序以相鼓吹"的事——这只是凭空揣测,算是"大胆假设"吧,那也应该"小心求证"嘛。"证"在哪里?"束文"未作任何明确交代。因此我不得不说:训斥"无知之高氏后裔",姿态虽高,却不是证据。

顺带说一点:我为高士奇庆幸,他是著名的多见异书的学者,是"高氏后裔",当不在"无知"之列。他不视"王学录原序"为"荒谬绝伦",故录存之。岂料这篇序却成了今日某几个论者的眼中钉。

六、结束语

下篇所述五部分,指明"束文"多处论证失误,而其失误的总根源,我以为在于他对"陈汪的考证,我以为证据确凿",从风跟进。请看,"束文"说:

> 陈尚君教授与汪涌豪博士在《司空图二十四诗品辨伪》中,提出《二十四诗品》的作者不是晚唐司空图,可能是明代景泰年

间嘉禾(今浙江嘉兴)人怀悦。在怀悦的一部专论作诗与观诗之法的《诗家一指》中,有一部分名为《二十四品》,不仅与《二十四诗品》品名相同,而且每品韵文也相符,由此推断今传司空图《二十四诗品》实出于《诗家一指》中的《二十四品》部分,是明末人将其取出,伪题为司空图之名行于世。陈、汪的考证我以为证据确凿。

于是束先生接到陈尚君教授寄给的《林湖遗稿序》后,加以考证,考出:

> 这篇伪王晞《林湖遗稿序》的"全十体,备四则,该二十四品"是抄袭了怀悦《诗家一指》的"明十科,达四则,该二十四品"。

听束先生的口气,原来"可能是"的问题,经他一考,便正式证成"《二十四诗品》的作者是明代景泰年间嘉禾人怀悦"了。

事实果真如此吗?天下事真是无巧不成书,张健先生觅得元人托名虞集撰的《虞侍书诗法》,其中录有《二十四品》,也有"由此可以明十科,达四则,读(该)二十四品,观之不已,而至于道"云云。这便有力地推翻了"《二十四诗品》的作者是明代景泰年间嘉禾人怀悦"这一新论。当然,这也推翻了"束文"的根本论点、论证。

又是张健先生,觅得刻于明"成化二年岁次丙戌"、署名"嘉禾怀悦用和编集"的《诗家一指》。怀悦在《书〈诗家一指〉后》中说:

> 余生酷好吟咏,然学而未能……一旦偶获是编……日阅数四,稍觉有进。今不敢匿,命工绣梓,与四方学者共之,庶亦吟社中之一助耳。

这是铁证,证明:一是怀悦花钱刻印前代留下的《诗家一指》,他也是这书的推销者;二是他老实地自称"编集"。"编集"不等于"作者",这不用多说。最后，我想说一下，《菊磵集原序》、《林湖遗稿序》是真是伪，还可以讨论；我的《考释》是不是一偏之见，听候方家裁判。不过，我认为"束文"所论无实据，站不住脚，则是无疑的。

整理后记

我怀着愧疚的心情来写这篇整理后记!

2006年初,我为先生编完第一本论文集《中国诗文理论探微》后,曾想再为先生做点文字编辑工作,而我首先想到的是先生的司空图《二十四诗品》研究成果。记得我在一篇总结先生学术研究的文章中说过:"司空图《二十四诗品》研究是先生学术研究的优长所在,他这方面的研究起步早、成果多、贡献大,具有开拓性。1964年,《司空图诗品解说》正式出版,这是继郭绍虞《诗品集解》(1963年版)之后,现代学者关于《二十四诗品》研究的第二部重要专著,两书一详词语释义、一重意蕴阐释,一为文言旧注、一系白话新译,先后承续,相得益彰。时隔20年,先生又出版了《司空图的诗歌理论》一书。在这两本书的基础上,先生又经过近15年的充实、更新和提高,终于将司空图的生平和思想、创作和理论、影响和地位各个方面的研究融会贯通,凝聚成一部综合性的集大成之作——《司空图诗文研究》。该书立论严谨,考证绵密,对一些重点、热点问题更是详加阐释,具有很高的学术价值。"

一天,我到先生家聊天,顺便提及此事。我说:您的司空图《二十四诗品》研究,在1980年再版的《司空图诗品解说》之后,又有许多重要的更新与发展,不仅有了新的《二十四诗品》文字校正,而且原来的注释、译文和解说也多有修正,只是散落各处,不便阅读。我想把您有关《二十四诗品》校勘、注释、翻译和解说方面的研究成果集中统一起来,编成一部集大成的《二十四诗品校注译评》。先生听完非常高兴,当即表示赞同！2007年5月14日，先生又把他准备的司空图《二十四诗品注释》修补稿手稿，装在一个信封袋里交给我。

没想到，这份由我主动提出的整理工作，又因为我的原因被耽搁下来。2007年至2009年，我除了处理杂志社的事务，其余的精力都用在了办会上。先是着力筹办"21世纪中国文论和当代和谐文化建设国际学术研讨会"，接着又悉心安排"《文心雕龙》国际学术研讨会暨中国《文心雕龙》学会第十届年会"，而这次会议又是和先生90华诞纪念会合在一起办的，其间还要编辑出版《风清骨峻——庆祝祖保泉教授90华诞论文集》，事情格外多！

按理说，办完会应该可以着手《二十四诗品校注译评》的整理工作了。但是，从2010年开始，我又转到为先生做另外一件更重要的事情上。在《怀念我的"三好"先生》一文中，我提及此事："先生晚年最念念不忘的则是其选集的编辑出版工作，这时，他不仅行走不便，写字也很困难，而且听力极差，难以交流。我想这可能是我为先生做的最后一件文字编辑上的事了，所以也是倾尽全力而为之。从内容安排、联系出版、校对复核、选择照片、参考装帧到文字修饰，甚至捉刀代笔，无不亲力为之。先生也一再让我在书中表明我付出的辛劳，但我坚辞了。我能为先生做的不就是这样的事吗！而我做这样的事还有什么目的吗！还需要表明什么吗！一切准备就绪，定版付印后，我最担心的还是先生能否亲眼看到这部选集的出版，因为我看到先生的身体一天不如一天，连一向沉得住气的师母也数次问我书何时能出来？我只好一次次催出版社，催我的老同学。好在苍天有眼，2012年深秋，老同学亲自送书来了。当我陪老同学一起将5册精装本《祖保泉选集》样书送到先生家时，我真有一种如释重负的感觉！"而这种如释重负的感觉竟滋生了我的懈怠心理，使我未能一鼓作气地把精力再投入到《二十四诗品校注译评》的整理工作中。岂料天有不测风云，2013年10月1日14时11分，先生走完了他93年的人生征程，溘然仙逝！我为先生整理

《二十四诗品校注译评》的愿望也由此搁置下来。

2014年，出版社的同仁约我为他们筹划出版一套"百年《文心雕龙》研究学术经典丛书"，并与我商讨先生的《司空图诗品解说》再版事宜。我认为，"百年《文心雕龙》研究学术经典丛书"是一项大工程，不能操之过急，而整理修订先生的《司空图诗品解说》正是我多年的愿望，可以立即付诸实施。于是，《二十四诗品校注译评》的整理工作便被提上了议事日程。

在着手整理《二十四诗品校注译评》时，有两件意想不到的事：一是当年与先生商讨此事时的情景总是浮现在我的眼前，一是这项整理工作绝非我当初预料的那么简单！而这两件事又是有联系的，每当我在整理工作中遇到困难时，先生当年的音容笑貌就会鼓励我克服困难，一定要完成这桩未了的心愿，以告慰先生的在天之灵！经过一年多的努力，现在书稿终于整理完毕，在交付出版社付印前，按惯例要写一个整理后记，而我则是带着负罪的心情来写这篇整理后记的！

下面，对全书的整理情况作一些说明：

全书由绪论、《二十四诗品》校注译评和附录三部分组成。

绪论部分谈三个问题，首先是"司空图的生平和思想"，这一部分录自《司空图诗文研究》（安徽教育出版社1998年版）第一章；其次是"《二十四诗品》的理论体系问题"，这一部分录自《司空图诗文研究》第九章，原名"关于《二十四诗品》理论体系问题的讨论"；再次是"《二十四诗品》的基本思想、表现方法及艺术贡献"，这一部分录自《司空图诗品解说》（安徽人民出版社1980年版）"引言"的三、四、五节，为求体例统一，由我加了大标题和小标题。

绪论的整理工作有这样几个方面：一是所有引文均按现代学术规范标注引文出处，先生原来书中的引文标注出处的不多，且不一致，也不合现代学术规范，此次整理则采取统一的规范化处理。二是核对所有引文并据原典订正引文之讹误衍脱，如《司空图诗品解说》第23页引高尔基《给两位青年作家的公开信》一段文字，讹误衍脱达七处之多，其他引文亦时有此类问题，凡此均一一予以乙正。三是纠正个别不当之处，如《司空图诗文研究》第255页引杨廷芝《二十四诗品小序》，引文有四处讹误衍脱，尤其是将"境处天下之赜"一句中的"赜"误为"颐"，并在第258页说："颐，《易·序卦》曰'养也'。"此乃误解。其实，杨廷芝《小序》所谓"境值天下之变，不妨极于《悲慨》；境处天下之赜，亦有以拟诸《形容》"一段，乃本《易·系辞上》"圣人有以见天下之赜，而拟诸其形容，象其物宜，是故谓之象。圣人有以见天下之动，而观其会通，以行其典礼，系辞焉以断其吉凶，是故谓之爻"以为言。此外，先生书中还有一些表述具有明显的时代烙印。例如："这就不仅使他（司空图）把各种风格说得那么玄虚、神秘，诱惑诗人走向逃避现实的泥坑，而且也割断了文学与现实生活的血缘关系，使文学成为与人民群众绝缘的东西。这种理论，就其根本之点说，对当时与现在，都是有害的。""司空图《诗品》所表现的基本思想是玄远超然的虚无论。他宣扬诗人应该逃避现实，成为畸人、真人，希望诗人把诗写成逃避现实的麻醉剂，希望人们来欣赏那种麻醉剂。这当然是有害的。"这些表述在今天看来，显然有些不合时宜。但是，为了保持原著的风貌和精神，整理本对此未作任何修饰。

　　《二十四诗品》校注译评是本书的正文和主体部分。原来的《司空图诗品解说》没有文字校勘内容，整理本据《司空图诗文研究》第六章"《二十四诗品》校正"，补入校勘部分；注释由两部分内容整合而成，即《司空图诗品解说》中的注释和《司空图诗文研究》第七章"《二十四诗品》语词征信录"；译文取《中国诗文理论探微》（安徽人民出版社2006年版）中的《〈二十四诗品〉今译》（修改稿），这是先生在《司空图诗品解说》中"译文"的基础上重新修改定稿的，当年因故未能编入《司空图诗文研究》，由我整理打印收入《中国诗文理论探微》一书；评说部分则以后出的《司空图诗文研究》第八章"《二十四诗品》解说"为主，这是先生以原《司空图诗品解说》中的"解说"内容为基础,重新撰写的,较原先的"解说"有了很大的发展,代表了先生晚年对《二十四诗品》的体会和认识。我们不妨录"高古"品两段文字比较一下,以见其前后承续与发展:

> 这一品,作者所描绘的是那个所谓"畸人"逃避现实,一心想回到理想化了的、没有是非彼此之分的太古时代的思想行径。在描绘中,作者倾注了对畸人无限仰慕的情感。从政治思想方面看,这是一种宣扬倒退的、起着消极作用的反动思想。从论诗的风格方面看,他想借此来描绘他所理解的"高古"风格的特色。(《司空图诗品解说》第39页)

> 作者之所以把"高古"之境写得玄之又玄,是因为他脱离具体对象、脱离时空条件谈问题;我们理解它,便只能凭他所写而抓住要领,才能避免空虚。"高古"的要领在于"纯真素朴"。从诗的内容方面说,唯其纯真素朴,故能超越尘俗,自见高远;就诗的表达形式说,唯其纯真素朴,故出语自然天成,无迹可求。(《司空图诗文研究》第175页)

可见,后者不仅意识形态的色彩淡化了,而且对"高古"的精神实质——"纯真素朴",以及它在诗的内容和形式方面的作用的把握,都更加贴近"高古"的实际内涵。

为避免烦琐,校勘、注释中征引的文献,除了部分现当代学者的著作和少量说明性文字外,其他一概不出注。然为求严谨,这部分涉及的引文也多据原典进行核对,纠正讹误。所据文献主要有:朱熹撰《周易本义》、严可均辑《全上古三代秦汉三国六朝文》、张彦远辑《法书要录》、颜真卿撰《述张长史笔法十二意》、张君房辑《云笈七签》、李肇撰

《唐国史补》、王云五主编《丛书集成初编·卧游录及其他四种》、郭庆藩撰《庄子集释》、王弼著《王弼集》、萧统编《文选》、遍照金刚撰《文镜秘府论》、段玉裁注《说文解字注》、吕不韦编《吕氏春秋》、司马迁撰《史记》、阮元校刻《十三经注疏》、赵璘撰《因话录》等。

注释部分,此次整理据《司空图诗文研究》第七章"《二十四诗品》语词征信录"补入大量内容。"征信录"就是出典证明"《诗品》中的语词,皆出自晚唐以前的典籍、文章"。《二十四诗品》中的题目,《司空图诗品解说》只对"缜密"和"超诣"两品有简单的解释,而"征信录"则对每一品的题目详加征引,以明其"皆出自晚唐以前的典籍、文章",或者本来就是艺术概念,或者借指艺术风格。凡此之类,皆悉数补入。只是原来"征信录"的文字带有明显的论辩色彩,补入时稍作修饰。

《二十四诗品》正文部分的注释作了这样的处理:《司空图诗品解说》中原有的注释条目基本保留,没有的条目据"征信录"补入;两者都有的条目,则兼而采之。为使两者无缝对接、水乳交融,我对一些地方作了必要的合并和删补。如《绮丽》"神存富贵,始轻黄金"两句,原注很简单:"[神]精神;思想。""[轻]轻视。""征信录"引"李白《避地司空原言怀》:'倾家事金鼎,年貌可长新。'《敦煌歌辞总编》(任半塘编)卷五《十二时》:'丈夫学问随身宝,白玉黄金未足珍。'按:神存于道,为求长生,始轻黄金。"如果简单地将两者合在一起,就会显得生硬、隔膜。经过合并、增补,出注如下:

[神存两句]李白《避地司空原言怀》:"倾家事金鼎,年貌可长新。"《敦煌歌辞总编》(任半塘编)卷五《十二时》:"丈夫学问随身宝,白玉黄金未足珍。"神存于道,为求长生,始轻黄金。神:精神;思想。存:专注。富贵:指精神丰富,神情富贵,即内在精神之美。周敦颐《爱莲说》曰:"牡丹,花之富贵也。"轻:轻视。黄金:俗人所贵,这里指讲求辞藻的浓丽外表之美。

此次整理难度最大的就是注释部分,整理过程中,既要使《司空图诗品解说》中原有的注释与《司空图诗文研究》中《二十四诗品语词征信录》的内容形成一个有机的整体,又要避免注释部分的内容与其后的"评说"交叉重复。如《司空图诗品解说》中《雄浑》品"超以两句"注释引《庄子·齐物论》和郭象注,而后面的"解说"部分则未重复征引,"注释"与"解说"前后呼应,和谐一致。但是,《司空图诗文研究》中《雄浑》品的"解说"则征引了前书注释中的《庄子·齐物论》和郭象注,这样一来,整理本的"注释"与"评说"就存在交叉重复的现象,为保持前后协调,只能将"注释"中的郭象注删除,只保留与"解说"征引内容并不完全一样的《庄子·齐物论》引文。再如《洗炼》品"体素句"注释引《庄子·刻意》和成玄英疏,而《司空图诗文研究》中《洗炼》品的"解说"也征引了前书注释中的《庄子·刻意》和成玄英疏,为避免重复,整理时删除了"评说"中的重复征引。对个别前后有变化的注释,则从整体性和统一性的角度予以选择。如《豪放》释"观花匪禁"之"匪",《司空图诗品解说》注曰:"匪:指示代词,彼。"而在先生给我的《二十四诗品注释》修补手稿中则改为:"匪:匪、非古通。《说文通训定声》:'匪假借为非。'《广雅释诂》(四):'匪,非也。'"但是,在《司空图诗文研究》的《豪放》品"解说"中,先生又说:

> "观花匪禁",我的理解是:"观花"即"看花";"匪",指示形容词,亦与"彼"同;"禁",宫禁、禁中,简称"禁"。(例如:颜延之《直东宫答郑尚书》:"两围阻通规,对禁限清风";白居易《禁中晓卧因怀王起居》:"迟迟禁漏尽,悄悄冥鸦喧。"以上两诗中的"禁",皆"禁中"的简称。)"禁",亦指代"禁城"。

为了前后协调一致,整理本没有据手稿改注,而是保留了《司空图诗品解说》中的注释。

在注释整理过程中,核对完善引文也是一项很重要的工作。如《司空图诗品解说·高古》"东斗"注释如下:

> [东斗]指东方。道家分一天为五斗,东斗位于东方。《云籍七签》说:"五斗位者,阳明为东斗,丹元为南斗,阴精为西斗,北极为北斗,天开一星,以为中斗,上及玄冥。"又说:"东斗主算,西斗记名,北斗落死,南斗上生,中生大魁,总监众灵。此名一天五斗。"

核对原典,这里不仅有文字讹误脱落,而且顺序亦不尽合理。调整修正后的注释如下:

> [东斗]指东方。道家分一天为五斗,东斗位于东方。《云笈七签》依《度人经》说:"东斗主算,西斗记名,北斗落死,南斗上生,中斗大魁,总监众灵。此名一天五斗魁主,即明中斗已北而有北斗也。"又引《真人口诀经》云:"中斗之中,五斗位者,阳明为东斗,丹元为南斗,阴精为西斗,北极为北斗,天关一星以为中斗。"

又如《司空图诗品解说·委曲》"力之句"引《史记》出注:

> 时力:弓名。《史记·苏秦列传》苏秦说韩宣王:"天下之强弓劲弩,皆从韩出:谿子、少府时力、距来者,皆射六百里之外。"裴骃《集解》云:"案时力者,谓作之得时,力倍于常,故名时力也。"司马贞《索隐》云:"韩有少府所造时力、距来两种之弩,其名并见淮南子。"

引文中"皆射六百里之外"当为"皆射六百步之外"之误，因为再有力的强弓劲弩也不可能射到六百里之外！又，引文亦有脱落，造成释义不连贯。更正增补后的注释如下：

> 时力：弓名。《史记·苏秦列传》苏秦说韩宣王："天下之强弓劲弩，皆从韩出：谿子、少府时力、距来者，皆射六百步之外。"裴骃《集解》云："韩有谿子弩，又有少府所造二种之弩。案：时力者，谓作之得时，力倍于常，故名时力也。距来者，谓弩势劲利，足以距来敌也。"司马贞《索隐》云："韩又有少府所造时力、距来二种之弩……其名并见《淮南子》。"

再如《司空图诗品解说·形容》"妙契句"引《老子》王弼注"和其光而不汙其体，同其尘而不渝德"，经核对改为"和光而不污其体，同尘而不渝其真"。

《二十四诗品》译文系修改稿，此次整理只对少量文字作了规范化处理。唯《含蓄》"不著一字，尽得风流"一句的译文原为："在字面上不露一丝痕迹，却可完全显示出所描绘的精神实质。"为了与注释保持一致，改为"在字面上不露一丝痕迹，却可尽得诗的超逸之美"。

评说部分的调整、修改、完善之处稍多，现择其要者，略作说明。

《劲健》"解说"末段原为：

> 这里应该说明：宋人说"退之以文为诗"（《后山诗话》），"退之诗，大抵才气有余，故能擒能纵，颠倒崛奇，无施不可"（《岁寒堂诗话》），用韵"因难见巧，愈险愈奇"，能"纵横驰骋，惟意所之"（《六一诗话》）等，都与司空图论韩愈诗所见略同，不过说得踏实些，使人易于理解。

增补调整后如下：

这里应该说明：宋人说"退之以文为诗……如教坊雷大使之舞，虽极天下之工，要非本色"；"退之诗，大抵才气有余，故能擒能纵，颠倒崛奇，无施不可"；退之用韵，"得韵宽，则波澜横溢，泛入傍韵，乍还乍离，出入回合，殆不可拘以常格……得韵窄，则不复傍出，而因难见巧，愈险愈奇……譬如善驭良马者，通衢广陌，纵横驰逐，惟意所之；至于水曲蚁封，疾徐中节，而不少蹉跌，乃天下之至工也"等，都与司空图论韩愈诗所见略同，不过说得踏实些，使人易于理解。

《绮丽》"解说"首段原为：

道家者流，要求遁世无闷，不老长生，认定"夫求长生，修至道，诀在于志，不在富贵也。苟非其人，则高位厚货乃所以为重累耳。"此辈在精神上力求虚静恬淡、寂寞无为，故有"神存富贵，始轻黄金"的意态。（"神存富贵"句中的"神"，指人的内在精神。）陶潜、李白都曾有"富贵非吾愿"的表示，便是实例。司空图在《题休休亭》中也说："白日偏催快活人，黄金难买堪骑鹤"，也形象地表达了他对遁世与入世的选择。

这里，司空图所谓的"富贵"与葛洪、陶潜和李白所谓的"富贵"意思恰好相反，不加解释，恐生误解，故对其稍作修饰，并加按语说明如下：

道家者流，要求遁世无闷，不老长生，葛洪在《抱朴子内篇·论仙》中认定"夫求长生，修至道，诀在于志，不在于富贵也。苟非其人，则高位厚货，乃所以为重累耳。"此辈在精神上力求虚静恬淡、寂寞无为，故有"神存富贵，始轻黄金"的意态。（"神存富贵"句中的"富贵"，与"黄金"相对而言，指人的内在精神丰富饱满。）陶潜、李白都曾有"富贵非吾愿"的表示，便是实例。按：《抱朴子内篇·论仙》和陶潜、李白所谓的"富贵"，与司空图所谓的"黄金"意同。司空图在《休休亭记》中也说："白日偏催快活人，黄金难买堪骑鹤"，形象地表达了他对遁世与入世的选择。

同品"解说"还有：

例二：陶潜诗，钟嵘《诗品》评之曰："文体省净，殆无长语；笃意真古，辞典婉惬。每观其文，想其人德。世叹其质直。至如'欢言酌春酒'，'日暮天无云'，风华清靡，岂直为田家语耶？"按：杜甫有"陶谢不枝梧"句，"不枝梧"即"无长语"；"辞典婉惬"即措辞典正而婉曲达意，恰到好处；"风华清靡"即其诗清净秀美，有自己的风采。

钟嵘《诗品》评陶潜诗原为"辞兴婉惬"，故将按语改为"'辞兴婉惬'即诗多兴会而婉曲达意"。

《清奇》"解说"录李益三首绝句后说：

李益诗，以绝句擅长，《全唐诗》编李益诗二卷，计一百六十四首，其中有绝句八十首（五绝二十七首，七绝五十三首），除边塞诗外，有写离别之情的，咏史的，男女相思的，等等，总的说来，他的诗以构思新巧取胜。让我们再举一首他的男女恋情诗，以见其"清奇"之美。

听　筝

鸣筝金粟柱，素手玉房前。

欲得周郎顾，时时误拂弦。

　　《听筝》乃"大历十才子"之一的李端的诗作，这里误为李益所作，整理本予以更正。

　　《委曲》"解说"引孙联奎《诗品臆说》和杨廷芝《二十四诗品浅解》曰：

　　　　清人孙联奎《诗品臆说》曰："力之于时：此就耕耘收获说，自春而夏，费多少力，经多少委曲，然后得以粒食也。"又，清人杨廷芝《诗品浅解》曰："凡我之所举皆曰力。时，用之之时也。言力之于其用时，轻重低昂，无不因其时之宜然。"

　　这段引文有多处讹误脱落，订正后的引文如下：

　　　　清人孙联奎《诗品臆说》曰："力之于时：此句就耕耘收获说，自春而夏，自夏而秋，费多少力，经多少委曲，然后得以粒食也。"又，清人杨廷芝《二十四诗品浅解》曰："凡我之所得举，皆曰力。时，用之之时也。言力之于其用时，轻重低昂，无不因乎时之宜然。"

　　《超诣》"解说"录白居易《松斋自题》：

　　　　非老亦非少，年过三十余。

　　　　非贱亦非贵，登朝一命初。

　　　　才小分易足，心宽体长舒。

　　　　充饥皆美食，容膝即安居。

况此松斋下，一琴数帙书。
书不求甚解，琴聊以自娱。
夜直入君门，晚归卧吾庐。
形骸委顺动，方寸付空虚。
持此将过日，自然多晏如。
昏昏复默默，非智亦非愚。

"解说"谓"根据《全唐诗》本，上引白氏诗题下注：'时为翰林学士'。"检彭定求等修《全唐诗》，诗中"十"作"纪"，"登朝"作"朝登"，"充饥"作"充肠"。整理本据以乙正。

《飘逸》"解说"引任华杂言《寄李白》曰：

古来文章有奔逸气，耸高格，清人心神，惊人魂魄；我闻当今有李白……绿水青山知有君，白云明月偏相识。养高并养闲，可望不可攀。庄周万物外，范蠡五湖间。又闻访道沧海上，丁令、王乔时往还。蓬莱经是曾到事，方丈岂惟方一丈。

检彭定求等修《全唐诗》，"古来文章有"后脱"能"字，"并"作"兼"，"又闻"作"人传"，"时"作"每"，"经"作"径"，"事"作"来"，"惟"作"唯"。
接下来又引：

皮日休《李翰林》（《七爱诗》第一首）："负逸气者必有真放，以李翰林为真放焉。"
大鹏不可笼，大椿不可植。
蓬壶不可见，姑射不可识。
五岳为辞锋，四海作胸臆。
惜哉千万年，此俊不可得。

这段引文有些错乱，调整修正后如下：

　　皮日休《七爱诗》序曰："负逸气者必有真放,以李翰林为真放焉。"其第五首《李翰林》赞李白:

　　　　大鹏不可笯,大椿不可植。
　　　　蓬壶不可见,姑射不可识。
　　　　五岳为辞锋,四溟作胸臆。
　　　　惜哉千万年,此俊不可得。

　　附录由两部分组成,一是"司空图论诗杂著校注",二是"《二十四诗品》作者问题讨论文章"。第一部分原来的《司空图诗品解说》也有,不过只有注释。整理本据《司空表圣诗文集笺校》(安徽大学出版社2002年版)补入"校记"和"笺说",文字也以《司空表圣诗文集笺校》为底本。正文部分以中文数字([一][二][三]……)标注校勘的字、词、句,以阿拉伯数字([1][2][3]……)标注注释的字、词、句。整理过程中,对一些倒置讹误作了必要的更正和补充。例如,《与李生论诗书》"体之不备"条注释,原在"意思殊馁"之前,应置于"附于蹇涩,方可致才"之后。再如,《与王驾评诗书》"末伎之工"条注释,原注:"这里的'末伎'即指王驾的诗。工:功力,意即王驾的诗有功力。"后来,先生在赠我的《司空图诗品解说》中,亲手将此条注释改为:"这里的'末伎'即指自己的诗。工:功力,意即自己的诗有功力。""推于其类"条注释也将原"司空图《与王驾评诗书》一开头,即赞许王驾有'好人讥弹其文'的美德"改为"司空图《与王驾评诗书》一开头,即表白自己有'好人讥弹其文'的美德"。《与极浦书》"郑杂事"原注"郑杂事:未详何人。"先生赠我的《司空图诗品解说》中已夹纸条补注"郑杂事"。凡此均予修订增补。

　　另外,附录的一组《二十四诗品》作者问题讨论文章,是先生晚年学术活动的一个重要见证,也是先生晚年学术研究的一道亮丽风景。

这些文章只有一个主题，就是维护司空图《二十四诗品》的著作权。作为争论中的一派，先生的观点在学术界是有影响和地位的，《学术月刊》1998年第2期《关于〈二十四诗品〉的作者问题》一文，客观公正地介绍了先生的观点。从目前的有关讨论来看，很多学者还是认为司空图"仍是《诗品》作者的第一可能人选"（张国庆《〈司空表圣诗集〉与〈二十四诗品〉的关联》，载《文化中国》2002年第1期）；"司空图是完全具备了写作《二十四诗品》的主观条件和客观条件的……在目前尚无新的材料来证明它非司空图所作的前提下，我认为仍以归属司空图所作比较妥善"（张少康《司空图及其诗论研究》，学苑出版社2005年版，第195—196页）。先生以参与《二十四诗品》作者问题的讨论为契机，在耄耋之年完成了他司空图研究的两部界碑式的著作——《司空图诗文研究》和《司空表圣诗文集笺校》。现在，与此鼎足而三的《二十四诗品校注译评》，完全有必要收录这组文章。

以上按内容顺序对全书的整理情况作了说明。接下来我还想强调的是，此次整理颇为烦琐和辛劳的就是引文的核对工作。要核对引文就要找到原著，我的藏书是比较丰富的，书房四面墙壁的书橱都是从地面一直延伸到屋顶，内外两层，密密麻麻的都是书。有时为了找一本书需要耗费几个小时甚至半天，外面一层找不到，就把书全搬出来到里面一层去找，一层一层地清理，一排一排地寻找，底层须低头伏地，高层则要借助梯子，常常折腾一个晚上还是无果而终，第二天接着找。夫人常取笑我：五十多岁的人了，还像小孩子似的爬高上低！我有时也想，算了！马虎一点吧！不就是一个引文注释吗？但一想到我对先生的承诺，一回忆起我与先生商讨此事时的情景，我就立即打消了这样的念头。因为我的原因，没有在先生生前完成这项整理工作，现在先生不在了，我更应该尽心尽力把这项工作做好，这样才能让先生含笑九泉！有的书我手头没有就到网上去购买，如高尔基的《给青年作家》、李肇的《唐国史补》、赵璘的《因话录》、周本淳的《唐人绝句类选》、王利器的《颜氏家训集解》等，都是因这次整理核对的需要而现从网上邮购的。有些书网上也买不到，就找我以前的学生，现在校图书馆古籍部工作的张霞云代为查核。在此向她表示感谢！

我在《中国诗文理论探微》的编后记中曾说过这样的话："编辑这本书的时候，我心里总是希望老师的著作在经过学生的手之后，能够变得完美一点，哪怕是形式上的也好。不知道这个愿望能否实现？但我想，心存愿望也是对老师的一种报答。"整理完先生的《二十四诗品校注译评》，我还想把这样的话重复一遍。

最后，还要特别申明一下，本书如在整理过程中出现什么学术问题，文责当由我这个整理者来承担。另外，我的学生黄诚祯协助我做了一些核对查找工作，并完成了本书大部分电子录入工作，其他几位研究生也做了一些电子录入工作，在此一并致以谢意！

李　平

2015年8月22日